W0386770

Arto Paasilinna

ADAMS PECH, DIE WELT ZU RETTEN

Roman

Aus dem Finnischen von Regine Pirschel

BASTEI LÜBBE

BASTEI LÜBBE TASCHENBUCH
Band 16272

1. Auflage: Mai 2009

Vollständige Taschenbuchausgabe
der in editionLübbe erschienenen Hardcover-Ausgabe

Bastei Lübbe Taschenbücher und editionLübbe
in der Verlagsgruppe Lübbe

© 1993 by Arto Paasilinna
Titel der finnischen Originalausgabe: „Aatami ja Eeva“
Originalverlag: WSOY, Finnland
Für die deutschsprachige Ausgabe:
© 2007 by Verlagsgruppe Lübbe GmbH & Co. KG,
Bergisch Gladbach
Textredaktion: Anja Lademacher
Titelillustration: mauritius images/Roine Magnusson,
Christophe Boisvieux/Corbis, mauritius images/Ypps,
Umschlaggestaltung: Gisela Kullowatz
Satz: Kremerdruck GmbH, Lindlar-Hartegasse
Gesetzt aus der DTL Documenta
Druck und Verarbeitung: GGP Media GmbH, Pößneck
Printed in Germany
ISBN 978-3-404-16272-7

Sie finden uns im Internet unter
www.luebbe.de
Bitte beachten Sie auch: www.lesejury.de

Der Preis dieses Bandes versteht sich einschließlich
der gesetzlichen Mehrwertsteuer.

Adams Pech, die Welt zu retten

Erster Teil

Eins

Das Opfer des jüngsten Unfalls in dem Örtchen Tattarisuo hieß Aatami Rymättylä. Mit qualmendem Overall flog er auf der Druckwelle einer Wasserstoffexplosion aus dem Labor der *Akku-AG*.

Die Halle aus Stahlblech klapperte noch eine Weile, von drinnen war das Klirren berstenden Glases zu hören, und aus der Doppeltür, die aufgesprungen war, quollen Rauch und Dampf. Aatami Rymättylä hustete Ruß aus seiner Lunge. Sein Gesicht war rot und schwarz gefleckt, seine Ohren glühten, sein Herzschlag geriet vorübergehend aus dem Takt. Als er sich ein wenig beruhigt hatte, setzte er sich auf die Stufen vor seiner Werkstatt, zog eine grüne Schachtel North State aus der Tasche, zündete sich eine Zigarette an und rauchte gierig. Er schloss andächtig die Augen:

»Scheißfrühling.«

In der Tat, der Frühling hielt Einzug, der gefrorene Boden taute auf, die öligen Pfützen in den engen Straßen des Industriegebietes schimmerten in hellen Regenbogenfarben, und die staubigen Weidenbüsche entlang des Grabens bekamen Knospen. Die Zugvögel waren in Tattarisuo noch nicht eingetroffen, aus den Wäldern hinter den Schrotthallen war nur das Krächzen der Krähen zu hören. Aber auch das waren ja gewissermaßen Stimmen des Frühlings, die gut in diese Umgebung passten.

Aatami Rymättylä war in den Vierzigern und Kleinunternehmer, ein derber Mann, in Aussehen und Wesen sehr finnisch. Er war groß, wetterfest, man sah, dass er im Leben bereits viel durchgemacht hatte.

Aatami hatte einen harten Winter hinter sich. Der Umsatz der Akku-AG war in letzter Zeit zurückgegangen, der kleine Betrieb war während der Rezession immer weiter geschrumpft. Groß war nur noch die Summe der Zinsen seiner Schulden. Die Nachfrage nach Autos war gesunken, und deshalb wurden nicht mehr so viele Batterien gebraucht, die Aatami hätte warten können. Zwar reparierte und montierte er neuerdings auch Auspuffrohre, doch diese Arbeit brachte ebenfalls nicht viel ein. Die Kenntnisse eines Elektrotechnikers, die er in den siebziger Jahren erworben hatte, ermöglichten ihm, sich auch auf diesem Gebiet zu betätigen. Alles in allem kam Aatamis *Akku AG* halbwegs über die Runden, hielt sich wankend aufrecht, aber wenn es im Sommer keine Belebung in der Branche geben würde, stünde Aatami vor der Pleite. Er hatte seine Firma durch harte Arbeit zehn Jahre lang am Leben erhalten, aber jetzt halfen selbst die größten Anstrengungen nicht mehr. Die Kunden schweißten ihre verrosteten Auspuffrohre selber, sie warteten ebenfalls ihre Batterien, verbanden die Elektrokabel ihrer Autos und wechselten die Relais aus.

Nach ein paar kräftigen Zügen aus seiner Zigarette stand Aatami auf und ging niedergeschlagen zurück in die Werkstatt. Ein sanfter Frühlingswind blies Dampf und Qualm durch die zersprungenen Fensterscheiben nach draußen. Die Halle maß sieben mal sieben Meter, die Höhe betrug vier Meter. Außer Personenwagen konnten auch LKWs bis zu einer gewissen Größe repariert werden. Gleich rechts neben der Eingangstür befand sich ein kleines Kabuff, das

als Büro diente, daneben ein Sanitärraum von knapp zehn Quadratmetern Größe, und dahinter, im äußersten Winkel der Halle, ein kleiner Wohnraum, in dem Aatami seit dem letzten Herbst hauste. Damals hatte er seine Wohnung in Tikkurila verkaufen müssen, um die Schulden seiner Firma abzubauen und sämtliche ausstehenden Alimente, eine Folge seiner fünf Jahre zurückliegenden Scheidung, zu bezahlen. Er hatte stets die Frauen geliebt, dafür gab es eine große Zahl lebender Beweise: drei Kinder mit seiner Exfrau – die dreizehnjährige Liisa, der elfjährige Tauno und Leena, neun Jahre alt. Früchte der Liebe hatte ihm auch vor fünf Jahren eine andere Frau geschenkt, es waren die lebhaften Drillingsmädchen Anneli, Annikki und Aulikki. Und schließlich gab es noch Pekka, fünfundzwanzigjähriger Grenzschützer am Posten Naruska oben bei Salla. Die Liebe hat ihren Preis: Eine so große Kinderschar benötigt viel Nahrung und Kleidung. Das Gericht hatte Aatami gnadenlos zu immensen Unterhaltszahlungen verdonnert, so als wäre es um die Besteuerung einer Firma gegangen. Mit dem Erlös vom Wohnungsverkauf hatte er sich über den Winter retten können, doch jetzt im Frühjahr musste er dringend neue Einnahmequellen erschließen.
Links hinten in der Halle gab es noch das zehn Quadratmeter große Akkulager. Darunter hatten sich die Ratten von Tattarisuo Gänge und Nischen für ihre Nester gegraben, und sie führten in den Räumen der Werkstatt ein lebhaftes Familienleben. Sie organisierten spontane Verwandtentreffen und bewirteten ihre Gäste mit Aatamis Essvorräten. Zu diesem Zweck hatten sie Löcher in seine Kühltasche gefressen und sich auf diesem Wege bereits mit zahlreichen Lunchpaketen versorgt. In der vergangenen Woche hatten sie, frech wie sie waren, zwischen den Doppelfensterscheiben einen Becher Buttermilch umgestoßen

und einen bösen Schlamassel hinterlassen. Ihren Haupteingang hatten die Ratten unter der Verladerampe, wohin ein Gang entlang der Wand führte. Dort empfingen sie ihre zu Besuch kommenden Verwandten und fremde Gäste, im Allgemeinen in den Nachtstunden, denn dann geraten die Ratten, genau wie die Menschen, in Feierstimmung.

Neben dem Akkulager befand sich ein weiterer, größerer Raum, das Labor. Genau von dort war Aatami vor der Explosion geflüchtet, mehr durch die Luft als auf seinen Füßen.

Eigentlich benötigt man in einer gewöhnlichen Mehrzweckwerkstatt kein Labor. Die Wartung von Akkus und Autobatterien ist theoretisch und auch in der Praxis eine einfache Sache, ganz zu schweigen von der Reparatur von Auspuffrohren und Ähnlichem. Aatami hatte sich dennoch ein Labor eingerichtet und die entsprechenden Geräte angeschafft, denn er hatte zum Zeitvertreib damit begonnen, einen neuartigen, leichten Akku zu entwickeln. Während der Rezession, als ihm die Kunden nicht gerade die Bude einrannten, wurden ihm die Tage lang.

Aatami war es sehr ernst mit dieser Sache, obwohl er Außenstehenden versicherte, er mache es nur aus Jux und zum eigenen Vergnügen. Ihn faszinierte die Vorstellung, dass es ihm gelingen könnte, einen neuen, extraleichten Akku zu entwickeln und damit einen Wendepunkt im Leben der ganzen Menschheit herbeizuführen. Er würde als Erfinder in die Geschichte eingehen, ein wenig so wie Edison, der, neben vielem anderen, den Nickel-Eisen-Akkumulator entwickelt hatte. Aatami fühlte sich seelenverwandt mit Thomas Alva Edison, der so vieles ausprobiert und umgesetzt hatte, und auch ihre Jugend war ähnlich verlaufen. Edison war mit fünfzehn Jahren als Fernmeldemonteur durch die Vereinigten Staaten gezogen, Aatami

Rymättylä hatte im kalten Norden als Elektromonteur gearbeitet. Später dann war er jahrelang Mechaniker in einer Akkufabrik gewesen, Edison wiederum Ingenieur im Telegraphenwerk der Western Union.
Alles in allem wäre die Speicherung von Strom in einer leichten und vernünftigen Form eine ebenso große Sache wie einst Edisons Erfindung.
Aatami war als Erfinder durchaus kein Anfänger. Während seines Wehrdienstes hatte er eine äußerst geniale Infanteriemine entwickelt, die die tückische Eigenschaft hatte, dass man sie nicht ohne Explosion entschärfen konnte. Die Mine war später von der Armee für die Ausbildung der Pioniere eingesetzt worden. Aatami hatte ein Honorar für die Entwicklung dieser teuflischen Waffe verlangt, aber der Kommandeur der Pioniere, ein starrsinniger Generalmajor, hatte schnöde erklärt, dass sich keine Armee der Welt ihre Kriegsgeheimnisse zu erkaufen pflege, sondern es gebe sie seit jeher umsonst.
Auf der Offiziersschule hatte Unteroffiziersanwärter Rymättylä dann noch ganz nebenbei ein zweiläufiges Maschinengewehr entwickelt, für das er eine phänomenale theoretische Feuergeschwindigkeit errechnet hatte, nämlich zweitausend Schuss pro Minute. Die Idee basierte darauf, dass der Verschluss der Waffe mit einer Kurbelwelle verbunden wurde, so wie der Kolben im Verbrennungsmotor. Die rotierende Bewegung würde die Feuergeschwindigkeit erhöhen und die Waffe störfrei machen, erläuterte Aatami, als er seine Erfindung dem Brigadekommandeur vorstellte. Daraufhin versetzte man ihn für mehrere Wochen ins Waffendepot der Division, wo er Entwürfe der neuen Waffe zeichnen sollte, bis sich herausstellte, dass die Idee gar nicht so neu war. Bereits 1905 hatten nämlich die Japaner einen ähnlichen Mechanismus für ihre Schiffs-

artillerie entwickelt. Die Feuergeschwindigkeit der Waffe war wirklich ausgezeichnet gewesen, die einschlägige Literatur wusste zu berichten, dass es schwierig gewesen war, den Schießvorgang zu stoppen, dazu mussten erst sämtliche Geschosse verballert sein. Ein Verschluss vom Typ der Kurbelwelle war zwar äußerst effektiv, machte die Waffe aber zugleich sehr ungenau: während des Schießens vibrierte die Kanone, genau wie ein laufender Automotor. Die Japaner hatten mit Aatamis Erfindung also schon zu Beginn des Jahrhunderts ihre Erfahrungen gemacht, und zwar in der Seeschlacht vor Tsushima. Ein entsprechend ausgerüstetes Geschütz war mit starken Bolzen auf dem eisernen Deck eines Dampfkanonenbootes befestigt worden. Die japanischen Kanoniere hatten damit die Flotte der Russen auf dem herbstlichen Meer beschossen, und wie es heißt, hatte der ungeheure Lärm der Kanone großen Eindruck auf den russischen Gegner gemacht. Die Geschosse waren jedoch ziellos auf dem Meer und am Himmel herumgesaust, und es hatte nicht viel gefehlt, und das wie wild feuernde Geschütz hätte das gepanzerte Deck des Bootes zerrissen. Die Produktion der Kanone war stillschweigend eingestellt worden. Einige Quellen behaupten, dass der Konstrukteur später Harakiri begangen habe, trotz der Tatsache, dass auch durch sein Verdienst dem Großmachtstreben der Russen Einhalt geboten worden war.

Als man in der Division von den Erfahrungen der Japaner erfuhr, schickte man den Offiziersanwärter Rymättylä ohne Beifallsbekundungen wieder in die Ausbildung zurück.

Vor zehn Jahren hatte Aatami am größten Erfinderwettbewerb der nordischen Länder teilgenommen, den ein schwedisch-dänischer Industriekonzern veranstaltet hatte.

Der Hauptpreis war mit zweihunderttausend Kronen in bar beziffert gewesen. An dem Wettbewerb hatten sich mehr als zwölftausend Erfinder beteiligt, und ausgerechnet der Elektriker Aatami Rymättylä hatte den Sieg davongetragen. Seine Frau Laura, Aatami war damals noch verheiratet gewesen, hatte Zweifel an der Genialität ihres Mannes geäußert, als er einen Briefumschlag von einem Kilo Gewicht zur Post getragen hatte. Sie hatte das ganze Unterfangen für lächerlich gehalten, aber wie es manchmal so geht, Aatamis eingereichter Vorschlag, ein System für das automatisierte Setzen von Gartenpflanzen, war absolut überzeugend gewesen, sogar in einem solchen Maße, dass sich auf dem kleinen skandinavischen Markt niemand in der Lage gesehen hatte, dieses System industriell zu fertigen. Für das Preisgeld hatte Aatami seiner Frau einen Pelzmantel gekauft.

All das war Kleinkram gewesen, es hatte zwar Spaß gemacht, aber dieses Mal hatte Aatami das Gefühl, einer ganz großen Erfindung auf der Spur zu sein. Zunächst hatte er sich Gedanken gemacht, wie er das Gewicht der Akkus auf herkömmliche Art verringern könnte, ihm schmerzte nämlich der Rücken, weil er die Dinger täglich heben musste. Bald jedoch wurde ihm klar, dass die modernen Zinkakkus so weit entwickelt waren, wie es irgend ging: Das Material passte, die Herstellungsweise ebenfalls, der Akku war in sich fertig, hatte aber immer noch ein enormes Gewicht. Wenn man ein leichteres Modell entwickeln wollte, musste man sich dem Problem auf ganz neue Art nähern.

Während des ganzen düsteren Rezessionswinters hatte Aatami in seinem Labor endlose Versuche mit den verschiedensten Materialien gemacht, mit Lösungsmitteln, mit Metallen, mit Kunststoff. Er hatte in die unterschiedlichsten Behältnisse Strom eingespeist, hatte die sonderbarsten Strippen als Leitungen verwendet und sich am Ende entschieden, es mit Gasen zu versuchen. Helium und Wasserstoff hatten allerdings die Eigenschaft, sich leicht zu entzünden und zu explodieren. So war es auch vorhin zu einem Unfall gekommen, der Wasserstoff war explodiert, davon waren die Fenster geborsten, und Aatamis Gesicht war völlig verrußt. Der laute Knall hatte ihn taub werden lassen, erst langsam kehrte sein Gehör zurück.

Aatami horchte. Verflixt, von der Zufahrtsstraße her war wieder mal das Geheul der Feuerwehrsirene zu hören, es näherte sich mit rasender Geschwindigkeit, und bald donnerten zwei Löschfahrzeuge auf den Hof der *Akku AG*. Aatami eilte hinaus, um den Männern zu versichern, dass keine Gefahr mehr bestehe, kam aber nicht dazu, weil ihn stattdessen der kräftige Strahl aus dem Druckwasserschlauch mitten ins Gesicht traf.

Zwei

Die Feuerwehrmänner spritzten den Werkstattbesitzer ab, bis er klatschnass war. Als die Aufgabe erledigt war, kam es zwischen den Parteien zu einem Wortwechsel, der von Kraftausdrücken nur so wimmelte, dabei ging es um Aatamis laxen Umgang mit dem leicht entzündlichen Material einerseits und die vorschnellen Löscheinsätze der Feuerwehr andererseits. Während der ersten vier Monate des Jahres hatte die Feuerwache von Malmi insgesamt sechsmal aufgrund eines Alarms Löschwagen zu Aatamis Werkhalle geschickt. Es hatte sich jeweils um Explosionsunfälle gehandelt. Während nun die Feuerwehrleute ihre Schläuche aufrollten, machten sie ihrem Ärger Luft und schimpften, dass die ganze Werkstatt geschlossen werden müsste, damit der ewige Fehlalarm ein Ende hätte. Auf jeden Fall werde demnächst eine Brandschutzinspektion stattfinden, bei der jeder einzelne Buchstabe des Gesetzes streng beachtet werde. Spätestens dann werde die Halle wegen der Gefahr, die sie für die Umwelt darstellte, garantiert dichtgemacht.

Aatami erklärte, dass die geringen Verpuffungen und die dadurch verursachten leichten Explosionen, die es in seinem Labor gegeben habe, charakteristisch für diese Arbeit seien. Die Feuerwehr müsse so viel Urteilsvermögen besitzen, dass sie nicht gleich mit heulenden Sirenen losfuhr und Laborversuche störte, sowie aus Tattarisuo ein hysterischer Anruf kam. Die dummen und ängstlichen Mechaniker der benachbarten Autowerkstätten hätten nichts Besseres zu tun, als jedes Mal die Feuerwehr zu alarmieren, wenn die Produktentwicklung im Labor der Akkuwerkstatt eine kritische Phase erreichte.

Als die Löschfahrzeuge weg waren, machte sich Aatami daran, die Spuren der neuesten Explosion zu beseitigen. Er fegte den Schutt zusammen, der sich in Halle und Labor verteilt hatte, hängte die Türen wieder ein, schnitt Glas für neue Fensterscheiben zurecht und reinigte mit dem Wasserschlauch die Fußböden. Anschließend zog er seinen nassen, verrußten und zerfetzten Overall aus, warf ihn in den Mülleimer und stellte sich unter die Dusche. Aatami ließ das erfrischende Wasser über seinen geschundenen Körper rieseln, es spülte einen festen Gegenstand aus seinem Bauchnabel, der mit einem Klirren auf dem Fußboden der Duschkabine landete. Aatami bückte sich. Eine Mutter. So war halt das Leben eines Mannes. Im Bauchnabel einer schönen Araberin schimmert ein Edelstein, im behaarten Nabel eines Mechanikers setzt sich neben anderem Schmutz eine rostige Mutter fest.

Im beschlagenen Spiegel der dampfenden Duschkabine musterte sich Aatami eingehend. Er war einsachtzig groß, sein Körper war behaart und vernarbt. Im Laufe des Winters und Frühlings hatte er sich jede Menge Quetschungen und Brandwunden eingehandelt. Vorläufig war nichts wirklich Ernstes darunter. Aatami zog den Bauch ein und blähte die Brust. Das Spiegelbild zeigte, dass er um die Hüften nicht mehr so schlank und sehnig wie als junger Mann war, doch war er auch nicht wirklich schlaff geworden. Noch erwachte der Bizeps unter der glänzenden Haut zum Leben, wenn Aatami die Faust ballte und den Arm anwinkelte.

Das belebende Nass rann über den knorrigen Körper. Aatami sagte sich, dass dies bereits das dritte Mal war, dass er heute eine Dusche nahm. Erst die Morgentoilette, dann die Spritze der Feuerwehr und jetzt die Säuberung nach der Explosion. Auf der Welt gab es die unterschiedlichsten Duschen und Düsen. Ach, könnte er sich doch einmal aus dieser bitteren Armut befreien und anstelle des Duschwasserstrahls Düsenstrahlen benutzen, ein Triebwerk, das Passagierflugzeuge bis über die Wolken aufsteigen ließ. Aatami versuchte sich die Funktionsweise eines Flugzeugmotors in Erinnerung zu rufen, doch sie fiel ihm nicht gleich ein. Er drehte den Hahn zu und lief wassertriefend in seinen Büroverschlag, dort nahm er das Lexikon der Technik aus dem Regal und suchte sich die schematische Darstellung eines Düsenantriebs heraus. Ja, natürlich, die Düsenturbine saugte den benötigten Sauerstoff an, presste ihn und das Brennstoffgemisch durch ein Einspritzventil in die Brennkammer, die die Turbine zwang, sich mit der Kraft der Abgase zu drehen, und so entstand Energie. Zufrieden kehrte er in seine Duschkabine zurück, um sich weiter zu waschen.

Frauen könnte er mit seinem geschundenen Körper und seiner verbissenen Miene wohl kaum mehr beeindrucken, sagte sich Aatami. Es war einige Zeit her, seit er, der früher so draufgängerisch gewesen war, sein Auge auf die holde Weiblichkeit geworfen hatte. Ein Mann, dem der Konkurs droht, hat nun mal keinen ausgeprägten Geschlechtstrieb. Aatami musste an seine Exfrau Laura denken, von der er vor fünf Jahren geschieden worden war. Sie hatte ihn aus Eifersucht verlassen und die drei gemeinsamen Kinder mitgenommen. Letzter Anstoß war die Nachricht aus der Entbindungsklinik gewesen, dass Aatami Vater von Drillingen geworden war. Drei Uneheliche auf einen Schlag,

das war selbst für Aatami eine Überraschung gewesen. Erklärungen hatten da nicht viel geholfen. Wie auch hätte er dieses ungefragt auf der Welt erschienene Mädchentrio erklären sollen?
Trotz allem hätte Aatami seine Ehe gern weitergeführt, an die er sich, auf seine Art, gewöhnt hatte.
»Verzeih mir! Versuchen wir uns wieder zu vertragen, ein paar zusätzliche Kinder sind doch nicht von Übel ...«
Seine Frau Laura war eine Durchschnittsfinnin, durchaus nicht übel, von Beruf Unterstufenlehrerin, sah auch ganz passabel aus. In ihrer Geisteswelt hatte sie sich dem Unterstufenniveau angepasst, sodass sie in ihrer Arbeit viel Spaß und Erfolg hatte. Aatami hatte daran noch die ein oder andere Erinnerung. Bei einem gemeinsamen Landausflug hatte sie auf ein Bienenhaus gezeigt, das zwischen Feld und Waldrand aufgestellt worden war. Zwanzig große Bienenstöcke hatten da in zwei Reihen gestanden.
»Schrecklich, welch große Briefkästen die Leute auf dem Lande heutzutage haben«, hatte sie gemeint. Sie hatte es falsch gefunden, dass die Post die arme Dorfbevölkerung zwang, ihre Sendungen aus solchen Riesenkästen mitten in der Wildnis abzuholen, und sie hatte Überlegungen angestellt, ob die Leute vielleicht diese Kästen nutzten, um ihre Produkte auf den städtischen Markt zu schicken, oder was sonst der Grund für die riesigen Ausmaße sein mochte. Stellten die Bauern darin Kartoffelsäcke ab, die dann vom Postauto eingesammelt und mitgenommen wurden?
»Das sind Bienenstöcke und keine Briefkästen«, hatte Aatami angemerkt.
»Oh, wie schrecklich, die Bienen stechen bestimmt, wenn die Leute ihre Briefe abholen. Zumindest für Allergiker ist das sehr problematisch.«
Nach der Dusche trocknete sich Aatami ab und verrieb

Wundsalbe auf seinen frischen Blessuren. Salbe und Pflaster gingen bei der Entwicklung des neuen Akkus in rauen Mengen drauf. Das Labor war primitiv und ärmlich ausgestattet, da kein Geld für die Produktentwicklung zur Verfügung stand. Die Arbeit griff außerdem den Geruchssinn und vor allem das Gehör an. Aatami vermutete, dass das Trommelfell in beiden Ohren bereits mehrfach geplatzt war. Manchmal hatte er abends rasende Kopfschmerzen, wenn er sich auf der Eckcouch in seiner kleinen Bude zur Ruhe legte. Ihm war dann, als hätte er eine Eisenkugel anstelle des Gehirns in seinem Schädel.

Er zog sich saubere Unterwäsche und einen neuen Overall an. Sein Verschleiß an Unterwäsche und vor allem an Overalls war leider enorm. Aatami fluchte über die immensen Ausgaben, die ein Unternehmer hatte. Das Finanzamt würde vermutlich misstrauisch auf all die Rechnungen reagieren, die zweifellos für dieses Steuerjahr besonders zahlreich anfielen. Drei Dutzend Overalls für einen Ein-Mann-Betrieb, das war vermutlich in den Augen eines Sachbearbeiters, der die Gegebenheiten nicht kannte, zu viel. Die Behörde würde womöglich vermuten, dass er, Aatami, große Posten Arbeitskleidung zum Beispiel nach St. Petersburg verschob, um sich so illegale Einnahmen zu verschaffen. Da würde es auch nichts nützen, wenn er erklärte, dass die Russen generell und zumindest gegenwärtig gar nicht an Arbeit, geschweige denn an Arbeitskleidung interessiert waren.

Gegen Mittag war in Aatamis *Akku AG* die Ordnung wiederhergestellt. Der Firmeninhaber ging in seine Wohnung. Zur Einrichtung gehörte eine Couch, die aufgeklappt und als Bett zurechtgemacht werden konnte. Neben der Tür stand ein Schrank, vor der Couch zwei Hocker und ein kleiner Tisch. Unter dem Fenster, das mit einem Gitter geschützt war, brummte ein ausgebeulter Kühlschrank, und daneben stand ein zweiter Tisch, bestückt mit einer Kochplatte und einer Mikrowelle. Das war das Heim eines strebsamen Unternehmers, provisorisch, illegal, ein bloßer Schlafplatz. Aatami öffnete den Kühlschrank und nahm die Riesenpizza heraus, die er am Vortag gekauft hatte. Als er sie in die Mikrowelle stellte, hörte er aus der Werkstatt Schritte und Stimmen. Das Ordnungsamt hatte Leute geschickt, um Sachen zu pfänden.

»Wir sollen hier sechsunddreißig Akkus abholen, sie werden ins Lager der Behörde geschafft, hier ist der schriftliche Auftrag«, erklärte der älteste der Männer. Ihr Fahrzeug stammte von der Helsinkier Kommunaltechnik.

Aatami warf einen Blick auf das Papier, er kannte den Text. Er deutete auf die Tür, die ins Akkulager führte.

»Verflucht, sind die Dinger schwer«, klagten die Männer, während sie die gepfändeten Akkus ins Fahrzeug schleppten. Strengt euch ruhig an, dachte Aatami giftig. Von ihm war keine Hilfe zu erwarten, und der Werkstattkarren war auch nicht frei, denn da hatte er sich sofort hineingesetzt.

Sowie die Männer weg waren, ging Aatami wieder in sein Zimmer, um sein Mittagessen zu verzehren. Als er sich den glühend heißen Pizzateller aus der Mikrowelle geangelt und Kefir eingegossen hatte, wurde er erneut gestört. Jetzt war es der Gerichtsvollzieher persönlich, der an die Tür der Halle klopfte.

Drei

Der Gerichtsvollzieher, Stadtvogt Heikki Juutilainen, 32, begrüßte Firmeninhaber Aatami Rymättylä freundlich.

»Riecht es hier nach Schießpulver?«

»Nein, nicht nach Pulver, sondern nach Schwefel und Wasserstoff. Es gab eine kleine Explosion.«

Sie traten in Aatamis Wohnraum. Dort roch es nach der eben gewärmten Pizza. Aatami stellte einen zweiten Pappteller auf den abgenutzten Couchtisch, schnitt die Hälfte seines Mittagessens für den Gast ab, goss ihm ein Glas Wasser ein und wünschte guten Appetit. Die Pizza war so groß, dass sie für zwei reichte.

»Quattro stagioni, nehme ich an«, der Gerichtsvollzieher schmatzte genießerisch, als hätte er eine Delikatesse vor sich.

»Der Käse ist ganz passabel, das andere ist ja nur Grünzeug«, sagte der Gastgeber bescheiden. »Andererseits spart man bei dieser Mahlzeit das Brot und die Butter, die armen Leute in Italien hatten damals wirklich eine vernünftige Idee, als sie die Pizza entwickelten«, fand Aatami.

»Ob die Pizza wohl schon aus dem Mittelalter stammt?«, sinnierte der Gerichtsvollzieher.

»Viele Speisen sind älter als die Völker, die sie essen«, vermutete Aatami und dachte an Salzhering.

Zum Abschluss der Mahlzeit rauchten sie eine Zigarette. Aatami bot auch dem Gerichtsvollzieher seine North State an. Anschließend erzählte er, dass er soeben um sechsunddreißig Akkus erleichtert worden sei. Das Pfändungspapier hatte Juutilainens Unterschrift getragen.

»Sie haben lange Krallen, das muss ich schon sagen.«

»Ich hoffe, Sie wissen mein Vorgehen zu würdigen. Nach meinen Berechnungen müssten Sie noch siebenhundert Akkus auf Lager haben, sofern Sie nicht in jüngster Zeit größere Posten verkauft haben. Für meine Begriffe habe ich recht maßvoll gehandelt, oder was meinen Sie?«

Aatami gab zu, dass die Anzahl der heute gepfändeten Akkus erträglich gewesen sei, obwohl ihm selbst dieser Verlust sauer aufstieß. Doch letztlich sollte ein Mann sein Leben und seinen Verstand nicht an Akkus hängen. In ihnen schlummerte Strom, kein Grips.

»Der Kopf des Menschen ist in gewisser Weise ähnlich wie ein Akku, dieser Gedanke ist mir schon oft gekommen«, äußerte Aatami.

»Verstandesaufladestation heißt es ja auch häufig, wenn von der geschlossenen Abteilung der Psychiatrie die Rede ist«, bestätigte der Gerichtsvollzieher. Dann wechselte er das Thema und erkundigte sich nach Aatamis Erfindung. Darüber hatten sie sich bereits früher unterhalten. Wie ging es mit der Entwicklung des neuen, leichten Akkus voran?

Aatami beschrieb den Weg als vielversprechend, aber steinig. Momentan ging alles schief, doch er war guter Hoffnung, bald den Durchbruch zu schaffen. Ihm fehlte es an Geld und einem Assistenten, das verzögerte die Arbeit, und auch die Feuerwehr machte Schwierigkeiten. Ihre Löschzüge verkehrten vor Ort neuerdings fast so häufig wie die Linienbusse im Berufsverkehr.

Trotz alledem glaubte Aatami den Schlüssel für seine Erfindung in Bälde in Händen zu halten, während der nächsten paar Wochen oder Monate wahrscheinlich. Aus diesem

Grunde wünschte er sich, dass die Vollstreckungsbehörde jetzt nicht kleinlich wäre, sondern ihm die nötige Arbeitsruhe ließe. Das Insolvenzverfahren für seine Firma konnte dann im Herbst eingeleitet werden, falls die Produktentwicklung des neuen Akkus in eine Sackgasse führen sollte.

»Ich habe mich bemüht, Verständnis zu zeigen«, beteuerte der Gerichtsvollzieher. Er fand jedoch, dass der Staat seine Vollstreckungsbehörde nicht zum Mäzen für Erfinder machen dürfe, selbst dann nicht, wenn eine Neuerung von globaler Bedeutung zu erwarten wäre. Für diesen Zweck gebe es schließlich spezielle Institutionen und Organisationen.

Nach der Mahlzeit führte Aatami seinen Gast ins Labor. Er erklärte, dass in diesem kleinen Raum Großes entstehen werde. Zunächst müsse er sich jedoch neue Geräte anschaffen, um jene zu ersetzen, die bei der Explosion zerstört worden waren.

»Akkus werden ja bereits seit hundertfünfzig Jahren entwickelt, doch noch immer sind sie zu schwer im Vergleich zur darin gespeicherten Energiemenge, das Aufladen dauert lange und die Produktion ist teuer.«

Aatami öffnete die Metalltüren eines Schrankes, der in der Ecke stand, und holte zwei selbst gebaute Akkus heraus. Sie waren tatsächlich um ein Vielfaches kleiner als die industriell gefertigten, die er im Lager aufbewahrte. Ihre Oberfläche war freilich auch unebener, denn Versuchsexemplare wurden natürlich nicht extra abgeschliffen.

»Bei diesen Exemplaren habe ich Wasserstoff als Katalysator für die Elektrolyse verwendet. Die Wasserstoffversuche sind allerdings ein bisschen gefährlich. Es knallt immer mal.«

Der Gerichtsvollzieher kannte die Struktur von Akkus nicht. Er wollte wissen, wie in aller Welt es gelang, den elektrischen Strom im Akku zu halten und zu verhindern, dass er entwich.

»Befindet sich in diesen Kästen eine Art Presse oder etwas Ähnliches, womit der Strom quasi zu einem kleinen Klumpen zusammengedrückt wird, bis er sich dann bei der Entnahme wieder ausdehnen und durch die Leitung in die Lampe oder den Elektromotor fließen kann?«

Aatami staunte. Wie war es möglich, dass in einem zivilisierten Land Menschen lebten, noch dazu Männer, die nicht mal die primitivsten Kenntnisse von Elektrochemie besaßen? Von einem Pfändungsbeamten wurde natürlich kein tieferes technisches Verständnis verlangt, doch zumindest die Grundlagen sollte eigentlich jedermann kennen. Geduldig erklärte Aatami, was es mit der Speicherung von Elektroenergie auf sich hatte. Er belehrte seinen Gast, dass der Akku ein Gerät ist, in dem die Energie in chemischer Form gespeichert wird, und dass man diesen Prozess Polarisation nennt.

»Wenn an den Polen des Akkus, hier also, ein Elektrokabel angeschlossen wird, erfolgt die Akkumulation, das heißt, er lädt sich auf. Im Inneren dieses Kastens befinden sich Flüssigkeiten und Bleiplatten. Wenn der elektrische Strom auf sie einwirkt, setzt er die Blei-Ionen in Bewegung, und bei der chemischen Reaktion entstehen Schwefeldioxyd und Wasserstoff.«

»Wie interessant«, sagte der Gerichtsvollzieher gelangweilt.

»Man könnte es kurz gefasst so erklären, dass das Bleisulfat der minusgeladenen Platte des Akkus zu Blei wird, das Sulfat der Plusplatte wiederum zu Bleioxyd, und gleichzeitig verringert sich die Wasserkonzentration in der Elektrolytflüssigkeit, die Konzentration von Schwefelsäure wiederum erhöht sich.«

»Klingt glaubhaft, dennoch muss ich anmerken, dass die Entwicklung von Akkus noch nicht ausreicht, Ihre Schulden zu bezahlen. Nach meinen Berechnungen belaufen sich allein Ihre Steuerschulden, das sind einmal die Lohnsteuer, ferner die kommunalen und staatlichen Steuern sowie Sozialversicherungsbeiträge und Umsatzsteuer, auf insgesamt dreihunderttausend Mark.«

Aatami erklärte, wie wichtig es sei, in der Akkuindustrie auf den Einsatz von Blei zu verzichten: Dadurch würden die Geräte leichter, der Produktionsprozess würde billiger und umweltfreundlicher.

Der Gerichtsvollzieher seinerseits wies darauf hin, dass nicht nur der Staat Aatamis Gläubiger war.

»Ich möchte Sie daran erinnern, dass Sie auch bei zahlreichen Firmen Schulden haben. Sie haben allein Hunderte von Akkus bestellt, ohne dass Sie Ihre Bestellungen innerhalb der vereinbarten Frist hätten bezahlen können. Auch über Laborgeräte gibt es stapelweise Rechnungen, deren Begleichung ich anmahnen muss...«

»In Amerika wurde bereits ein moderner Kohleakku entwickelt, der viermal leistungsfähiger als ein gewöhnlicher Bleiakku ist. Bei ihm besteht die Anode, also der Pluspol, aus Zinkteilchen, und der Minuspol, also die Katode, aus poröser Kohle, die mit Luft in Verbindung steht. Recht einfallsreich, oder? Wenn der Zink durch die Anode fließt, fließen die Elektronen in die Katode, und der dabei entstehende Elektrostrom treibt den Motor an. Hunderte von Elektrochemikern haben jahrelang daran getüftelt, in den USA wird ein Haufen Geld für solche Zwecke ausgegeben.«

Der Gerichtsvollzieher bestätigte, dass die elektrochemische Produktentwicklung durchaus sehr wichtig und volkswirtschaftlich nützlich sein mochte, doch das würde nichts an der Tatsache ändern, dass Aatami Rymättylä seine Schulden bezahlen musste. »Sie sind außerdem auch mit den Unterhaltszahlungen an verschiedene Parteien im Rückstand … da sind Ihre drei ehelichen Kinder, dann die Drillingsmädchen und schließlich noch Pekka, der ebenfalls unterstützt werden muss. Das sind inzwischen Unsummen.«

Er erzählte, dass in Finnland ein Schuldensanierungsgesetz für überschuldete Bürger und Betriebe geplant werde, doch das komme für Aatamis Akkufirma zu spät.

»Wasserstoff ist leider ein sehr unbeständiges Gas, damit kommt man unter diesen Bedingungen kaum klar. Aber ich sehe deutliche Anzeichen dafür, dass ich noch etwas Neues finden werden, glauben Sie mir«, sagte Aatami.

»Auch die Straßengebühr steht noch aus.«

»Ich habe mit dem unterschiedlichsten Elektrodenmaterial experimentiert, mit Aluminium, Nickel, Zink und sogar mit Lithium.«

Der Gerichtsvollzieher äußerte sich nicht weiter zu den Schulden, da er bemerkte, dass der andere mit seinen Gedanken ganz bei der Elektrochemie war. Juutilainen nahm einen Versuchsakku in die Hand und schwenkte ihn.

»Darin gluckst es.«

»Natürlich tut es das, schließlich ist da flüssiger Stickstoff drin.«

»Nichts für ungut, aber warum nehmen Sie nicht anstelle der Flüssigkeit einen festen Stoff?«

»Das habe ich längst probiert, Sie haben sich nur vorhin nicht die Mühe gemacht, zuzuhören.«

»Ja, aber probieren Sie es doch mal mit Stoffen aus der Tier- und Pflanzenwelt. Warum begeben Sie sich nicht auf das Gebiet der organischen Chemie? Könnten Sie nicht bei

Ihren Versuchen zum Beispiel Öl, Torf, Sägemehl oder meinetwegen Leberauflauf verwenden?«
Aatami war sich nicht sicher, ob ihn der Stadtvogt vielleicht veräppeln wollte. Er schloss die Versuchsakkus im Schrank ein und führte seinen Gast ins Freie.
»Falls man mich in die Enge treibt, kann alles Mögliche passieren«, warnte er.
Der Gerichtsvollzieher sagte, dass er nicht die Absicht habe, eine Kuh, die man melken kann, zu töten oder auch nur darauf hinzuwirken.
»Der Unternehmer ist das Vieh des Fiskus, das man weiden und melken muss bis zum Schluss. Wir Gerichtsvollzieher werden verachtet und gehasst, man spuckt auf uns, unsere wahre Rolle hingegen wird nicht anerkannt.«
Juutilainen erzählte, dass vorrangig während einer Rezession wie der jetzigen die Gerichtsvollzieher die Macht und die Pflicht von Bütteln, Scharfrichtern hätten, das könne man erkennen, wenn man die Selbstmordstatistiken verfolge.
»Ich habe mir angewöhnt, alle Todesanzeigen über Personen, die ich dienstlich kannte, aus der Zeitung auszuschneiden. Wenn ich meine Kundenkartei mit diesen Todesanzeigen vergleiche, sehe ich da einen gewissen ursächlichen Zusammenhang. Auf meine Art bin ich Herr über Leben und Tod, letztendlich hängt von mir ab, wer den Strick nimmt oder sich erschießt.«
Juutilainen betonte, dass er mit allen Mitteln und bis zuletzt versuche, das Leben beziehungsweise den Geldverkehr zu erhalten. Er verglich seine Tätigkeit mit der einer Intensivstation im Krankenhaus, wo die Ärzte und Schwestern für das Leben und gegen den Tod kämpften. Geld ist wie Menschenblut, der Patient stirbt, wenn er keine Bluttransfusion bekommt, ein verschuldeter Mensch geht zugrunde, wenn

er kein Geld bekommt. Zusammenbrüche gibt es in den unterschiedlichsten Formen, die Leute nehmen sich das Leben, begehen Raubstraftaten, morden, werden verrückt.
»Wenn in eine x-beliebige finnische Nervenklinik ein Mann mit einem Geldkoffer käme, der jedem Insassen sagen wir mal hunderttausend Mark bar in die Hand drücken würde, dann würde sich die Klinik auf einen Schlag leeren. Geld ist eine Arznei, die auch den irrsten Kopf wieder zu Verstand bringt, das garantiere ich.«
Die Männer waren an der Verladerampe angelangt. Zwei dicke Ratten krochen aus dem Steinsockel des Gebäudes, sausten über die Straße und verschwanden im Labyrinth eines Schrottplatzes.
»Die Ratten verlassen die Werkstatt«, konstatierte Aatami Rymättylä.
»Ich bin Psychiater und professioneller Helfer im wahrsten Sinne des Wortes, ich betreibe ökonomische Psychologie, und sie ist die wirksamste und geht am tiefsten in den Menschen hinein«, äußerte Juutilainen.
Der Gerichtsvollzieher schritt zu seinem Auto, wobei er den Dreckpfützen auswich. Er schwor, dass er nur ein Beamter sei, der seine Arbeit mache, ein psychologischer Exekutor, gewiss, aber er vertraue darauf, dass es Firmenchef Rymättylä noch gelingen werde, das Problem des neuen, leichten Akkus zu lösen.
»Ich verspreche, Sie nach der heutigen Pfändung kein weiteres Mal in diesem Frühjahr zu behelligen. Wäre es Ihnen recht, wenn ich die nächsten Akkus kurz vor Mittsommer pfände?«
Aatami Rymättylä fand, dass Gerichtsvollzieher Juutilainen letztlich ein anständiger Büttel sei. Bis Mittsommer waren noch zwei Monate Zeit. Diesen Gedanken fand er beruhigend.

Vier

Die Zugvögel trafen ein! Alle armen Leute holten ihre ramponierten Autos aus dem Winterschlaf und setzten sie instand, in Erwartung der sommerlichen Freuden. In diesem Frühling gab es in Finnland fast eine halbe Million Arbeitslose, und entsprechend hoch war auch die Anzahl schrottreifer Autos. Sie wurden natürlich nicht verschrottet, sondern die Besitzer setzten alles daran, sie fahrtüchtig zu halten. Wer arbeitslos war, hatte Zeit, an seinem Auto zu basteln. Die Folge davon war, dass sich das Akkugeschäft zu beleben begann. Bei Aatami wurden alte, aufgeladene Akkus nachgefragt, und auch neue wurden gekauft. Nach langer Zeit floss wieder Geld in die Kasse der *Akku AG*, sogar so viel, dass Firmeninhaber Aatami fünfhundert neue Akkus ordern konnte. Er konnte ein paar der überfälligen Rechnungen bezahlen, und, was das Beste war, es stand wieder Kostgeld zur Verfügung. Sieben Sprösslinge: die Drillinge, die drei ehelichen Kinder und dazu noch Pekka… das war kein Pappenstiel. Für die Unterhaltszahlungen gingen monatlich zwanzigtausend Finnmark drauf, bar auf die verschiedenen Krallen. Eine solche Verantwortung ist hart für einen Mann. Es ist also wahr, dass die Liebe ihren Preis hat, aber ist sie ihn wert? In den flüchtigen Momenten brennenden Begehrens gewiss.

Aatami Rymättylä liebte seine Kinder ernsthaft und aufrichtig. Sowie er ein bisschen Geld beisammen hatte, versuchte er als Erstes, die Rückstände bei den Unterhaltszahlungen abzutragen. Denn der Berg wuchs schnell, ein Ein-Mann-Betrieb wirft keine Reichtümer ab, und die monatlichen Zahlungen von zwanzigtausend plus Zinsen schienen manchmal übermächtig.

Einmal pro Woche sah Aatami seine Kinder, und einige Mal im Jahr verbrachten sie einen ganzen Tag miteinander. Im Mai, wenn der Vergnügungspark Linnanmäki öffnete, pflegte er alle um sich zu sammeln (außer Pekka, der bereits erwachsen war und auf dem Grenzposten in Salla Dienst tat) und mit ihnen einen Ausflug dorthin zu machen. Diesen Luxus konnte er sich jetzt nicht leisten, denn für sechs Rangen all die unzähligen Tickets zu kaufen war einfach zu teuer. Aatami vereinbarte mit den Müttern der Kinder, dass er mit der ganzen Horde das Freilichtmuseum Seurasaari besuchen würde, Proviant und Getränke würde er mitnehmen.

Aatami stand an diesem Sonntag früh auf. Er hatte reichlich eingekauft: Brötchen, Käse, Schinken, Kartoffelchips und Limonade. Er machte kräftige Wegzehrung zurecht, schnitt Tomate und Gurke auf, bestrich auch einige Brötchen mit Marmelade. Als der große Proviantberg fertig war, packte er ihn mitsamt der Getränke in eine riesige Kühltasche, steckte ein paar Tüten Lakritze mit hinein und holte dann seine Kinder ab.

Es wurde ein herrlicher Tag in Seurasaari. Das Wetter war sonnig und der Wind wehte nicht sehr stark. In den kleinen, mit säulenförmigen Fichten bewachsenen Buchten war es fast heiß. Die Drillinge Anneli, Annikki und Aulikki, erst fünf Jahre alt, trugen adrette Kleidchen und Schleifen im Haar. Ihre Zöpfe flogen im Wind, während sie auf den Uferfelsen und den Sandwegen herumtollten. Aatamis eheliche Kinder – Liisa war mit dreizehn die Älteste, dann folgte der elfjährige Tauno und schließlich die neunjährige Leena – passten auf die kleinen Drillinge auf, Liisa und Leena spielten gern die große Schwester und auch ein bisschen die Mutter. Tauno hielt sich an den Vater und versuchte, inmitten der juchzenden Mädchenschar männlich kühlen Verstand zu demonstrieren. Der Bursche warf Steine ins Meer und verriet, dass er niemals heiraten werde.

»Es kommt ja sowieso zur Scheidung, und was wird dann aus den Kindern?«

Aatami beobachtete seinen spielenden Nachwuchs und nickte zerstreut. Das Zusammenleben mit einer Frau hatte einiges für sich, zweifellos, doch erwuchsen daraus auch allerlei Konflikte.

Als sie die Insel zur Genüge durchstreift und sämtliche alten Häuser und Ställe besichtigt hatten, lagerten sie sich am Meeresufer, um zu essen. Aatami öffnete die Kühltasche. Die Mädchen verteilten den Inhalt, jeder bekam seine eigene Portion. Vater und Kinder waren ausgehungert, sie aßen alles auf und leerten sämtliche Limonadenflaschen. Die Möwen kreischten, die Wellen plätscherten am Ufer. Zum Schluss verfütterten die Ausflügler ihre letzten Proviantkrümel an die Wildenten, die so zeitig im Frühling noch ein wenig scheu waren.

Es war bereits später Nachmittag, als sie zum Auto gingen. Aatami wollte jedem seiner Kinder noch ein Eis kaufen, als sie an den Kiosk kamen, der kurz vor der Brücke stand. Daraus wurde jedoch nichts, denn vor dem Kiosk wogte eine dichte Menschenmenge, und lautes Gezeter war zu hören. Inmitten der Leute wand sich ein mageres, faltiges altes Weib in zerfetzter Kleidung, offenbar eine geistig verwirrte Bettlerin Sie hatte sich, wie die Leute erzählten, am Kiosk ein Brötchen stibitzt und es verschlungen, ehe jemand eingreifen konnte. Die Alte war nicht bereit, ihren Verzehr zu bezahlen, im Gegenteil, sie griff die Umstehenden an, biss und kratzte. Sie steigerte sich in eine aberwitzige Ekstase, kreischte, sprang herum und verfluchte alle, die sie zu beruhigen versuchten. Ein Fenster des Kiosks ging zu Bruch. Aatami fand die Szene unwürdig und peinlich. Er wollte hingehen und den Diebstahl bezahlen, doch dann fiel ihm ein, dass er nicht mehr genügend Geld besaß, um die Situation zu klären. Er war wütend über seine eigene Unzulänglichkeit, darüber, dass sein Geld nicht mal für die nötigsten Ausgaben reichte.

Die Alte trat den Rückzug über die Brücke an, begleitet von einer Menschenmenge, die freilich nichts ausrichten konnte, jemand verlangte nach der Polizei, doch das war sinnlos. Die lärmende Menge füllte die ganze Brücke. In Tamminiemi, vor einer düsteren Steinvilla, rief die Alte nach Kekkonen, ihr war wohl eingefallen, dass der frühere Staatspräsident in diesem Haus gewohnt hatte. Aber Kekkonen kam nicht heraus, half nicht der in Bedrängnis geratenen Bürgerin, er war schon seit Jahren tot. Die Alte gab nicht auf, sondern rannte überraschend flink geradewegs in die Villa hinein, die Türen knallten, und von drinnen waren Geschrei und Gekreisch zu hören. Unmittelbar darauf kam sie wieder heraus, flüchtete und verschwand hinter einem Nebengebäude. Aatami konnte noch sehen, dass sie eine türkisfarbene Glasvase, mehr als einen halben Meter hoch, unter dem Arm trug. Zwei Mitarbeiterinnen des Kekkonen-Museums versuchten die Diebin einzufangen, aber die flinke Alte verschwand in Richtung Ramsaynranta.

Die Museumsangestellten kehrten keuchend von ihrer Verfolgungsjagd zurück. Sie waren verzweifelt, denn die Diebin hatte eine wertvolle Vase aus Bergkristall gestohlen, die Präsident Kekkonen seinerzeit von Kim Il Sung, dem Staatschef der Volksrepublik Korea, geschenkt bekommen hatte.

Das Publikum beklagte die schlimmen Zeiten, da sich die Diebe und Bettler schon am Nationaleigentum Finnlands vergriffen, weil sie den Hals nicht vollkriegten. Und was wollte so ein Lumpenweib überhaupt mit der Vase des Präsidenten anstellen?

Als Aatami nach Tattarisuo zurückkehrte, sah er, dass vor seiner Werkstatt ein wohlbekannter Volvo parkte, darin saß Lauras neuer Ehemann, der Sportlehrer Esko Loittoperä. Laura hatte mit dem Mann auch seinen Namen übernommen und nannte sich offiziell Rymättylä-Loittoperä. Der Name erinnerte Aatami stets an Fototechnik, an die *loittorenkaat*, die Zwischenringe zur Verlängerung der Objektive, doch für sehr objektiv hielt er den neuen Mann seiner Frau nicht.

Der Sportlehrer stieg aus seinem Wagen und trat zu Aatami.

»Ihr hattet wohl einen schönen Tag in Seurassaari? Ich finde es wunderbar, dass die Kleinen ihren Papa treffen können, obwohl es Rückstände bei den Unterhaltszahlungen gibt. Laura und ich möchten uns nicht zwischen Vater und Kinder stellen.«

Aatami fragte den Mann kurz angebunden, was er in Tattarisuo wolle. Brauchte er Akkus? Aatami trug die leere Kühltasche in seine Behausung. Sein Nachfolger in der Ehe kam hinterher.

»Reden wir mal von Mann zu Mann«, fing Loittoperä an. »Laura und ich meinen, dass es für deine Treffen mit den Kindern schwierig werden könnte, falls du die Rückstände nicht zahlst.«

Aatami erklärte daraufhin, dass sein Geld behördlicherseits

eingetrieben werde, im Rahmen der Gesamtvollstreckung, dass er jedoch trotzdem vor ein paar Tagen die Rückstände spürbar verringert habe. Im Frühling verkauften sich die Akkus gut.

»Eben, eben. Laura und ich sind der Meinung, dass du die ganze Summe auf einmal erstatten und zusätzlich für einen Monat im Voraus bezahlen könntest. Bald beginnen unsere Sommerferien, wir sind ja beide Lehrer.«

»So auf die Schnelle kann ich kein Urlaubsgeld für euch aufbringen. Im Land herrscht eine Rezession.«

»Die Rezession erfasst auch den schulischen Bereich, du brauchst dich gar nicht so aufzuspielen. Wir müssen am Lehrmaterial sparen und den Stundenrahmen erweitern. Verkauf diese Halle, dann bist du die Probleme los.«

»Wenn du sie kaufst, meinetwegen.«

Loittoperä ließ eine künstliche Lache hören. Er sei Lehrer, kein Akkuputzer, er habe seinerzeit eine anständige Bildung erworben, die ihn zur Wahrnehmung ganz anderer Aufgaben befähige. »Versteh mich nicht falsch, aber bei Laura und mir liegen langsam die Nerven blank. Du bist einfach zu unzuverlässig mit deinen Zahlungen. Offen gesagt, gibt es auch ganz andere Methoden, Rückstände einzutreiben.«

Der Sportlehrer machte mit der Hand eine Bewegung, die keinen Zweifel offen ließ, denn sie symbolisierte das Aufschlitzen der Kehle. Mit dem Daumen der anderen Hand zeigte er nach Osten. Mit anderen Worten, er versuchte anzudeuten, dass die russische Inkassomafia einen neuen Kunden bekäme, falls die Zahlungen ausblieben.

»Nichts für ungut, aber trotzdem«, sagte er und fixierte Aatami, wobei er versuchte, seinem Blick einen mörderischen Glanz zu verleihen.

Aatami ballte die rechte Hand zur Faust und donnerte sie

dem Sportlehrer ins Gesicht. Der Volksbildner prallte gegen die Wand und sank dann langsam auf den Boden des kleinen Raumes. Aatami hob ihn auf, umschlang ihn und trug ihn zum Auto. Den Zündschlüssel steckte er dem Mann in den Rachen, dann knallte er die Tür zu. Darauf kehrte er in sein Zimmer zurück und rauchte erst mal eine Zigarette. Die Knöchel seiner rechten Hand waren aufgescheuert und rochen nach Lehrer. Aatami wusch die Hand. Er hörte, wie draußen das Auto gestartet wurde, dann entfernte es sich. Gut so.

Das war eine spontane und primitive Reaktion gewesen, sagte sich Aatami, als er über sein Verhalten nachdachte. Die Stromkurve des Gehirns hatte eine bestimmte Toleranzgrenze überschritten. In der organischen Elektrochemie lassen sich plötzliche Strömungen nur äußerst schwer eindämmen, konstatierte er. Das Gehirn funktioniert ganz ähnlich wie ein Akku. Es hatte sich zu stark aufgeladen, und das hatte zwangsläufig zu einer Entladung, zum Faustschlag gegen den Widersacher, geführt. Wenn man für diese Erscheinung die chemische Formel fände, könnte man sich vielleicht besser beherrschen, aber war das überhaupt in jeder Situation notwendig?

Es dauerte eine Weile, bis sich Aatami beruhigt hatte.

Fünf

Aatami saß in seinem Büroverschlag und kritzelte komplizierte elektrochemische Formeln. Er versuchte, in der Theorie, auf dem Papier, den Zusammenhang zwischen organischer Chemie und Elektrolyse herzustellen. Was Gerichtsvollzieher Juutilainen da über den Einsatz von Leberauflauf oder irgendeiner anderen zufälligen organischen Pampe bei der Polarisation bemerkt hatte, ging natürlich an sich überhaupt nicht, Aatami kannte einfach die chemische Formel des Materials nicht. Trotzdem hatte dieser amateurhafte Gedanke einen ungeheuren Reiz. Was Aatami bei Lignin, Wasserstoff und alkalischem Fett errechnete, brachte, angewandt auf die vom elektrischen Strom verursachte Elektrolyse, verblüffende Ergebnisse. Aatami beschloss, seine chemischen Berechnungen in der Praxis auszuprobieren.

Zwei Wochen lang schuftete Aatami fast Tag und Nacht in seinem Labor. Er war wie ein Dichter mit heißgelaufenem Gehirn, wie in Ekstase, kam fast ohne Essen und Trinken aus. Seine Erfahrungen aus den letzten Jahren waren ihm jetzt bei den neuen Experimenten von großem Nutzen. Er hatte ernsthaft das Gefühl, endlich den Durchbruch zu schaffen. Wissenschaftlich gesehen schien die organische Chemie ein Unding zu sein, doch in der Praxis funktionierte sie trotzdem. Das Erstaunlichste war, dass man den Strom in dem organischen Akku, anders als bei den her-

kömmlichen Zinkakkus, blitzschnell speichern und ihn ebenso schnell wieder daraus entnehmen konnte.
Je mehr sich Aatami der schwindelerregenden Lösung näherte, desto eifriger arbeitete er, gab sich ganz und gar seinen wild galoppierenden Gedanken hin. Er spürte den mächtigen Strom der Genialität aus seinem Gehirn aufs Papier fließen, wo er einen weiten See bildete und schließlich ein uferloses Meer der Schöpferkraft, dessen göttliche Wogen mit nimmermüder Kraft an die Uferfelsen der Realität schlugen. Der Geist erhob sich in himmlische Höhen, flog hinauf ins All, hinter die Sterne, und dann wieder bohrte sich die Phantasie mit unwiderstehlicher Kraft durch das harte Grundgestein tief hinein ins Erdinnere, ins brodelnde Eisen, in Tiefen, in denen nur der klare Verstand weilen kann.
Das war pures Glück, berauschende Erfüllung, es erschütterte den ganzen Körper, das Licht des Verstandes blendete die Augen, die Genialität nahm das ganze Ich gefangen, die Welt draußen wurde klein, verlor an Bedeutung.
Viele Tage und Nächte hintereinander rechnete und experimentierte Aatami, vergaß alles um sich herum. Er verspürte weder Hunger noch Durst, sehnte sich nicht nach Schlaf und nach menschlicher Nähe. Er magerte ab, bekam hohle Wangen, sein Haar wurde strähnig und die Nägel wuchsen. Er war wie ein Schamane, in den übersinnliche geistige Klarheit geströmt war, die er unermüdlich aus seinem Stift aufs Papier fließen ließ.
All das dauerte sechs lange Tage, und am siebenten Tag ruhte Aatami aus. Er wusste, dass er den Weg ins Paradies gefunden hatte, in das er die ganze Menschheit würde führen können.
So entwickelte Aatami Rymättylä eine neue Verbindung, ein Gemisch aus Lignin, ätherischen Ölen und einigen an-

deren Stoffen, das unglaublich prachtvolle Eigenschaften für die Speicherung von Elektroenergie aufwies. Das Beste bei alledem war, dass das Gewicht des neuen Akkus nur vier oder fünf Prozent des Gewichts eines modernen Bleiakkus betragen würde. Bei der Polarisation entwickelte sich keine Wärme, und es entstand auch kein Energieverlust. Der neue Akku würde in jeder Hinsicht sehr viel besser als die neuesten und besten handelsüblichen Produkte sein. Aatami wusste, dass er eine historische Erfindung gemacht hatte. Wenn ein Mann alles gibt, ist der endgültige Sieg nicht unmöglich.
In der ersten Juniwoche wurde in Aatamis *Akku AG* wegen unbezahlter Rechnungen das Telefon abgeschaltet. Im Hinblick auf den Stand der Arbeit war das eine gute Tat von der Telefongesellschaft, dadurch hatte Aatami die nötige Ruhe für die theoretischen Berechnungen und die praktischen Experimente. Er stellte zwei Versuchsakkus von der Größe eines Federkastens her, die er in der Lebensmittelfabrik von Hyrylä fest in Folie einschweißen ließ. Die fertigen Akkus lud er mithilfe von Dreiphasenstrom voll auf. Die Anzeigenscheibe des Zählers drehte sich während des Aufladens wie ein Kreisel, die Kilowatt flitzten willig aus dem Starkstromkabel in den Behälter mit der Plastikoberfläche. Der Erfinder montierte einen der Akkus in sein eigenes Auto. Das Amperemeter am Armaturenbrett wäre von der Kraft der Ladung fast zersprungen. Aatami konnte mit der bloßen Kraft des Anlassers kilometerweit fahren, ohne dass ein nennenswerter Verbrauch zu verzeichnen war. Das wäre ein Anlass für Freudentränen gewesen, doch das einsame Genie war zu aufgeregt, um vor Glück zu weinen.
Aatami fuhr nach Imatra zur Elektroauto-Fabrik *Elcat*, die den Konzernen *Imatran Voima* und *Neste* gehörte, dort wurden in Serien von wenigen Hundert Stück Lieferwagen mit Elektroantrieb gebaut, die hauptsächlich für den

Einsatz bei der Post und in den Kommunen vorgesehen waren. Aatami bekam die Erlaubnis, seine Erfindung in einem Elektroauto zu erproben. Der Lieferwagen funktionierte ausgezeichnet mit dem flachen Akku, der kaum größer als eine Schokoladentafel war. Man fragte Aatami, wie das möglich war. Befanden sich in der Schachtel Lithiumbatterien? Wie lange würde das Auto mit der Ladekapazität fahren können?

»Ich wollte nur mal was ausprobieren, die Sache ist nicht weiter von Belang«, wiegelte der Erfinder ab. Er löste seinen Akku aus dem Elektrosystem des Wagens und steckte ihn schleunigst wieder ein.

Als Aatami am Nachmittag nach Tattarisuo zurückkehrte, sah er schon von weitem, dass seine Halle in Flammen stand. Die Akkuwerkstatt brannte fröhlich vor sich hin, niemand löschte, kein einziges Feuerwehrauto war in Sicht. Aatami rannte in die benachbarte Autowerkstatt und bat den Mechaniker, die Feuerwehr zu alarmieren. Der Mann im ölverschmierten Overall und mit Pferdeschwanzfrisur erklärte verdrossen:

»Das habe ich mehrmals getan, aber sie haben gesagt, dass sie nicht kommen. In der Zentrale hängt angeblich ein Zettel an der Wand mit dem Hinweis, dass in der Akkuwerkstatt von Tattarisuo nicht mehr gelöscht wird. Auf ausdrücklichen Wunsch des Besitzers.«

Die Flammen rauschten im heftigen Wind. Schwarzer, bleihaltiger Rauch stieg zum klaren Frühsommerhimmel auf. Alles verbrannte, die Halle war nicht mehr zu betreten. Hunderte Akkus älterer Bauart wurden vernichtet, ebenso die gesamte Buchhaltung der Firma, der Wasserboiler im Duschraum zerplatzte in der Hitze, Aatamis Bettzeug und seine Unterhosen erhoben sich als Rauch in die Wolken. Ein fürstliches Feuer!

Sechs

Wenn es jemandem richtig schlecht geht, denkt er, schlimmer kann es nicht kommen, aber das stimmt nicht. Während das Feuer in der Halle mit voller Kraft wütete, trieb der scharfe Wind die Höllenflammen über die Straße, und so fing auch Aatamis Auto Feuer. Der Besitzer selbst konnte sich mit knapper Not in Sicherheit bringen. Die Reifen schmolzen auf dem Asphalt, die Fenster zerbarsten, die Innenverkleidung brannte wie Zunder, das Armaturenbrett aus Kunststoff rann als flüssige Masse auf den Fußboden, mit ihm das Handschuhfach und Aatamis schweinslederne Geldbörse, die fürchterlich stank und qualmte. Aus der Halle waren Explosionen zu hören, als die Gasflaschen zersprangen.

Adieu Tattarisuo!

Aatami besaß rein gar nichts mehr, keine Werkstatt, kein Auto, kein Geld, keinen Arbeitsplatz, kein Zuhause. In der Brusttasche seines Jacketts steckten zwei kleine Versuchsakkus und ein Bündel Papiere, die mit chemischen Formeln bekritzelt waren. Bar jeglicher Habe verließ er die Brandstätte und wanderte die Straße entlang. Zerstreut beschloss er, erst mal in die Stadt zu gehen. Er musste notgedrungen zu Fuß gehen, denn er hatte keinen Pfennig Geld in der Tasche.

Ein Löschfahrzeug kam ihm endlich entgegen. Aatami winkte lässig mit der Hand in Richtung der Brandstätte.

Als er eine halbe Stunde getrabt war, erreichte er den Friedhof Malmi. Dort ruhten viele arme Männer, wie er wusste. Aus der Stadt kam ein Polizeiauto, das Aatami anhielt. Den Polizisten teilte er mit, dass seine Werkstatt in Tattarisuo vorsätzlich angezündet worden sei. Wie sich zeigte, waren die Polizisten genau dorthin unterwegs. Hatten sie vielleicht zufällig Firmeninhaber Aatami Rymättylä vor sich? Das traf sich gut! »Wir können gleich wieder umkehren«, erklärten sie. Genau den Herrn Rymättylä wollten sie nämlich aus Tattarisuo abholen. Es hatte eine anonyme Anzeige gegeben, der zufolge er seine Halle selbst und vorsätzlich in Brand gesteckt hatte.

Es gelang Aatami nicht, die Polizisten von seiner Unschuld zu überzeugen. Die Anzeige sei absolut falsch, erklärte er. Er sei zu dem Zeitpunkt, da die Halle angezündet worden sei, in Järvenpää gewesen. Wer würde schon seinen eigenen Arbeitsplatz abbrennen? Die Polizisten glaubten ihm nicht. Von der Dienststelle Pasila aus riefen sie immerhin in der Elektroauto-Fabrik an. Dort bestätigte man ihnen, dass der betreffende Herr in der Fabrik gewesen sei, aber an den genauen Zeitpunkt konnte sich niemand mehr erinnern. Ein richtiges Alibi ergab sich aus dem Telefonat nicht. Nach Meinung der verhörenden Beamten hätte Aatami sehr wohl die Zeit gehabt, zurückzukehren und seine Halle abzufackeln. Der anonyme Anrufer hatte berichtet, dass Aatami finanzielle Probleme habe, mit anderen Worten, dass er kurz vor der Pleite stehe. Das Motiv für die Brandstiftung war also gegeben: Versicherungsbetrug.

»Wir können Sie leider nicht auf freien Fuß setzen«, bedauerte der Diensthabende. »Es gibt in der Sache zu viele Ungereimtheiten, sodass wir Sie für ein paar Tage in Gewahrsam nehmen müssen. Wir müssen Sie nochmals befragen und die Fakten prüfen.«

Aatami kam diese Regelung sehr gelegen, wusste er doch sonst keinen Ort, an den er hätte gehen können. Er hatte keine Angehörigen, Vater und Mutter waren tot, die Schwester wohnte in den Turkuer Schären, die Exfrau war wieder verheiratet, die Werkstatt war abgebrannt. Für einen Mann, der vor dem Nichts stand, war eine öde Zelle immer noch besser als die Straße.

Sehr karg war das neue Zuhause, das Aatami bezog. Es war ein Verschlag von etwa zehn Quadratmetern, an der Wand gab es eine Betonliege, darauf eine Matratze und eine Decke. Der Tisch war an der Wand festgeschraubt, ebenso die zwei Stühle. Das Fenster hatte kein Gitter, es war vielmehr aus milchigem Panzerglas. Der Weg in die Außenwelt war durch eine Stahltür versperrt, in der sich ein Spion und eine größere Klappe für die Essensausgabe befanden. Der einzige Komfort bestand in einem Wasserspender, dem man Trinkwasser entnehmen konnte, und einem Klobecken. In die Wände hatten die früheren Bewohner ihre gallebitteren Grüße geritzt. Aatamis Einzelzelle befand sich in der vierten Etage der Polizeistation von Pasila. Die Windrichtung war nicht zu erkennen, denn das Fenster bot nur fahles Licht, keinen Ausblick.

Aatami bat um Papier und Bleistift. Er äußerte auch den Wunsch nach einem Mobiltelefon, doch dem wurde nicht entsprochen. Der Inhaftierte wurde immerhin eines schwerwiegenden Vergehens bezichtigt, somit konnte man ihm nicht die Möglichkeit einräumen, mit der Außenwelt in Kontakt zu treten.

Seine Versuchsakkus durfte Aatami behalten, nachdem die Polizisten sie zuvor genauestens untersucht und durchleuchtet hatten, um auszuschließen, dass darin Drogen versteckt waren.

Aatami musste drei Tage und Nächte in seiner Zelle verbringen, es waren die ruhigsten seines Lebens. Endlich hatte er Gelegenheit, sich richtig auszuschlafen, und nachdem er das ausgiebig getan hatte, konnte er sich, ohne dass ihn jemand störte, auf seine elektrochemischen Berechnungen konzentrieren. Der Erfinder vervollkommnete seine Akkuidee immer weiter. Er war überzeugt davon, dass er einen wichtigen Beitrag zur Lösung der globalen Umweltverschmutzung in Händen hielt. Im Polizeigefängnis von Pasila wurde ein Mann festgehalten, der nichts Geringeres tun würde, als alle drohenden Ölkrisen zu verhindern. Aatami vertiefte sich mit Eifer in seine Planungen, das Papier füllte sich mit komplizierten Formeln und Berechnungen. Hin und wieder lugten die Polizisten durch den Spion in die Zelle und bedauerten den armen Kerl dort drinnen, der offensichtlich seinen Verstand verloren hatte, ein Unternehmer, der unter dem wirtschaftlichen Druck zerbrochen war und mit einem irren Glanz in den Augen unbegreifliche Zahlenreihen auf Papierbögen kritzelte. Die Rezession beutelte das Volk wirklich zu arg, konstatierten sie mitleidig. Zum Glück hatten sie dem Burschen vor Einschluss die Hosenträger und die Schnürsenkel abgenommen.

Die Tage vergingen bei der Entwicklung der Erfindung recht angenehm, aber die Nächte in der Einzelzelle zogen sich in die Länge, denn nicht immer fand Aatami Schlaf. Aus einer der unteren Etagen klang Gepolter herauf, im Fenster spiegelten sich schwach die Lichter der Stadt. Während Aatami so in seiner Betonhöhle lag, musste er an die alte, zerlumpte Bettlerin denken, die er bei seinem Besuch in Seurasaari beobachtet hatte, und er fragte sich, wo sie jetzt sein mochte. Ob es ihr gelungen war, die Kristallvase, die sie aus dem Museum gestohlen hatte, zu verkaufen?

Aatami begann sich den Weg auszumalen, den das Präsent zurückgelegt hatte. Die Vase stammte vermutlich aus der

Produktion irgendeiner nordkoreanischen Glasfabrik und war zu einem wahren Musterexemplar geworden. Die glutheiße Fabrik, die in einem Tal zwischen nebelumhüllten Bergen stand, hatte eine teuer aussehende Perle des Glasdesigns hervorgebracht. Den Koreanern hatte das Herz geklopft, als sie die herrlichen Formen und schimmernden Farben betrachtet hatten. Vielleicht hatte der Glasbläser als Auszeichnung für sein Werk eine Medaille bekommen, wie sie die Kommunistische Partei der Volksrepublik an verdienstvolle Werktätige zu verleihen pflegte. Dann hatte der finnische Staatspräsident Urho Kekkonen dem Land einen offiziellen Besuch abgestattet. Soweit Aatami sich erinnerte, hatte Finnland sogar eine Papierfabrik dorthin geliefert. Die Maschinen waren allerdings im Vorratslager verrottet, denn die technischen Kenntnisse der Koreaner hatten nicht ausgereicht, die Fabrik zu montieren. Die Jugend des Landes verbrachte ihre Zeit bei den staatlich organisierten Demonstrationen, bei denen sie den Parteivorsitzenden und Staatschef Kim Il Sung hochleben ließ. Auch als Kekkonen einflog, wurden Volksmassen mobilisiert, die Hurrarufe für ihn hallten nur so über die Plätze und durch die Regierungspaläste. Die Kristallvase wartete bereits. Bestimmt war sie in einer exotischen Holzkiste verpackt.

Kekkonen brachte die Vase nach Finnland. Sie wurde in seiner Residenz Tamminiemi jedes Mal hervorgeholt und zur Schau gestellt, wenn Staatsgäste aus sozialistischen Ländern zu Besuch kamen. Manchmal, wenn Kekkonen besonders in Stimmung war, griff er nach der Vase und goss Wodka hinein. Auf ex, Gospodin Kossygin! Und jetzt befand sich diese historische Besonderheit in den Händen einer verrückten Diebin. Ob die Alte die Vase unter ihrem Bett im Wohnheim für obdachlose Frauen versteckte und nur manchmal des Nachts hervorholte, um Trockenblumen hineinzustecken? Falls seine Erfindung ihn reich machen sollte, so beschloss Aatami, dann würde er die Alte ausfindig machen und irgendwie versuchen, ihr das Bettlerleben zu erleichtern. Er könnte wenigstens Kim Il Sungs Geschenkvase mit Sekt füllen.

Am zweiten Tag wurde Aatami verhört. Später kam eine Anwältin zu ihm, die ihm die Polizisten besorgt hatten. Die Assessorin war eine imposante Erscheinung, sie war an die vierzig, groß und rothaarig.

»Ich heiße Eeva Kontupohja. Die Ermittlungen gegen Sie werden sicher bald eingestellt. Wie es scheint, war die Anzeige eine böswillige Verleumdung.«

Die Anwältin fragte, ob Aatami Feinde hatte. Er dachte nach. Eigentlich nicht. Nun, möglicherweise trug ihm der neue Mann seiner Exfrau etwas nach, sie hatten einen kleinen Streit gehabt. Aatami betrachtete seine Handknöchel, die noch die Spuren des Faustschlags trugen.

Trotzdem musste er noch einen weiteren Tag und eine Nacht in der Zelle ausharren. Die Inschriften an der Wand bekamen Zuwachs: Aatami ritzte eine chemische Formel in den Stein, eine Art Zusammenfassung seiner Akkuerfindung. Als er damit fertig war, erschrak er: Möglicherweise würde sich eines Tages ein krimineller Chemie-Ingenieur in die Zelle verirren, und dieser könnte die Formel entschlüsseln und auf die Spur der Akkuerfindung kommen. In diesen harten Zeiten saßen in den finnischen Polizeigefängnissen weit mehr Ingenieure und Bankdirektoren als Zigeuner ein, und das keineswegs wegen ihrer Abstammung. Aatami brauchte drei Stunden, um die Formel wieder abzukratzen. Er musste die Arbeit mehrmals unterbrechen, als durch die Lebensklappe Essen hereingereicht und das schmutzige Geschirr entgegengenommen wurde.

Gegen Abend des dritten Tages wurde er endlich entlassen. Die Beamten bedauerten, dass sie einen unschuldigen Mann so lange hinter Schloss und Riegel hatten halten müssen. Aber so war die Arbeit der Gesetzeshüter nun mal. Nie konnten sie sicher sein, wer der Verbrecher war. Stets mussten sie erst sämtliche Umstände gründlich prüfen, ehe sie eine mögliche Schuld oder Unschuld beweisen konnten.

Assessorin Kontupohja erbot sich, Aatami im Taxi ins Stadtzentrum mitzunehmen. Sie schlug vor, gemeinsam ein paar Bier zu Ehren der glücklich beendeten Haft zu trinken. Aatami war das natürlich recht, nur hatte er leider kein Geld.

»Ich übernehme das«, versprach die Assessorin großzügig. »Sie haben ohnehin noch nicht mein Honorar bezahlt, ein paar Mark mehr spielen da keine Rolle.«

Aatami versprach, die Auslagen der Anwältin umgehend zu erstatten, sowie er von der Versicherung für die verbrannte Werkstatt und das Auto entschädigt worden wäre. Das würde allerdings dauern.

Sieben

Aatami und Eeva schlürften Bier. Sie saßen im Keller des Restaurants *Klaus Kurki*, in einer dunklen Höhle, in der es mehrere Nischen und zusätzlich ein paar kleine Tische im Bereich der Bar gab. Das Ambiente war wie in Hunderten anderer finnischer Kellergaststätten und Pubs auch: die Möbel, nullachtfünfzehn, im englischen Stil gehalten, waren lieblos in eine finnische Erdhöhle geklatscht worden, nach dem Motto: Da habt ihr Waldschrate einen herrlichen Hort des Glücks. Auf gewisse Weise war das Lokal tatsächlich ganz gemütlich, und besonders die Lage war perfekt.

Assessorin Kontupohja äußerte ihr Bedauern, dass ihr Mandant drei Tage und Nächte in einer Arrestzelle hatte zubringen müssen.

Aatami fand, dass es keinen Grund zum Bedauern gab. Eigentlich hätte er sogar Zeit gehabt, einen ganzen Monat in Haft zu verbringen, denn es hatte sich genug angesammelt, über das er nachdenken musste.

Eeva erkundigte sich, wo er jetzt, da seine Werkhalle abgebrannt war, zu wohnen beabsichtigte. Ihres Wissens besaß ihr Mandant keine Wohnung, sondern er hatte im Hinterzimmer seiner Werkstatt gehaust.

Diesen Umstand galt es in der Tat zu bedenken. Aatami besaß eigentlich nicht die Art von Freunden, ja nicht einmal Verwandte, bei denen er so auf die Schnelle unterkommen konnte. Genau genommen war er ein sehr einsamer Mann. Wer von seinen Bekannten würde ihn für einige Zeit aufnehmen? Aatami entschuldigte sich und sagte, er wolle einen Freund anrufen.

Aatami kannte einen hilfsbereiten Taxifahrer, Seppo Sorjonen, der nicht nur Auto fuhr, sondern sich auch mit Poesie und Medizin befasste. Im zwanglosen Gespräch bei einem Glas Bier pflegte er sich Doktoriat der Medizin zu nennen. Leider war Seppo Sorjonen nicht zu erreichen, sondern befand sich dem Vernehmen nach auf Reisen. So sind sie, die Taxifahrer und Doktoriaten, murmelte Aatami enttäuscht.

Und wenn er nun Stadtvogt Heikki Juutilainen anrufen würde? Der stand Aatami letztlich im Moment am nächsten, schon allein aufgrund seines Amtes. Der Gerichtsvollzieher wunderte sich ein wenig über die Bitte seines Kunden, für ein paar Tage bei ihm wohnen zu dürfen.

»Im Allgemeinen haben die Schuldner nicht den Wunsch, beim Gerichtsvollzieher zu wohnen … aber es gibt vermutlich auch keine Regel, die das verbietet, also kommen Sie her. Ich bin nach sechs Uhr abends zu Hause.«

Der Anwältin mochte Aatami nicht gestehen, dass er vorübergehend beim Gerichtsvollzieher übernachten wollte. Als die Kellnerin die zweite Runde Bier brachte, wollte Aatami sein Portmonee zücken, um zu bezahlen, aber das gute Stück war ja im Auto geblieben und verbrannt. Er bekam lediglich den plastikbezogenen Akku zu fassen, der etwa die Größe einer Geldbörse hatte. Aatami versuchte ihn rasch wieder in die Tasche zu stecken, aber Eeva hatte ihn gesehen und wollte wissen, was das für ein Gegenstand war. Aatami verriet, dass er zum puren Zeitvertreib einen leichten und leistungsfähigen Akku entwickelt habe. Dies hier sei ein Versuchsexemplar, seine einzige Hoffnung momentan. Bei dem Brand seien mehr als fünfhundert handelsübliche Akkus vernichtet worden, das ärgere ihn immer noch.

Eeva Kontupohja betastete den Akku. Es war eine leichte und saubere Platte, fünfzehn Zentimeter lang, acht Zentimeter breit und einen Zentimeter dick. An den beiden verstärkten Enden befanden sich die Anschlüsse für elektrische Leitungen, am einen der Plus- und am anderen der Minuspol.

Sie fragte, wie sich dieser Akku von den anderen, herkömmlichen unterschied. Aatami überlegte, ob er ihr von seinem Projekt erzählen sollte, doch andererseits hatte er seine Pläne bisher lediglich dem Gerichtsvollzieher verraten. Der Erfinder verspürte den brennenden Wunsch, sich einem gewöhnlichen Menschen anzuvertrauen, allzu lange schon hatte er seine grandiose Idee für sich behalten.

Er fing an zu erklären, dass es sich um eine ganz und gar außergewöhnliche Erfindung handle. Sein Akku wiege nur fünf Prozent dessen, was die herkömmlichen Speichergeräte für elektrischen Strom wögen. Außerdem sei das Auf- und Entladen im Handumdrehen erledigt.

»Haben Sie dafür ein Patent oder Modellschutz beantragt?«, fragte die Assessorin. Aatami gestand, dass er nicht recht wisse, wie solche Dinge gehandhabt würden, außerdem habe er kein Geld, um Experten damit zu beauftragen. Eigentlich benötige er ein neues Labor, einen Assistenten und vielleicht auch noch eine Sekretärin. Der Akku sei noch nicht vollkommen fertig, er müsse weiterentwickelt werden, aber das sei unerhört teuer.

Eeva Kontupohja wollte wissen, welche praktische Bedeutung solch ein flacher Akku letztlich habe. Akkus gebe es doch wohl schon genug auf der Welt.

Aatami sah die Anwältin erstaunt an. Begriff sie denn nicht, dass dieser neue leichte Akku, wenn er eines Tages auf dem Markt auftauchte, die ganze Autoindustrie revolutionieren würde?

»Wenn diese Akkus massenhaft hergestellt würden, könnten die Autos mit Elektromotoren ausgerüstet werden, und damit würde der Ölverbrauch drastisch reduziert. Die neuen Autos würden also mit Elektroenergie betrieben. Öl würde nicht länger im Straßenverkehr vergeudet, sondern für bessere Zwecke aufgespart. Die Entwicklung dieses Akkus bedeutet eine Wende in der Energiewirtschaft der Welt und besonders in der Autoindustrie.«

Eeva Kontupohja strich mit den Fingern über die Oberfläche des Geräts. Wenn zutraf, was der Mann sagte, dann saß vor ihr ein genialer Erfinder, der über eine Idee von globaler Bedeutung verfügte. Andererseits, vielleicht war er nur ein verrückter Spinner, der unter Realitätsverlust litt, sich an irgendwelche Phantastereien klammerte und schließlich selbst daran glaubte. Wie dem auch sei, man musste der Sache auf den Grund gehen. Sie schlug vor, Weißwein zu bestellen und ein wenig zu essen. Aatami hatte tatsächlich einen Bärenhunger, aber immer noch kein Geld. Eeva sagte, das spiele keine Rolle. Sie gehöre zu jenen Anwälten, die für ihre Mandanten sorgten.

Man speiste frittierten Fisch, zum Nachtisch gab es Apfelpirogge. Aatami aß mit gutem Appetit, besonders den Apfel, den Eeva mit der Gabel zerkleinerte und anmutig zum Mund führte. Gleichzeitig erbot sie sich, Aatami behilflich zu sein, wenn dieser wundersame Leichtakku patentiert würde. Sie sei immerhin Assessorin, und solche Fragen seien ihr nicht ganz fremd.

Die beiden vereinbarten, dass sich Eeva Kontupohja vorläufig weiter um Aatamis Angelegenheiten kümmerte, seine

Interessen gegenüber der Versicherung bei dem Brandschaden vertrat und ihm auch sonst zur Seite stand. Da Aatami noch keine feste Adresse hatte, würden sich Anwältin und Mandant in zwei Tagen wieder in derselben Gaststätte treffen, um dieselbe Zeit.

Nach der Mahlzeit tranken sie noch Kaffee und ein Glas Kognak. Dann stellte Aatami fest, dass es bald sieben Uhr war. Er brach rasch auf, bedankte sich für das Essen und die Getränke und eilte in sein Nachtquartier beim Gerichtsvollzieher.

Viele arme Bürger, die eine Pfändung am eigenen Leibe erfahren haben, sind der festen Überzeugung, dass Gerichtsvollzieher reich wie Krösusse sind, dass sie die Möglichkeit haben, Teile des gepfändeten Geldes für sich selbst abzuzweigen, und dass sie auch sonst eine hundsgemeine Bande sind. Vielleicht traf das tatsächlich auf einige zu, aber zumindest Stadtvogt Heikki Juutilainen war nicht einmal wohlhabend, geschweige denn reich. Er wohnte in einer staubigen Straße in Töölö, die kleine Zweizimmerwohnung war zum Hof hin gelegen. Die Räume waren sauber und ordentlich, obwohl der Inhaber Junggeselle war. Juutilainen hatte für Aatami die Couch im Wohnzimmer als Schlafplatz hergerichtet. Er fragte, ob sein Gast zu Abend essen wolle, aber Aatami dankte und sagte, er habe gerade eine reichhaltige Mahlzeit genossen.

Ehe sich der Gerichtsvollzieher zur Ruhe legte, kam er noch einmal zu Aatami und teilte ihm unter größtem Bedauern mit, dass er nun das Insolvenzverfahren gegen seinen Gast eröffnen müsse, da dessen Arbeitsplatz, die *Akku AG*, niedergebrannt sei. Die Versicherungssumme für Werkhalle und Auto werde kaum ausreichen, der Firma wieder auf die Beine zu helfen.

»Ich bedaure wirklich außerordentlich, aber das Insolvenzverfahren ist nicht mehr abzuwenden. Gute Nacht, hoffentlich schlafen Sie gut.«

»Gute Nacht, das wird schon alles irgendwie werden«, meinte Aatami zuversichtlich und verbarg seine Versuchsakkus unter dem Kopfkissen.

Acht

Eeva Kontupohja wohnte in einer großen unordentlichen Wohnung in der Iso Roobertinkatu. Darin gab es mindestens sechs oder sieben Zimmer, und überall war seit Ewigkeiten nicht geputzt worden. Eeva war kein häuslicher Typ. Sie stieß die Werbebroschüren und Zeitungen, die sich unter dem Briefschlitz im Flur angesammelt hatten, mit dem Fuß beiseite und bahnte sich ihren Weg in die Küche, wo sie den großen Kühlschrank öffnete. Dort war zwar kein Essen zu finden, wohl aber ein paar Flaschen Weißwein und im Gemüsefach Bier. Eeva füllte einen gewaltigen Bierkrug mit Weißwein und ging ins Wohnzimmer, das früher ein Saal gewesen war. Von diesem ehemaligen Charakter kündete nur mehr die Größe des Raumes. Die Möbel waren abgenutzt und wirkten irgendwie deplatziert. Der ehemals schimmernde Kristallkronleuchter war mit einer Staubschicht bedeckt, und eine beträchtliche Anzahl der Gehänge war im Laufe der Zeit abgefallen. Nur ein einziges gelbliches Lampenauge beleuchtete den traurigen Zustand des Ganzen. Eeva ließ sich auf das schmuddelige Ledersofa fallen und nahm einen kräftigen Schluck Weißwein. Mit leiser Stimme verfluchte sie ihren Hang zum Alkohol.

Eeva dachte ein wenig wehmütig, dass sie gern einen männlichen Gast zu sich eingeladen hätte, und sei es den obdachlos gewordenen Aatami Rymättylä, aber wem

konnte sie schon diesen Stall zumuten? Mochte der Mandant lieber im Park übernachten, denn selbst dort war es sauberer.
Komischer Kerl, dieser Aatami Rymättylä. Wenn seine Reden von dem neuen Akku auch nur im Entferntesten stimmten, dann war es nicht gut, ihn einfach sich selbst zu überlassen. Nach ein paar tüchtigen Schlucken aus ihrem Humpen stand Eeva Kontupohja auf und griff nach dem Telefonbuch. Sie suchte sich die Nummer des Instituts für Elektrotechnik der Technischen Hochschule heraus, doch dann fiel ihr ein, dass es fast neun Uhr abends war.
Sie rief dennoch an und ließ sich weiterverbinden, bis sie einen Studenten der Elektrotechnik, der seine Diplomarbeit schrieb, an der Strippe hatte. Eeva fragte den Burschen nach Akkus aus. Sie erklärte, dass sie mit einem Fall betraut worden sei, für den sie Grundkenntnisse auf diesem Gebiet benötige. Brav erzählte er, dass die Anwendung der Elektrotechnik auf bewegliche Maschinen und Geräte gerade von den Erfolgen der Akkuindustrie abhing. Benutzte man keine Akkus, musste man den Strom in ein bewegliches Objekt über Leitungen führen, wie es beispielsweise bei Straßenbahnen, Elektrozügen und Metros der Fall war. Auch viele Schiffe fuhren mit Strom, zum Beispiel die Atomeisbrecher, aber die eigentliche Energiequelle reiste mit, der Kernreaktor also, oder in einigen Fällen der Dieselmotor, der über einen Generator …
»Akkus werden also nicht eingesetzt«, unterbrach Eeva ihn. »Warum denn nicht, da sie einmal erfunden worden sind?«
Der Bursche erklärte, dass an den Akkus seit hundertfünfzig Jahren gefeilt werde, aber eine endgültige Lösung sei nicht gefunden worden. Selbst die neuesten Akkus hatten zu viel Gewicht, außerdem gebe es noch andere Prob-

leme: Sie seien teuer, schwer und kaum zu recyceln. Diese schlechten Eigenschaften verhinderten ihren umfangreichen Einsatz, beispielsweise gerade in Autos.

»Warum werden in Elektroautos keine Batterien verwendet, so wie in Spielzeugautos?«

»Das wäre absolut möglich, Batterien sind leichter als Akkus, aber sie sind einfach zu teuer, weil sie Wegwerfprodukte sind. Für Taschenlampen und Spielzeug kann man sie nehmen, denn da ist der Stromverbrauch sehr gering und die Notwendigkeit für eine Energiequelle mit wenig Gewicht entsprechend groß.«

Der Student rechnete eigens aus, wie viel es kosten würde, mit einem batteriebetriebenen Auto zu fahren. Im Vergleich zu Benzin wäre es sehr viel teurer.

Eeva lenkte das Gespräch wieder auf ihr eigentliches Thema.

»Nehmen wir mal an, jemand erfindet einen leichten Akku, in den man den Strom blitzschnell einspeisen und aus dem man ihn ebenso einfach wieder entnehmen kann. Sagen wir mal, dieser Akku hätte die Größe einer gewöhnlichen Schokoladentafel. Glaubst du, dass die Leute dann anstatt mit Benzin mit Strom fahren würden?«

»Ganz gewiss, aber das ist gar nicht möglich.«

»Wieso ist es nicht möglich?«

»Nun, weil ein solcher Akku nicht erfunden worden ist. In London zum Beispiel hat sich eine Gruppe von Spitzenforschern zusammengetan, hundertsiebzig an der Zahl, sie sind seit fünfzehn Jahren damit beschäftigt, einen neuen, leichten Akku zu entwickeln, aber Ergebnisse sind noch nicht herausgekommen. In Deutschland sitzen hundert Leute daran, ich glaube in Düsseldorf, und auch in den USA arbeiten die Wissenschaftler zu Hunderten an der Entwicklung eines neuen, leichten Akkus.«

»Willst du damit sagen, dass man einen solchen Akku einfach nicht entwickeln kann, dass es unmöglich ist, ihn zu erfinden?«

»Natürlich gibt es immer wieder Fortschritte, aber der endgültige Durchbruch wurde bisher nicht erzielt. Derjenige, dem es gelingt, den neuen Akku zu erfinden, wird der reichste Mann der Welt werden, und er bekommt den Nobelpreis für Chemie.«

Eeva Kontupohja bedankte sich für die Informationen und wünschte dem jungen Mann den nötigen Eifer, sein Studium zu beenden. Darauf trank sie einen zweiten Humpen, diesmal Bier, und wankte schließlich in ihr staubiges Schlafzimmer. Der Nachtschlaf wollte sich nicht recht einstellen, und so zählte Eeva in Gedanken den weltweiten Marktanteil von Elektroautos. Am Morgen duschte sie, schminkte sich eine halbe Stunde lang, trank ein Glas abgestandenen Saft und machte sich dann auf den Weg zu ihrem Arbeitsplatz. Dieser befand sich auf dem Boulevard nahe des Parks der Alten Kirche. An der Tür im vierten Stock hing ein Messingschild mit der Inschrift:

Ass. Kontupohja, Recht und Ordnung

Die Kanzlei war elegant eingerichtet und außerordentlich gepflegt, ganz anders als die heruntergekommene Wohnung der Assessorin. Es gab zwei Büroräume und ein Archiv mit einer Ecke zum Kaffeekochen. Eeva selbst residierte im größeren Zimmer, das mit einem breiten Eichenschreibtisch, einem hellgrauen Ledersessel und einer Sitzgruppe aus dem gleichen Material ausgestattet war. Das Sekretariat war ein wenig kleiner, darin gab es einen PC, einen Kopierer, einen Drucker und alles andere Notwendige. Um die Reinigung der Kanzlei und die sonstige Ordnung kümmerte sich Sekretärin Leena Rimpinen, 32. Sie arbeitete bereits seit sieben Jahren bei Eeva und war in der Lage, deren Fälle selbständig zu bearbeiten, wenn die Chefin auf Achse war. Ursprünglich hatte die Anwaltskanzlei Santasara und Kontupohja AG geheißen, aber die Teilhaberin hatte Eevas wilden Lebensstil sattbekommen und ihre eigene Kanzlei gegründet, wo sie hauptsächlich Feministinnen vertrat, die ihre Rechtsansprüche durchboxen wollten. Eeva wiederum nahm lieber Männer als Klienten. An den Kerlen hatte man neben der Arbeit wenigstens noch seinen Spaß.

»Wie viele Autos werden jährlich hergestellt?«, fragte Eeva ihre Sekretärin. Die machte sich gar nicht erst die Mühe zu raten, sondern rief zunächst beim zentralen Fahrzeugregister und dann in der Bibliothek des Amtes für Statistik an, wo sie die benötigten Informationen mühelos bekam. In den letzten Jahren waren laut Statistik auf der Welt 35 471 172 PKW sowie 13 524 925 LKW und Busse hergestellt worden, das waren insgesamt 48 996 097 Fahrzeuge.

»Mit anderen Worten fast fünfzig Millionen Autos, und das jedes Jahr«, die Sekretärin staunte selbst über die Zahlen.

»Lass uns mal zum Spaß ausrechnen, wie viel zusammenkäme, wenn man für jede Karre einen Tausender kassieren würde.«

»Tausend mal fünfzig Millionen, das sind fünfzig Milliarden Mark«, konstatierte die Sekretärin und wandte sich wieder ihrer Arbeit zu.

Eeva Kontupohja wankte in ihr Zimmer. Fünfzig Milliarden Mark! Das war eine Summe, die ihr den Atem nahm. Wenn man für den ultraleichten Akku also nur einen läppischen Tausender als Lizenzgebühr bekäme, pro Auto, dann käme dieser gewaltige Gewinn aus der weltweiten Autoproduktion heraus. Jedes Jahr! Die Summe war so groß, dass einer halb verarmten, trunksüchtigen Juristin eigentlich nur der

Vergleich mit dem Staatshaushalt einfiel. Eeva Kontupohja eilte ins Archiv, holte die Likörflasche hinter der Hängeregistratur hervor, nahm erst mal einen tüchtigen Schluck und bald darauf einen zweiten. Dann beschloss sie, vorerst nüchtern weiterzumachen, jedenfalls bis zum Mittagessen. Als sie wieder an ihrem Schreibtisch saß, stellte sie weitere Überlegungen an: Wenn auf der Welt fünfzig Millionen Autos gebaut wurden, wie viele Mopeds wurden dann wohl produziert? Der Gedanke an hundert Millionen Mopeds machte sie schwindeln. Endlich wäre Schluss mit dem verfluchten Geknatter, falls Aatami Rymättylä wirklich erfunden hatte, was er behauptete.

Neun

Auf der Couch des Gerichtsvollziehers schlief es sich weiß Gott angenehmer als zuvor in der Zelle des Polizeigefängnisses. Aatami Rymättylä räkelte sich wohlig und dachte über sein Schicksal nach. Lange konnte er auch hier nicht bleiben. Er reinigte sich gründlich, denn in letzter Zeit hatte sich viel Schmutz angesammelt, Aatami musste sich lange unter der Dusche schrubben, ehe er seinen geplagten Körper von den Spuren des Brandes und des Aufenthaltes in der Zelle befreit hatte.

Juutilainen war bereits ausgegangen, um seine Pfändungen vorzunehmen, doch aufmerksam, wie er war, hatte er in der Küche die Zutaten für ein einfaches Frühstück hinterlassen: Toastbrot, Tee, Butter und Marmelade. Auf dem Tisch lagen die Morgenzeitung und ein Zettel vom Gastgeber: »Guten Morgen, Rymättylä, bitte nehmen Sie fürlieb. Juutilainen.«

Aatami blätterte in der Zeitung. Die Wirtschaftsseiten interessierten ihn nicht besonders, ebenso wenig das schlimme Kriegsgeschehen auf dem Balkan. Deprimierende Meldungen, die Zeiten waren finster. Aatami stellte fest, dass auf der Seite mit den Todesanzeigen ein Loch war. Juutilainen hatte eine zweispaltige Anzeige herausgeschnitten. Womöglich war einer seiner Freunde oder Angehörigen verstorben.

Nach dem Frühstück fand Aatami die ausgeschnittene Todesanzeige auf dem Schreibtisch des Gerichtsvollziehers. Es war eine schlichte Botschaft, die vom plötzlichen Ableben eines jungen Direktors kündete, der Tote war in aller Stille beigesetzt worden, er hinterließ eine Frau und zwei Kinder. Der Gedenkvers lautete:

Große Liebe, herzliches Geben,
Sorge um uns, das war dein Leben.

Anneli

Auf der Arbeitsplatte lag eine dicke Sammelmappe, in die weitere Todesanzeigen eingeklebt worden waren. Juutilainen hatte auf den nüchternen Blättern Dutzende von Menschenschicksalen gespeichert, über einen Zeitraum von mehreren Jahren.

Aatami entdeckte in der Schublade einen Karteikasten, die Karten waren streng nach dem Alphabet geordnet. Er konnte es sich nicht verkneifen, die Mappe und die Kartei genauer zu studieren. Die private Sammlung war zu interessant, um sie einfach aus der Hand zu legen.

Es war eine seltsame Kartei von Toten. Jede Karte war mit einer Chiffre versehen. Der Katalogcode verwies auf eine bestimmte Seite der Sammelmappe, auf der die Todesanzeige der betreffenden Person zu finden war. Die Karteikarte selbst enthielt jeweils ein paar Zeilen mit persönlichen Daten zu dem entsprechenden Fall und einen zweiten Verweis auf Juutilainens Pfändungsdokumente. Aatami hatte eine Kartei vor sich, die Juutilainen über seine Kunden angelegt hatte, und speziell über jene, die aus irgendeinem Grunde aus dem Leben geschieden waren. Manch einer sammelt Briefmarken, ein anderer alte Münzen. Juutilainen führte eine Kartei über Tote.

Im letzten Herbst war ein Kunde Juutilainens beerdigt worden, der von Beruf Dachblechschmied gewesen war. Der Tote wurde mit dem folgenden rührenden Vers verabschiedet:

Vorüber sind die Leidensstunden,
Du schließt die müden Augen zu.
Doch unser Schmerz ist nie verwunden,
in unserem Herzen bist nur du.
Leena und die Kinder

Da fand sich ein deutlicher Hinweis auf Selbstmord und den Schmerz, den die Hinterbliebenen empfanden. Personen, die eine Zwangsvollstreckung erlebt hatten, wurden unter Umständen auch Opfer eines überraschenden Unfalls, zumindest der Gedenkvers für einen Speditionsunternehmer sprach von einem jähen Tod:

Der Mensch kennt nicht den Weg, den er geht,
nicht den Tag, da seine letzte Stunde schlägt.

Eine ganz eigene, unheimliche Dimension verlieh der Sammlung die Tatsache, dass offenbar sämtliche der hier archivierten Kunden Juutilainens entweder Selbstmord begangen hatten oder anderweitig gewaltsam zu Tode gekommen waren. Da gab es etwa den unter seiner Schuldenlast zusammengebrochenen Taxifahrer, dessen Witwe ihm nach seinem Selbstmord als letzten Gruß Aleksis Kivis schöne Zeile mitgegeben hatte:

Der Mantel des Todes ein Mantel des Friedens ist,
fern sind Feindschaft, Zorn und Zwist,
fern die trostlose Welt.

Die Karten waren jeweils schon vor dem Tod des Betreffenden angelegt worden, das ließ sich aus den kurzen Notizen schließen, die gewissermaßen Prognosen waren: »Üblicher Fall«, »Wird sich kaum retten«, »Schlimme Sache«, »Scheitert bald«, »Keine Hoffnung mehr« und so weiter. Wenn dann eine hoffnungslos überschuldete Person endlich Selbstmord beging, gab es in der Kartei einen lakonischen Vermerk. »H. Virtanen, wegen Selbstmord aus dem Kundenverzeichnis gestrichen.«

Juutilainen hatte den Kampf seiner Kunden mit Bedauern und unter Qualen des Mitgefühls verfolgt, das ging aus seinen Notizen hervor. Er hatte für die Witwen Blumen gekauft und sie anonym ins Trauerhaus geschickt, hatte häufig auch das Grab besucht und dort geharkt. Die kurzen, tagebuchähnlichen Aufzeichnungen verrieten, dass Stadtvogt Juutilainen unter der Pein des Büttels litt, buchstäblich Trauerarbeit leistete. Aatami sagte sich, dass das Geld wohl eine himmlische Macht war, die Armut übte dagegen eine tödliche Macht aus.

Auf dem Tisch lagen außerdem Kopien von Juutilainens Schul- und Ausbildungszeugnissen, auch Auszüge aus seinem Lebenslauf. Bestimmt litt er darunter, die Menschen scheitern zu sehen, und versuchte den Arbeitsplatz zu wechseln, aber die Rezession zwang ihn, in seinem Job weiterzumachen.

Aatami suchte nach seinem eigenen Namen in der Kartei und fand ihn mühelos. Als korrekter Mann hatte Juutilainen auch von ihm eine Karteikarte angelegt, schonungslos konfrontierte sie Aatami mit seiner Situation. Neben den Angaben zur Person gab es eine kurze Charakteristik: »Hat Unternehmungsgeist, ist gutgläubig. Bedauernswerter Fall. Hängt realitätsfernen Phantasien und Hoffnungen nach.« In der unteren Ecke der Karte hatte Juutilainen erst unlängst die schicksalsschweren Worte notiert: »Scheitert vermutlich vor dem Sommer«.

Aatami verstaute die Mappe und das Archiv wieder in der Schreibtischschublade. Er kam zu dem Schluss, dass er den Aufenthalt beim Gerichtsvollzieher schnellstmöglich beenden musste, in so todesschwangerer Atmosphäre zu hausen war nicht gesund. Noch fehlte ja seine Todesanzeige in der Sammelmappe.

Zehn

Assessorin Eeva Kontupohja schritt zur Tat. Sie bat ihre Sekretärin, eine Reinigungsfirma anzurufen und dafür zu sorgen, dass in der Wohnung in der Iso Roobertinkatu noch am selben Tag ein Großputz stattfand. Sie selbst marschierte in ein Möbelgeschäft, kaufte das erstbeste Wasserbett und verlangte, dass es am folgenden Tag an ihre Adresse geliefert würde. Da hätte Aatami Rymättylä dann künftig sein passendes wogendes Paradies.

Sie erwarb auch ein paar Spiegel, Lampen und andere Kleinigkeiten und trug der Sekretärin auf, diese gemeinsam mit den Reinigungskräften an Ort und Stelle anzubringen. Dann war auch schon Mittagszeit. Ausnahmsweise verzichtete Eeva beim Essen auf Wein. Anschließend kehrte sie energiegeladen an ihren Arbeitsplatz zurück. Der Fall Aatami Rymättylä verlangte rasches Handeln und gründliche Vorbereitungen auf das Treffen, das für den nächsten Tag verabredet war.

Eeva fuhr mit dem Taxi nach Tattarisuo, um sich die Auswirkungen des Brandes anzusehen. Die Halle war in einem unbrauchbaren Zustand, die Wellblechwände und das Dach waren durch die Hitze bis zur Unkenntlichkeit verformt. Das Auto des bedauernswerten Firmenchefs war völlig verkohlt, man hatte es von der Straße geholt und an die rostige Hallenwand gekippt. An der Brandstätte war nichts Wertvolles mehr zu finden.

Auf der Rückfahrt fuhr Eeva beim Polizeipräsidium vorbei und holte sich Kopien von den Protokollen der Branduntersuchung. Vor Dienstschluss rief sie noch bei der Versicherung an und teilte mit, dass die Schadensmeldung in Arbeit sei und alsbald zugestellt werde. Bei einem Anruf beim Amtsgericht erfuhr sie zu ihrem Erstaunen, dass Aatami Rymättylä bei seinem eigenen Gerichtsvollzieher übernachtet hatte. Unglaublich! Entwürdigend! Sie würde sich seiner Wohnsituation annehmen, sowie sie seiner habhaft werden würde.

Die tatkräftige Juristin führte am folgenden Tag ein Gespräch mit ihrer Bank und konnte einen halbwegs günstigen Kredit aushandeln, als Sicherheit diente ihre Wohnung. Die Wohnung war groß und lag in einer gefragten Gegend, sie eignete sich allemal als Pfand für einen Millionenkredit. Außerdem waren die Räume jetzt ungewöhnlich sauber, nachdem die Sekretärin gemeinsam mit der Putzkolonne dort den ganzen vorherigen Tag herumgewirbelt war. Neben all ihren anderen Aufgaben schaffte Eeva es noch, eine Drogerie aufzusuchen und Rasierzeug, Rasierwasser und Seife zu besorgen. Sie hatte in ihrem Leben mit so vielen Kerlen zu tun gehabt, dass sie glaubte, für jeden x-beliebigen den passenden Duft zu finden, ganz sicher aber für den abgebrannten Aatami Rymättylä.

Den Rest des Tages verbrachte sie mit dem Studium des Patentrechts, des einheimischen wie auch des internationalen, und sie bat die Sekretärin, ihr die neueste Literatur über internationale Lizenzverfahren zu besorgen.

Vor dem vereinbarten Treffen eilte Eeva Kontupohja zum Friseur und schaffte es sogar noch, zu Hause vorbeizuschauen, um sich zu überzeugen, dass das Wasserbett tatsächlich im Gästezimmer aufgestellt worden und das Wasser wohltemperiert war. Eine prima Lagerstatt für Aatami, dachte sie zufrieden.

Eeva Kontupohja kam absichtlich fünf Minuten zu spät zu dem Treffen. Sie stürmte keuchend herein und bedauerte ihre Verspätung. Es war offensichtlich, dass Aatami bereits einige Zeit gewartet hatte, sein Bierglas war zur Hälfte geleert. Sieh an, der Gerichtsvollzieher hatte seinem Kunden Geld geborgt. Hatte der Halunke womöglich Wind von der bahnbrechenden Akkuerfindung bekommen?

»Hör zu, guter Mann, ist es dir recht, wenn ich dich duze? Wir werden nicht in dieser dunklen Höhle futtern! Wir gehen nach oben, ich habe uns dort einen Tisch reserviert.«

Eeva Kontupohja warf ein paar Scheine auf den Bartresen und marschierte vorweg in das vornehmere Restaurant in der oberen Etage.

Bei der Suppe erzählte sie, was sie inzwischen für ihren Mandanten unternommen hatte. Aatami gewann den Eindruck, dass sich vieles zum Besseren zu wenden begann. Sie stießen miteinander an; wer, wenn nicht Eeva, verstand es, den richtigen Wein zum Wild auszuwählen.

»Kaffee und Kognak?«, fragte die Bedienung.

»Aber unbedingt, auf jeden Fall für den Herrn Direktor. Mir selbst reicht ein ganz kleiner Fingerhut voll Likör.«

Während sie die ausgezeichneten Getränke genossen, sagte Eeva, ihr falle da eben ein, dass Aatami ihr letztens seine Erfindung, den neuen leichten Akku, gezeigt habe. Hatte er den zufällig bei sich? Aatami zog das Gerät aus der Tasche. Eeva drehte es zwischen ihren schlanken und geldkundigen Fingern und bat Aatami, mehr über die Speicherung von Elektrizität zu erzählen. Stimmte es, dass man diese kleine Platte mit mehr Strom vollpumpen konnte als die handelsüblichen zehn Kilo schweren Autobatterien?

Aatami zog ein Bündel Papiere aus der Brusttasche. Sie waren mit chemischen Formeln gefüllt, die der Juristin nichts sagten, und Aatami wollte sie auch nicht genauer erläutern. Er erwähnte nur, dass sowohl die praktischen Versuche als auch die Berechnungen bewiesen, dass er das Rezept für einen leichten Akku auf organischer Basis gefunden hatte. Eeva schielte auf die Papiere. Zu dumm, dass sie in der Schule das Fach Chemie gehasst hatte. Sie hatte in den Stunden Elvis-Fotos aus der Zeitung ausgeschnitten und viel und grundlos gekichert. Jetzt wäre es von Vorteil, wenn sie Aatamis Formeln interpretieren könnte. Junge Mädchen interessieren sich nicht für die technischen Fächer, sie glauben, dass ihnen die im späteren Leben nichts nützen. Diese Einstellung ist dumm, eine Frau muss besser Bescheid wissen als ein Mann, wenn sie mit Kerlen leben will. Leidliche Kenntnisse in der Elektrochemie könnten Eeva den Weg zu einer Erfindung ebnen, die Milliarden wert war.

»Ich habe gehört, dass du beim Gerichtsvollzieher übernachtet hast. Das ist ja grauenhaft. Du musst dort sofort ausziehen. Es reicht, wenn die Steuervögte dir das Geld aussaugen, du musst nicht auch noch bei ihnen wohnen.«

Aatami erklärte, dass er sonst keinen Platz habe, wo er sein Haupt betten könne. Der Gerichtsvollzieher habe ihm seine Couch zugesagt, und dort habe er die beiden Nächte gut geschlafen. Natürlich müsse er sich eine Wohnung besorgen, wenn nur erst all das andere geregelt sei. Ein Bekannter, der von Beruf Taxifahrer sei, könne da vielleicht helfen, aber der Mann sei zurzeit verreist.

»Ich habe eine Idee! Du könntest für einige Zeit bei mir wohnen. Ich habe genug Platz, im Gästezimmer hat schon seit langem keiner mehr geschlafen.«

Eeva begann Aatamis Angelegenheiten zu planen. Man

könnte einen Assistenten einstellen, der bei der Herstellung der Versuchsakkus half. Auch waren heutzutage leistungsfähige Labors für einen Spottpreis zu haben. Eeva fand, dass es eigentlich nur gut war, dass ein durchgeknallter Pyromane die Schrotthalle in Tattarisuo abgefackelt hatte. Aatami konnte nun ganz neu starten, sozusagen von null anfangen.

»Aber ich habe kein Geld. Der Gerichtsvollzieher hat mir ein paar Hunderter geborgt.«

»Red doch nicht immerzu von Geld, Mann! Ich strecke vor, wir schreiben einfach alles auf dieselbe Rechnung. Und für die Büroarbeit kannst du die Dienste meiner Sekretärin mit nutzen, Leena Rimpinen ist eine wirklich fähige Kraft.«

In der Nacht schlenderten Aatami und Eeva über den Boulevard, besuchten kurz Eevas Büro auf einen späten Drink und gingen dann weiter in die Iso Roobertinkatu. In der Wohnung war reichlich Platz, sodass auch ein großer Mann darin mit untergebracht werden konnte, wie Aatami feststellte. Eeva zeigte ihm das Gästezimmer, wo ein Wasserbett wartete, im Bad lagen Handtücher und Rasierzeug wie auf Bestellung.

Als Aatami am Morgen erwachte, war Eeva bereits zur Arbeit gegangen. Auf dem Nachttisch lag ein Zettel, Eeva forderte ihn auf, sich in der Wohnung wie zu Hause zu fühlen. Unter dem Zettel entdeckte er einen Tausendmarkschein. Es war ihm peinlich, von einer Frau Geld zu borgen, aber ein Armer konnte sich solche Skrupel nicht leisten. In der Küche stand ein herzhaftes Frühstück bereit, über die Teekanne war eine Haube gestülpt. Aatami wusch sich, aß und genoss sein Dasein. Er zog sich in das Bibliothekszimmer zurück, um an seinen chemischen Formeln zu arbeiten. Erst dort merkte er, dass einer der beiden Versuchsakkus verschwunden war. War er im Restaurant oder vielleicht in

Eevas Kanzlei liegen geblieben? Hoffentlich hatte sie ihn entdeckt und in ihre Handtasche gesteckt. Es ließen sich ohne weiteres neue Akkus herstellen, und ein Uneingeweihter konnte mit der Testversion nichts anfangen, also auch nicht die Idee der Erfindung stehlen.

Sowie Assessorin Eeva Kontupohja in ihrem Büro angekommen war, rief sie in einem Maschinenverleih an und fragte, ob ein Elektromotor oder eine Arbeitsmaschine frei sei, die man mit einem Akku betreiben könne. Jede Art von Gerät sei ihr recht, Hauptsache, der Energieverbrauch sei geringer als bei einem Auto. Man versicherte ihr, dass alle erdenklichen Geräte zur Verfügung stehen würden, vom Betonmischer bis hin zum Schweißtransformator.

»Ist der Betrieb eines Betonmischers sehr kompliziert? Ich meine, wenn man ihn leer laufen lässt.«

Nein, die Bedienung sei ganz einfach, sagte man ihr. Erforderlich seien lediglich eine Batterie und ein paar Kabel, sonst nichts.

»Macht er viel Lärm?«

»Allerdings, er rumpelt ziemlich laut. Da dreht sich ein Hundertliter-Betontrog, und die Zahnräder sind nicht sehr toleranzgenau.«

Eeva bat, den Betonmischer und die Elektrokabel nach Tattarisuo auf das Gelände der ehemaligen *Akku AG* zu schaffen. Die Werkhalle sei vor einigen Tagen ausgebrannt, sodass dort genügend Platz sei. Sie sagte, sie werde selbst da sein und die Maschine in Empfang nehmen.

Gegen Abend kamen Männer mit dem Betonmischer und stellten ihn in der verbrannten Halle von Tattarisuo auf. Als sie weg waren, schloss Eeva die Elektrokabel an den Akku an und betätigte den Zündschalter des Mischers. Sie erschrak furchtbar, als die Maschine mit großem Getöse losrumpelte. Die deformierten Blechwände verstärkten

das Geräusch zusätzlich, der Krach in der teilweise eingestürzten Halle war infernalisch.
Die fetten Ratten, die nach dem Brand in ihre angestammten Löcher unter dem Akkulager zurückgekehrt waren, hatten nun endgültig die Nase voll und traten geschlossen und verbittert ihre letzte Flucht aus Rymättyläs Akkuwerkstatt an. Ohne jegliches Gefühl von Wehmut überquerten sie die Straße und verschwanden in den einladenden Gängen des Schrottlagers.
Zufrieden stöckelte Eeva Kontupohja auf ihren Absatzschuhen aus der ramponierten Halle. Sie bat den Taxifahrer, ein paar verkohlte Balken zwischen die Türpfosten zu stemmen, daran befestigte sie das gelbe Kunststoffband, das die Ermittler zurückgelassen hatten und das mit der Aufschrift »Polizei« den Zugang verbot.
Zu Hause teilte sie Aatami mit, dass sie für zwei, drei Tage nach Rovaniemi reisen müsse. Im dortigen Landgericht laufe ein kompliziertes Verfahren. Aatami könne sich frei in der Wohnung bewegen, im Kühlschrank seien Essensvorräte, das Telefon stehe zu seiner Verfügung. Beiläufig ließ sie einen Briefumschlag mit zwei Tausendern auf seinen Nachttisch gleiten.
Eeva Kontupohja flog nicht nach Rovaniemi, sondern mietete sich im Hotel *Malminkuja* ein, von dort fuhr sie mit dem Taxi alle fünf Stunden nach Tattarisuo und lauschte dem Dröhnen des Betonmischers. Sie machte diese Kontrollfahrten Tag und Nacht und achtete darauf, dass kein Unbefugter die Brandruine betrat. Diese Gefahr bestand eigentlich gar nicht, denn der Mischer machte innerhalb der hallenden Blechwände so viel Krach, dass es nicht mal dem abgebrühtesten Gauner eingefallen wäre, in die Halle einzudringen und die Maschine zu stehlen. Eeva fand es selbst gruselig, nach der einsam vor sich hin rumpelnden

Maschine zu sehen. Es war, als verrichtete dort der Teufel persönlich sein finsteres Werk. Besonders in den stürmischen Nächten machten ihr die Inspektionsfahrten Angst. Der Regen peitschte ihr ins Gesicht, der Wind zerrte an den Schößen des hellen Frühjahrsmantels, unheimliche Geräusche drangen aus dem Dunkel. Treulich drehte sich der Mischer, Stunde um Stunde, Tag um Tag. Die Taxirechnungen machten mittlerweile eine ansehnliche Summe aus. Schließlich blieb die irre Maschine stehen, nachdem sie in der Brandruine fast drei Tage und Nächte vor sich hin gerumpelt hatte.

Eeva Kontupohja zog die Elektrokabel aus Aatamis Versuchsakku und fuhr ins Hotel, wo sie sich vom Ruß der Brandstätte reinigte. Dann rief sie im Maschinenverleih an und sagte, dass der Betonmischer seine Arbeit getan habe und abgeholt werden könne.

Eeva lud den Versuchsakku, der den Betonmischer betrieben hatte, an der Steckdose ihres Zimmers auf. Das Hotel würde in diesem Monat extrem hohe Stromkosten haben. Anschließend kehrte Eeva nach Hause zurück und überbrachte Aatami Grüße aus Rovaniemi. Die Gerichtssitzungen dort am Polarkreis seien anstrengend gewesen, aber sie habe sich richtig ins Zeug gelegt und keine Mühen gescheut, und so sei alles gut gelaufen und ihr Mandant habe gewonnen. Sie erzählte vom Frühling im Norden. Es habe angenehmes Wetter geherrscht, frisch und windig sei es gewesen.

»Der Frühling in Lappland kann wirklich herrlich sein«, schwärmte sie. »Ich war am Ounasvaara und habe gestaunt, wie munter all die Fjällblumen gleich nach dem langen Winter zu blühen beginnen … und dann dieses besondere Licht im Frühling! Das kann man nicht mit Worten beschreiben, man muss es selbst erleben, immer wieder und wieder.«

Eeva sagte, sie sei schrecklich glücklich über ihre Lapplandreise und stecke voller großartiger Pläne.
Zwei Tage später rief Stadtvogt Juutilainen an. Aatami gestand, dass er aus Neugier in der Sammelmappe des Gerichtsvollziehers geblättert habe. Die beiden kamen auf das Sterben zu sprechen. Juutilainen beklagte die harten Zeiten, da so viele Menschen starben, und viele von ihnen einfach zu jung. Nachdem dann das Offizielle abgehandelt war, gab es auch noch Neuigkeiten aus Tattarisuo.
Juutilainen hatte das schaurige Gerücht gehört, dass es im Industriegebiet spuke. Aus der Brandruine war mehrere Nächte lang infernalisches Dröhnen zu hören gewesen, so als wäre dort eine Monstermaschine gelaufen. Die Geistermühle hatte ganz allein vor sich hin gerattert – alle wussten ja, dass die Halle unlängst niedergebrannt war und der ehemalige Besitzer im Gefängnis saß. Die neugierigsten Arbeiter des Industriegebietes hatten sich zusammengetan und beschlossen, das seltsame Dröhnen, das nicht einmal nachts aufhörte, zu ergründen. Zunächst hatten sie sich tüchtig Mut angetrunken, denn anders wagte sich nicht mal der abgebrühteste Mann nachts in Tattarisuo auf die Straße.
In einer stürmischen und regnerischen Nacht waren sie dann geschlossen zu der Halle marschiert und hatten schon von weitem furchtbaren Lärm gehört. Die Männer mit den schwächeren Nerven hatten kehrt gemacht, aber die kühnsten waren näher herangeschlichen. Es hatte in Strömen gegossen und mächtig gestürmt, aber die Geräusche des Sturms hatten nicht vermocht, das Dröhnen der Geistermaschine zu übertönen. Die Männer hatten sich mit Baseballschlägern, Eisenstangen und ähnlichen Gegenständen bewaffnet, und sie hatten die feste Absicht gehabt, bis ins Innere der einsamen Halle vorzudringen und

zu ergründen, was dort herumspukte. Aber dann hatten sie zu ihrem Schrecken im grellen Licht eines nächtlichen Blitzes eine rothaarige Frau im weißen Mantel gesehen. Die Frau hatte mitten auf der Straße gestanden, die Hände in die Seiten gestemmt, und mit mörderischem Glanz in den Augen auf die Halle gestarrt, aus der die ganze Zeit ohrenbetäubendes Dröhnen zu hören gewesen war. Die Männer hatten die Nerven verloren und waren in Panik durch die regennassen Straßen davongerannt, begleitet vom dämonischen Lachen der gespenstischen Frau.
Am folgenden Morgen hatten sie die Polizei sowie einen Reporter und einen Fotografen der Abendzeitung zum Ort des Geschehens gerufen, doch die hatten trotz gründlicher Untersuchung keine Spuren des nächtlichen Spuks entdeckt. Die Halle war leer und lediglich von den Spuren des Brandes gezeichnet gewesen, auch auf der einsamen Straße hatte sich kein Engel der Hölle gezeigt.
So lautete das Gerücht, das Gerichtsvollzieher Juutilainen gehört hatte, bestätigt wurde es durch eine doppelseitige Reportage in der Abendzeitung. Die Nummer wurde mit einer grellfarbenen Banderole verkauft, deren Aufschrift lautete:

> Nachspiel der Brandstiftung:
> ROTHAARIGE HEXE WÜTET BEI NÄCHTLICHEM STURM IN TATTARISUO

Aatami ging aus, um die Zeitung zu kaufen. Eeva Kontupohja las den Bericht aufmerksam durch.
»Totaler Quatsch! Was die sich nicht alles ausdenken«, schnaubte sie. Trotzdem warnte sie Aatami davor, je wieder in die alte Rattenhöhle zurückzukehren, in der es zu allem Überfluss auch noch angefangen hatte zu spuken.

Elf

Assessorin Eeva Kontupohja schloss mit Firmenchef Aatami Rymättylä einen Vertrag: Sie würde Aatami das nötige Geld für die Entwicklung, die Patentierung und die spätere Vermarktung des neuen Akkus leihen, außerdem einen Gehilfen für ihn einstellen und die Laborräume mieten, ferner würde sie ihm ihre Sekretärin und ihr Büro zur Mitnutzung zur Verfügung stellen.

Als Gegenleistung wollte sie Anteile von Aatamis Firma erwerben. Die Firma werde nicht in Konkurs gehen, sondern im Gegenteil, das Firmenkapital werde mit der erforderlichen Summe aufgestockt werden. Zugleich sollte Aatami für die Produktentwicklung ein angemessenes Gehalt beziehen. Die neue Teilhaberin versprach, sich darum zu kümmern, dass das Firmenstatut von Aatamis *Akku AG* in einen Gesellschaftsvertrag umgewandelt werde, der Zweckparagraph werde um folgende Formulierung ergänzt: Entwicklung, Herstellung und Vermarktung von Speichergeräten für Elektroenergie.

Beide beschlossen, den Namen der Firma zu ändern, sie solle fortan *Adams und Evas Akku und Batterie AG* heißen. Eeva Kontupohja schlug zunächst vor, die Hälfte des Aktienkapitals zu übernehmen, aber Aatami akzeptierte das Angebot nicht. Er willigte lediglich ein, der Juristin zehn Prozent seiner Firma zu verkaufen. Die eigentlichen Betriebsmittel würde die Akkufirma in Form eines Kredits beziehen. Eeva ärgerte sich über Aatamis eigensinnige Vorsicht, sie hätte gern mindestens die Hälfte der neuen Firma besessen. Eine spätere Erweiterung ihres Anteils könnte schwierig werden, es sei denn, sie ginge mit Aatami die Ehe ein, um dadurch die Besitzverhältnisse auf ein vernünftiges Maß zu bringen. Eeva schätzte, dass es ein Leichtes wäre, einen Knilch vom Schlage Aatamis zu becircen, falls dieses Vorgehen unter wirtschaftlichem Aspekt notwendig werden sollte.

Den Kredit über eine Million Mark, den Eeva mit ihrer Bank ausgehandelt hatte, nutzte sie, um die Anteile der *Akku AG* zu kaufen, einen Teil des Kredits lieh die Firma. Die Buchhaltung der Firma wurde Eevas Kanzlei übertragen.

Laborräume waren nahezu überall zu haben, sodass Aatami das Gelände in Tattarisuo getrost vergessen konnte. Er fand die geeigneten Räume in Espoo, und zwar in Otaniemi an der Ringstraße I, in dem neuen Bürokomplex Innopolis, der zwei Jahre zuvor fertiggestellt worden war. Aatami mietete in der dritten Etage achtzig Quadratmeter, dort wollte er sein Labor einrichten. Als Assistenten gewann Eeva jenen Studenten, mit dem sie unlängst wegen ihrer Fragen zur Elektrochemie telefoniert hatte. Der Bursche hieß Sami Rehunen, er war erst siebenundzwanzig Jahre alt und außerordentlich glücklich darüber, dass er einen Job bekam. Er schrieb an seiner Diplomarbeit über Elektrotechnik. Seine erste Aufgabe in der neuen Funktion bestand darin, die Laborgeräte zu einem vernünftigen Preis zu erwerben. Aatami selbst plante die Einrichtung des Labors, die Sekretärin Leena Rimpinen kümmerte sich um die Anschlüsse für die elektrischen Geräte, fürs Telefon und anderes und um den Behördenkram.

All das beanspruchte eine Menge Zeit, erst Ende Juli war alles fertig. Eeva Kontupohja hatte den Patentantrag für den neuen Akku formuliert, und zwar fürs eigene Land wie auch für die übrige Welt: Das waren Europa, die USA, Japan und einige Länder des Fernen Ostens wie Korea, Taiwan und China. Gemeinsam überlegten sie, ob es klug wäre, die Erfindung auch in Südamerika patentieren zu lassen. Sie verhandelten eifrig per Fax mit mehreren internationalen Patentämtern über die Kosten des Patentschutzes und besonders über die Dauer der Verfahren. Aatami wollte absolut sichergehen, dass seine Idee geheim blieb. Schließlich handelte es sich nur um eine komplizierte chemische Formel, und wenn sie in die falschen Hände geriete, würde das ganze wertvolle und großartige Projekt im Sande verlaufen.

Die letzten Arbeitsplatten und Regale waren an Ort und Stelle. Aatami probierte das neue Telefon aus. Eeva goss kalten Weißwein in Pappbecher. Sie war ziemlich betrunken und kam auf die Idee, dass die Abendstunde geeignet wäre, das Labor weihen zu lassen. Aatami gefiel der Gedanke an einen kirchlichen Segen für die Räume nicht sonderlich, er war schon vor Jahren aus der Kirche ausgetreten. Eeva gab nicht nach. Da sie der griechisch-katholischen Gemeinde angehörte, fand sie es angemessen, einen orthodoxen Priester zu rufen, damit er Weihwasser verspritzte und den Weihrauchkessel schwenkte.

Aatami mochte sich wegen der Sache nicht mit ihr streiten und verzog sich stillschweigend in die Iso Roobertinkatu, um schlafen zu gehen. Eeva hingegen schritt zur Tat. Sie rief verschiedene orthodoxe Gemeinden des Landes an und versuchte Priester ins Innopolis zu locken, doch alle waren anscheinend unterwegs oder auf ihrer Sommerhütte. Eeva wurde wütend. Es war doch, verflucht noch mal, eine Sauerei, dass sich in ganz Finnland kein Priester finden ließ, wenn man mal einen brauchte. Sie rief im Kloster Valamo an und verlangte im Befehlston, man möge professionelle Leute fürs Weihen nach Espoo schicken. Als ihr Befehl nichts fruchtete, bestellte sie sich ein Taxi und fuhr selbst nach Valamo.

Am nächsten Abend kehrte sie zurück. Sie brachte nicht den ersehnten Priester, ja nicht mal einen Mönch mit, aber immerhin einen Kessel und ein paar Liter Weihwasser. Wütend vollzog sie selbst die Zeremonie. Sie spritzte Weihwasser über die Regale und schwenkte den Weihrauchkessel so heftig, dass der Rauchmelder an der Decke des Labors ansprang. Die religiöse Veranstaltung endete mit einem Besuch der Feuerwehr im Gebäude.

Eeva blieb zwei, drei Tage recht einsilbig, bis sie sich von ihren eigenmächtigen kirchlichen Aktivitäten erholt hatte. Sie beschloss, noch eine irdische Einweihungsparty zu veranstalten, obwohl es Aatami danach drängte, mit seinen neuen Geräten zu experimentieren. Aber erst das Vergnügen, dann die Arbeit, entschied seine Teilhaberin. Leena Rimpinen und Sami Rehunen schleppten Weinflaschen, Schnittchen und andere notwendige Zutaten ins Akkulabor. Gäste wurden eingeladen, Eeva Kontupohjas Geschäftspartner und ein paar langjährige Mandanten, insgesamt etwa zwanzig Personen. Natürlich tummelten sich zwischen den Erwachsenen auch Aatamis kleine Drillingsmädchen und die drei Kinder aus seiner Ehe mit Laura. Der Älteste, Pekka, hatte von seinem Dienst an der Grenze so auf die Schnelle keinen Urlaub bekommen, bedachte seinen Vater aber mit einem Glückwunschtelegramm.

Aatami hatte auch seinen Gerichtsvollzieher sowie den Taxifahrer Seppo Sorjonen eingeladen, denn andere enge Freunde besaß er eigentlich nicht. Bei dieser Gelegenheit zahlte er Juutilainen das geliehene Geld zurück. Sorjonen erzählte, dass er im Frühjahr in Dänemark gewesen sei, um an den nordischen Ärztetagen teilzunehmen. Er hatte sich angemeldet, hatte die Teilnahmegebühr und alles bezahlt und war nach Kopenhagen gefahren. Zu seinem Pech hatte man dort entdeckt, dass er gar keine höhere medizinische Ausbildung besaß, er hatte sich alles selbst beigebracht, war ein Autodidakt. Kurzerhand hatte man ihn von der Teilnahme ausgeschlossen.

»Außer mir wurden noch andere rausgeschmissen, Homöopathen, Heilpraktiker, Chiropraktiker, Verfechter der Naturmedizin und solche Leute. Ich bin ja ein gewöhnlicher Feld-, Wald- und Wiesenarzt. Aus purer Bosheit veranstalteten wir eine Schattenkonferenz. Dorthin strömten mehr Journalisten als zu den eigentlichen Ärztetagen. Auch ich wurde für mehrere Zeitungen interviewt und war zweimal in den Fernsehnachrichten zu sehen.«

Es machte Spaß, herumzugehen, mit den Gästen anzustoßen und von den Häppchen zu kosten. Aatami trat auf den Balkon des Labors und betrachtete den Verkehr auf der Ringstraße. Nicht übel! Dies war etwas ganz anderes als das stinkende Gelände draußen in Tattarisuo. Hier zwitscherten in den Parks die Vögel in grünen Laubbäumen. In Tattarisuo rannten die Ratten zwischen dem Schrott herum.

Aatami musste an seine Eltern denken. Wenn Mutter und Vater jetzt den Erfolg ihres Sohnes sehen könnten! Beide waren schon lange tot. Der Vater war in den Gewässern vor Island ums Leben gekommen. Das Fangschiff Rymättylä VI hatte im Sommer 1959 wie gewöhnlich dort Hering gefischt, Jaakko Rymättylä war für das Begleitschiff, den sogenannten Tuckpartner, verantwortlich gewesen. Es hatte ein Unglück gegeben, der Kranausleger hatte den Kopf des erfahrenen Seebären zerschmettert. Als das Netz aus dem Meer geholt worden war, waren darin sechzig Tonnen

Hering und der Skipper des Begleitschiffes gewesen. Das Fangschiff hatte noch anderthalb Monate weitergefischt, bis der Laderaum der Rymättylä VI mit Fässern gut gefüllt war, alles in allem war es eine zufriedenstellende Saison gewesen.

Das Fangschiff war Ende August in den Hafen von Hanko eingelaufen, beladen mit 2800 Tonnen Fetthering. Doch auch eine traurige Fracht war an Bord gewesen: die Leiche von Jaakko Rymättylä. Man hatte den Toten nicht dem Meer übergeben, sondern ihn sitzend in einem Eichenfass aufbewahrt, in einer Lösung aus Salpeter und Salz, damit er in der Heimat beerdigt werden konnte. Der Tote hatte sich in dem Fass gut gehalten, sodass man ihn im offenen Sarg den Angehörigen zeigen konnte, ehe man ihn auf dem steinigen Friedhof hinter der Feldsteinkirche von Rymättylä begrub. Seine Gesichtshaut war grau gewesen wie der herbstliche Ozean, die Augen undurchdringlich und getrübt vom Salzwasser. Die Mutter hatte ihre Kinder allein großgezogen, hatte das harte Leben einer Fischerwitwe geführt und war erst Ende der 70er Jahre gestorben.

Aatami nahm wehmütig einen Schluck Weißwein und ging wieder nach drinnen, wo Eeva Kontupohja gerade eine Ansprache an die Gäste hielt. Sie liebte solche Auftritte, brachte gern Trinksprüche aus und erzählte Anekdoten. Sie verstand es, das Leben zu genießen, machte sich keine unnötigen Sorgen.

Aatami und Eeva bekamen sogar Publicity, als ein Reporter und ein Fotograf von der lokalen Gratiszeitung auf der Party erschienen. Die Zeitung brachte später ein Foto, auf dem die komplette Mannschaft der Akkufirma in die Kamera lächelte: Aatami und Eeva in der Mitte, eingerahmt von der Sekretärin Leena Rimpinen und dem Assistenten Sami Rehunen. Im zugehörigen Text hieß es, dass die neue Produktentwicklungsfirma soeben von Tattarisuo nach Otaniemi gezogen war. Die Firma war zwar noch klein, doch, so ahnte der Reporter, würde sie sich bald zu einem beachtlichen Unternehmen entwickeln, und zwar auf dem Gebiet von Innovationen in der Elektrizitätsspeicherung. Adams und Evas Akku und Batterie AG wurde in Innopoli herzlich willkommen geheißen. Der Verfasser der Zeilen fand, dass gerade solche Institute den Markt belebten und dazu beitrugen, Finnland aus der Rezession zu führen.

Die Einweihungsparty gab Eeva Kontupohja die Gelegenheit, mal wieder über die Stränge zu schlagen. Schließlich war sie den ganzen Sommer über seriös geblieben – abgesehen von dem Kurztrip nach Valamo. Sie hatte eifrig gearbeitet und wegen Aatami sogar versucht, ihren Alkoholkonsum einzuschränken; denn sie hatte einem Erfindergenie nicht täglich halb betrunken unter die Augen treten mögen. Aber nun, da alles in die Wege geleitet war, war der richtige Augenblick gekommen, die Zügel ein wenig zu lockern. Als die Gäste gegangen waren, blieb Aatami noch mit Leena und Sami im Labor, um alles für den kommenden Arbeitstag vorzubereiten. Dann brachte er mit Samis Auto seine Kinder in ihr jeweiliges Zuhause. Eeva hingegen bestellte sich ein Taxi und erklärte, dass sie Besseres zu tun habe, als Olivenkerne und Heringsgräten vom Fußboden des Akkulabors aufzuklauben.

Drei Tage und Nächte lang ließ sich Eeva nicht blicken. Dann rief sie Aatami an und lallte aufgeregt, er solle prüfen, ob sein Auslandspass den Brand in Tattarisuo überstanden habe. Ihm stehe nämlich eine lange und wichtige Dienstreise bevor, die in einer Woche beginne. Alle Vorkehrungen seien getroffen, die Flugtickets bestellt, die Kontakte geknüpft.

Aatami erkundigte sich, was das für eine Dienstreise sei. Er glaube, besser in seinem Labor in Innopolis aufgehoben zu sein, und auch Eeva sei am ehesten nützlich, wenn sie sich in ihrer Kanzlei auf dem Boulevard betätige.
»Nerv mich nicht, Mann! Ich habe uns zur Teilnahme an der ersten Weltmesse der Akku- und Batterieindustrie angemeldet. Sie beginnt in einer Woche. Die *First International Accumulator and Battery Conference,* FIAB, ist für unsere Firma eine lebenswichtige Veranstaltung, glaub mir.«
Aatami erkühnte sich zu fragen, wo diese Konferenz stattfand.
»In Neuseeland natürlich, verfolgst du denn nicht die internationalen Meldungen auf deinem Fachgebiet?«, fragte Eeva erstaunt.
Aatami sagte sich, dass er auf einen Schlitten aufgesprungen war, der ein enormes Tempo vorlegte.

Zwölf

Aatami musste sich in Rekordzeit einen neuen Pass besorgen, denn der alte war verbrannt. Zum Glück kannte er den Gerichtsvollzieher, der vor der Behörde bezeugte, dass beim Antragsteller keine wirtschaftlichen Probleme vorlagen, sodass ihm der Pass ohne Bedenken ausgestellt werden konnte. Als Aatami dann noch belegen konnte, dass der alte Pass bei einem Brand in den Firmenräumen vernichtet worden war und der neue für die Teilnahme an einer internationalen Konferenz benötigt wurde, bekam er das Dokument innerhalb einer knappen Woche.

Auf ging's mit der Finnair nach Kopenhagen, dann umsteigen in die Indian Airways und ein Riesensatz bis nach Neu Delhi, wo die beiden Reisenden übernachteten. Eeva hatte ein gutes und teures Hotel gewählt. Preisgünstig würde die Sache dadurch werden, dass sie ein gemeinsames Zimmer bewohnten, erklärte sie.

Es war bereits Nacht, als sie in Neu Delhi ankamen. Nachdem sie ihr Zimmer bezogen hatten, schlug Eeva vor, an der Hotelbar einen Schlummertrunk zu nehmen. Dort saß ein einsamer Nachtschwärmer wie eine auf dem Ast vergessene Eule. Der Mann war vierzig, sah aber mindestens zehn Jahre älter aus, schien ein schlimmer Säufer zu sein. Er erzählte, dass er ein norwegischer Kraftwerksingenieur und im Rahmen der Entwicklungshilfe hier gelandet sei. Er plane bereits seit fünf Jahren vergebens einen neuen

Staudamm für den Oberlauf des Brahmaputra. Das Projekt sei von Beginn an auf Widerstand gestoßen. Die Einwohner von Bangladesh am Unterlauf des Flusses behaupteten, wenn der Staudamm gebaut würde, dann würden umfangreiche Waldrodungen nötig, die wiederum zu mehr Überschwemmungen im Delta führten, wenn das Schmelzwasser aus dem Hochland und das Regenwasser aufgrund der Erosionen noch schneller als bisher die Ansiedlungen der Menschen überfluteten. Außerdem war der Fluss heilig, heiliger ging es kaum, und so war es nicht erlaubt, Hand an ihn zu legen. Und dann verlangten auch noch die Naturschützer, von dem Projekt Abstand zu nehmen, und zwar, weil der große Damm die Landschaft zerschneiden und weil das Staubecken große Flächen Land bedecken würde.

»Alles Quatsch«, wetterte der norwegische Ingenieur, der zu Hause Erfahrungen beim Bau von Kraftwerken in Gebirgsgegenden gesammelt hatte. Er behauptete, dass ein Staudamm als Regulierungsbecken wirkte und Schluss machte mit den alljährlichen Überschwemmungen. Den heiligen Charakter des Flusses würde ein kleiner Damm am Oberlauf überhaupt nicht mindern, im Gegenteil, er würde ihn verstärken, wenn das heilige Wasser, bevor es ins Meer floss, ein wenig Atem holen und quasi mehr Andacht sammeln konnte. Und die Naturschützer sollten begreifen, dass der künstliche See am Oberlauf die dortige Vegetation üppiger und das Klima wärmer machen würde, außerdem war ein stiller und tiefer künstlicher See mit klarem Wasser schon an sich schön, ein ideales Touristenobjekt.

Der Norweger führte als Beispiel den Staudamm von Assuan an, den die Russen einst Ägypten geschenkt hatten. Wäre der Staudamm nicht gebaut worden, so fand er, wäre das ganz ägyptische Volk längst verdurstet und verhungert. Jetzt aber wurden die Russen dafür kritisiert, dass das Bauwerk so gewaltige Ausmaße hatte, dass es alte Grabdenkmale zerstört und noch alles mögliche andere verschlungen hatte. Die Leute bemängelten sogar, dass das Wasser des künstlichen Sees in der Hitze der Wüste zu heiß wurde, da es nicht normal in den kühleren Nil ablaufen konnte. Wenn die Sonne der Sahara richtig auf das Becken niederbrannte, verdunstete das Wasser, und eine Dürre konnte ganz Ägypten bedrohen.

»Dazu kann ich nur sagen, dass auch im Assuanbecken extra Klappen eingebaut wurden, damit man sie je nach Bedarf öffnen oder schließen kann. Wenn die Ägypter meinen, dass sie den Staudamm nicht brauchen, dann sollen sie doch alles aufmachen und sehen, was dann passiert.«

Alles in allem hatte der Ingenieur, wie er sagte, die Menschen und die Presse und auch sämtliche Regierungen und Parlamente gründlich satt. Bauwerke der Wasserkraft waren etwas ganz Besonderes, insofern, als es nur die Ingenieure waren, die ihre Vorteile erkannten. Er hatte in diesem schweißigen Indien mehrere Jahre seines Lebens für nichts und wieder nichts vergeudet. Das einzige Ergebnis seines Aufenthalts war, dass er zu einem gnadenlosen Säufer geworden war. So wie die Dinge lagen, traute er sich nicht mal nach Hause, da er nichts anderes vorweisen konnte als eine schlecht arbeitende Leber, eine zerknitterte Visage und die vergilbten Zeichnungen vom Brahmaputra-Staudamm.

Bei Eeva Kontupohja weckten die Tiraden des Norwegers so viel Mitleid, dass sie ihm Drinks bestellte und selbst in noch schnellerem Takt trank. Fast schien es, als wollte auch sie in Indien bleiben, um ein Wasserkraftwerk zu bauen.

Aatami hatte am Morgen Schwierigkeiten, seine Mitstreiterin wach und an den Frühstückstisch zu bekommen. Als sie dann zum Flugplatz gefahren und in den Jumbo der New Zealand Airways gestiegen waren, fing Eeva trotz der frühen Stunde gleich wieder an zu bechern. So ging es pausenlos, länger als zehn Stunden, weiter. Die Juristin wurde rasch betrunken und aggressiv, sie lief im Gang herum und fing mit den Leuten Streit an, in diesen Dingen war sie Profi. Aatami versuchte zu schlafen, aber Eeva war zum Plaudern aufgelegt, sie umarmte ihn, dann wieder beschimpfte sie ihn heftig, ab und zu fing sie auch an zu weinen. Zoff und unschöne Szenen jeder Art prägten diesen Flug. Das größte Theater veranstaltete Eeva, als die Maschine bereits in Auckland gelandet war. Sie wollte die Gesundheitsbehörde Neuseelands daran hindern, Insektengift im Passagierraum zu versprühen, weil es angeblich in den Augen brannte. Als sie in den Zubringerbus einstiegen, war es bereits Nacht, und ein warmer Meereswind strich den Reisenden über die Haut. Eevas Rausch konnte dieser sanfte Hauch nicht vertreiben.

Die Tortur fand irgendwo zwischen Flughafen und Auckland ein vorläufiges Ende. Der Bus musste im Dunkeln an einer Baustelle halten. Eeva meinte, dass sie die Gelegenheit nutzen und draußen eine Zigarette rauchen konnte. Aatami hockte halb schlafend auf seinem Sitz, und ihm entging, dass Eeva nicht an Bord war, als der Bus weiterfuhr.

Aatami checkte im besten Hotel Aucklands ein, wo Eeva ein Zimmer reserviert hatte. Er ließ seine und ihre Koffer vom Personal hinaufbringen und erstattete dann bei der Polizei Anzeige wegen seiner verschwundenen Reisegefährtin. Da er sonst nichts weiter tun konnte, ging er aufs Zimmer und kroch ins Bett. Er dachte bei sich, dass es ein teuflischer Flug gewesen war, so als hätte er die Hölle durchquert.

Am Morgen brachte die Polizei von Auckland Eeva Kontupohja ins Hotel. Die Juristin war über und über mit Lehm beschmiert. Es stellte sich heraus, dass man sie in einer der äußersten Vorstädte Aucklands gefunden hatte, wo sie mit saufenden Männern zusammensaß und Schafschererlieder grölte. Diese Männer wiederum hatten die ausländische Dame in einem Regenwasserkanal an der Straßenbaustelle entdeckt, wo sie bis zur Taille im Lehm steckte. Sie hatten den kostbaren Schatz mit vereinten Kräften herausgezogen und mitgenommen.
Die Polizisten hatten alle Mühe gehabt, den Arbeitern begreiflich zu machen, dass die fremde Dame anderswo erwartet wurde, dass das Ziel ihrer Reise das beste Hotel im Stadtzentrum und nicht eine nach Schafsköteln stinkende Baracke in einem heruntergekommenen Außenviertel war. Auch Madame selbst hatte große Schwierigkeiten gehabt, diese Tatsache zu akzeptieren.

Zweiter Teil

Dreizehn

Assessorin Eeva Kontupohja ruhte im duftenden Gras auf einem kleinen Hügel unter freiem Himmel. Die Sonne glühte, doch zum Glück hatte Eeva ihre Lagerstatt unter einem dichtbelaubten Baum gewählt. Sie war schwer verkatert. Würde der Kater wie ein Erdbeben auf der Richterskala gemessen, so ließe sich Eevas Zustand bei der Zahl 7 oder vielleicht 8 einordnen, was bei einem Beben bedeutet, dass Häuser einstürzen, dass sich die Erde auftut und Tausende von Menschen umkommen. Die psychische Belastung war sogar noch stärker.

Eeva verspürte auf ihrem Gesicht einen Hauch, der nach Grünfutter roch. Ihr Blickfeld verdunkelte sich, es war, als würde ein nasser Sack über ihr Gesicht gebreitet. Ein rauer und klebriger Fleischklumpen schlang sich um ihre Wangen und ihren Hals, und dann ertönte ein furchtbares Geräusch, das sich nicht deuten ließ, jedenfalls entstand es unmittelbar an Eevas Ohr.

Es handelte sich um eine gewöhnliche neuseeländische Kuh, die sich für die Frau interessierte, die da am Boden lag. Die Kuh war an die Ruhende herangetreten, hatte ihr Gesicht beschnuppert, und als sie den interessanten Geruch von abgestandenem Alkohol wahrgenommen hatte, hatte sie nicht widerstehen können, Eevas Gesicht mit ihrer mütterlichen Zunge abzulecken. Und dann muhte sie, dass der Hügel bebte...

Etwas abseits saß Aatami Rymättylä im Gras, mit verdrossener und leidender Miene. Als Eeva sich aufsetzte, erschrak die Kuh und zog sich zurück. Vom Hügel hatte man einen schönen Blick auf die Stadt, die sich in einiger Entfernung erstreckte, fern am Horizont waren ein paar Wolkenkratzer zu erkennen, doch zum größten Teil wohnten die Leute in kleinen, von Gärten umgebenen Holzhäusern. Im Hintergrund schimmerte das blaue Meer.

»Gib mir einen Schnaps, Aatami, du hast bestimmt welchen dabei«, flehte Eeva.

Aatami stand widerwillig auf und maß seiner Teilhaberin aus einer Miniflasche einen Schluck Genever ab. Eeva trank ihn und hielt sich eine Weile den Magen. Die Flüssigkeit blieb nicht drinnen.

»Entschuldige, Aatami, gib mir noch einen.«

Den neuerlichen Schluck nahm der Magen an. Aatami wischte das Gesicht seiner Partnerin mit einem Feuchttuch ab. Die Kuh beobachtete das Paar teilnahmsvoll aus der Ferne.

»Sind wir noch in Delhi?«, fragte Eeva mit zitternder Stimme. Ob jene Kuh heilig war? Ihre letzten Erinnerungen hatte Eeva an Indien, an den verbitterten norwegischen Ingenieur, der nicht seinen geliebten Staudamm am Oberlauf irgendeines heiligen Flusses bauen durfte.

Aatami machte sie darauf aufmerksam, dass Neu Delhi nicht am Meer liegt. Jetzt befanden sie sich am Ziel, in Neuseeland, in dessen größter Stadt Auckland. Sie waren letzte Nacht angekommen, und in Kürze würde die erste weltweite Akkukonferenz beginnen, an der sie teilnehmen wollten.

»Herr du meine Güte, ich hab wieder meinen Rappel gekriegt.«

Aatami erklärte, dass sie sich das Konferenzmaterial abholen mussten. War Eeva in der Lage, aufzustehen?
Unterhalb des Hügels befand sich die Straße, wo ein Taxi wartete. Aatami stützte seine Gefährtin und führte sie zu dem Wagen, der sie ins Hotel brachte. Unterwegs klärte er Eeva über die letzten Ereignisse auf. Es gab nicht gerade Rühmliches zu berichten. Jetzt am Vormittag war er mit ihr nach draußen in die freie Natur gefahren, damit sie ausnüchterte.
Er führte sie ins Hotelzimmer, wo sie sich ausruhen und herrichten sollte. Er selbst ging in die luxuriöse Eingangshalle des Hotels zurück, dort unten gab es zwei Restaurants, den Empfang und diverse Serviceeinrichtungen. In einer Ecke stand ein zehn Meter langer Tisch, dort waren mehrere junge Frauen damit beschäftigt, Dokumentenmappen an dunkel gekleidete Männer auszugeben, die sich in einer Schlange anstellten. Die jungen Damen trugen an ihren gelben Shirts ein blaues Plastikschild mit ihrem Namen und den Buchstaben FIAB. Aatami ging hin, stellte sich vor und bekam zwei Mappen, eine für Eeva Kontupohja und eine für sich selbst. Er setzte sich in einen Sessel in der Halle, bestellte sich ein Glas Mineralwasser und begann das Material zu studieren.
Die Konferenz sollte noch am selben Tag in ebendieser Hotellobby mit einem offiziellen Empfang eröffnet werden. Die dreitägigen Beratungen würden dann im Auditorium der Universität Auckland und in den Räumen des Marineministeriums stattfinden. Gleich am nächsten Morgen würde ein belgischer Professor ein Referat mit dem Thema »Die Akkumulatoren im Wandel der Zeiten« halten. Der Einsatz von Akkus in Kraftwerken als Kompensatoren in Spitzenverbrauchszeiten war Inhalt des nächsten Beitrags, den nachmittags ein Schwede halten würde. Am zweiten

Tag sollte ein Seminar folgen, das sich mit der Entwicklung von Flüssigkeitskraftspeichern beschäftigte. »Der Einsatz von Akkus in der Psychologie«, »Hirnbatterien zur Behandlung von geistesgestörten Patienten« sowie »Die Verwendung gewichtreduzierter Akkus in Raumschiffen«, das waren einige weitere Themen. Zumindest dieser letztere Vortrag weckte Aatamis Interesse, er würde Eeva bitten, ihm den Inhalt zu übersetzen.

Am letzten Konferenztag waren für den Vormittag zwei Referate vorgesehen, ein japanischer Industrievertreter sollte über die Schwerpunktgebiete in der internationalen Akkuindustrie und ein englischer Ingenieur über die Erfahrungen mit dem Einsatz von Akkus in Elektroautos sprechen, den Abschlussvortrag nach dem Mittagessen würde der finnische Professor Adam Rumattula halten, sein Thema lautete »Gegenwärtiger Stand bei der Entwicklung eines ultraleichten Akkus auf organischer Basis«.

Aatami erschrak. Verflucht, Eeva hatte ihn im Suff als Redner auf der ersten weltweiten Konferenz über Stromspeicherung angemeldet.

Ihm blieb nichts weiter übrig, als sich aus dem Büro des Hotels eine Schreibmaschine und Papier zu holen und sich hinzusetzen, um einen Vortrag auszuarbeiten. Er schnauzte Eeva an, sie solle sich gefälligst zusammenreißen und einen Übersetzer besorgen, andernfalls müsse sie die Übersetzung ins Englische selbst zusammenschustern. Seine eigenen Sprachkenntnisse reichten höchstens dafür, den Text vorzulesen.

Er schwitzte bis zum Nachmittag über seinem Vortrag, dann wurden die ersten Seiten zum Übersetzen gebracht. Eeva hatte festgestellt, dass Finnisch zu den offiziellen Konferenzsprachen zählte, da einer der Hauptreferenten aus Finnland kam. Sehr höflich, sämtliche Beiträge würden, außer in viele andere Sprachen, auch ins Finnische simultanübersetzt. Als Dolmetscherin hatte man eine gebürtige Finnin angeheuert, die Hausfrau Helga Hakkarainen von der Südinsel Neuseelands, wo es eine Holzmassefabrik gab, die einst von Finnen gebaut worden war. Dort arbeitete Kalle Aukusti Hakkarainen, er war 1969, als die Fabrik in Dienst gestellt worden war, nach Neuseeland gezogen. Jetzt bekam seine Angetraute Helga den Auftrag, Aatamis geistige Ergüsse ins Englische zu übersetzen.

Der letzte Konferenztag kam und somit der letzte Vortrag, den Aatami Rymättylä aus Finnland hielt. Hier einige Auszüge aus diesem interessanten Beitrag:

»Alle in beweglichen Verkehrsmitteln eingesetzten Akkus, selbst die am weitesten entwickelten, beanspruchen viel Platz und wiegen zu viel. Außerdem dauert es lange, sie aufzuladen, und viele Akkutypen müssen kontinuierlich gewartet werden, damit sie über einen langen Zeitraum zufriedenstellend arbeiten. Somit besteht in der Weltwirtschaft außerordentlich großer, um nicht zu sagen dringender Bedarf an einem leichten Akku. Falls es gelingt, einen solchen zur Produktionsreife zu führen, so würde das in vieler Hinsicht die Produktmodelle der ganzen industriellen Welt und vor allem den Verkehr revolutionieren.

In Finnland wurde engagiert an diesem Problem gearbeitet, und im letzten Jahr hat es endlich interessante Ergebnisse gegeben. Die von mir vertretene Firma war Vorreiter auf diesem Gebiet. Im Frühjahr haben wir einen beachtlichen Durchbruch erzielt, und zurzeit ringen wir um die endgültige Entwicklung eines neuen Leichtakkus zur Produktreife. Ich muss gestehen, dass wir außerordentlich spannende Zeiten in der Branche erleben.

Die technologische Zukunft der Welt wird heller sein als vorausgesagt, sofern der von uns entwickelte Akku in Masse produziert und in den Dienst der Menschheit gestellt wird. Das würde bedeuten, dass die Luft in den Großstädten sauberer wird, und würde generell zu einem Wendepunkt in den Fragen des Naturschutzes führen. Besonders wichtig ist er unter dem Aspekt eines sparsamen Umgangs mit den Ölressourcen. Die Welt wird keine Ölkrise mehr erleben, falls die von mir genannte Innovation in ihrem gesamten Umfang genutzt wird. Sie wird außerdem bewirken, dass die Verschmutzung der Atmosphäre stagniert und die Sauerstoffreserven sich allmählich erholen, dass unsere Erde sauberer wird. Der ultraleichte Akku hat eine größere Wirkung auf die Atmosphäre als das Schwinden der Regenwälder durch Abholzung, allerdings in positiver und nicht zerstörerischer Weise.«

Aatamis Beitrag fand die verdiente Aufmerksamkeit. Die Teilnehmer stellten zahlreiche Fragen, und man interviewte ihn für mehrere Zeitungen. Ein paar Skeptiker äußerten Zweifel, ob die vom Redner angekündigte Erfindung überhaupt praktisch möglich sei.

Beim Abschlussbankett wurde Aatami mehrfach kontaktiert, und besonders das Interesse der Öl produzierenden Länder war groß. Araber, Venezolaner, Betreiber der Ölfelder in der Nordsee und sogar ein Ingenieur mit Turban, Abgesandter des Sultans von Brunei, wollten wissen, wie weit die Entwicklung des neuen ultraleichten Akkus auf organischer Basis tatsächlich gediehen sei. Alle waren sehr freundlich, obwohl in ihrem Ton eine gewisse Beunruhigung mitschwang. Der technische Leiter von General Motors für den Fernen Osten äußerte sein Bedauern, dass sein Konzern die Produktion des Opel Calibra aus Finnland hatte abziehen müssen, wenngleich nur vorübergehend. Auch Aatami fand, dass das nicht nett gewesen war.

Am interessantesten war der Wunsch des Vertreters einer japanischen Akkufabrik, Verhandlungen über die Herstellungslizenz des ultraleichten Akkus aufzunehmen. Aatami erhielt eine Einladung nach Tokio, aber er wollte dem Lauf der Dinge nicht vorgreifen. Falls der japanische Industrievertreter ernsthaft an den Produkten von Adams und Evas Akku und Batterie AG interessiert war, mochte er zu einem späteren Zeitpunkt in Finnland vorbeischauen. Eeva überreichte dem Mann die Visitenkarte der Firma und sagte ihm, sie sei die Juristin und verantwortlich für die internationalen Kontakte. Auch an viele andere Konferenzteilnehmer verteilte sie die Karte von Adam's and Eve's Accumulator and Battery Ltd.

Etwa ein Dutzend Vertreter der Öl produzierenden Länder und ein paar Abgesandte von großen Konzernen der Autoindustrie verließen unauffällig das Bankett. Sie zogen sich zurück, um im leeren Presseraum der Konferenz ein Eilmeeting abzuhalten. Die Türen wurden geschlossen. Ein Elektrochemiker aus Venezuela verteilte Kopien von Aatamis Vortrag. Alle studierten den Text sehr genau. Die Entwicklung eines neuen ultraleichten Akkus auf organischer Basis schien in Finnland gefährlich weit fortgeschritten zu sein.

»Liebe Freunde. Reden wir offen miteinander. Wir reisen seit fast fünfzehn Jahren durch die Welt, um die Entwicklung auf dem Gebiet der Elektrochemie zu verfolgen und zu bremsen. Ursprünglich ein inoffizieller Freundeskreis, sind wir im Laufe der Jahre zu einem vertrauensvollen Bruderbund geworden. Unsere Aufgabe ist es, die Entwicklung eines neuen konkurrenzfähigen Systems der Stromspeicherung zu verhindern. Wir haben Wissenschaftler, ja ganze Entwicklungsabteilungen, bestochen, wir haben unsere eigenen Leute in Universitäten und in Forschungsabteilungen von Industriebetrieben eingeschleust, damit sie dort spionieren und eine Entwicklung auf diesem Gebiet sabotieren. Viele Patentanträge haben wir aufgekauft und zu den Akten gelegt. Zum Teil ist es unser Verdienst, dass die Menschheit heute mehr Öl verbraucht als je zuvor. Aber mit den Finnen haben wir nicht gerechnet. Wir dachten, dass in einem kleinen Land wie diesem kein vernünftiger Mensch auf die Idee kommt, einen neuen Leichtakku zu entwickeln. Nun ist es also passiert. Eine Katastrophe steht uns bevor, falls es uns nicht gelingt, diesen Schlaumeier von seiner hirnverbrannten Idee abzubringen«, sagte der Vertreter aus Venezuela erregt.

Falls der Akku weltweit produziert werden sollte, so würde dies den Todesstoß für die Ölproduktion bedeuten, darin waren sich die Anwesenden einig. Die konkurrierenden Energiequellen würden den Sieg über das Öl davontragen, wenn der neue leichte Akku die Welt erobern würde. In der Praxis würde das bedeuten, dass die Macht der großen Öl produzierenden Länder zusammenbrechen und das Wirtschaftssystem der ganzen Welt neu aufgeteilt würde.

Der anwesende Vertreter von General Motors war überzeugt, dass der neue leichte Akku die Produktion von Verbrennungsmotoren weltweit lahmlegen würde. Derzeit wurden Elektromotoren eigentlich nur von den Tschechen produziert. GM könnte nicht tatenlos bleiben, wenn ihm wegen dieses Akkus der Ruin drohen würde. Da ging es um allzu große Interessen, die die neue Erfindung unausweichlich verletzen würde.

Ein Professor aus Libyen lüftete den Turban, um sich den Schweiß abzuwischen. Es müsse sofort etwas unternommen werden, um die Produktentwicklung des fraglichen Akkus zu verhindern. Er dachte laut:

»Der Kerl muss ausgeschaltet werden.«

Ein norwegischer Ölchemiker fand, dass die Bedeutung der Erfindung zu hoch eingeschätzt würde. Es dürfte Jahre dauern, ehe der Akku auf dem Markt wäre, und inzwischen könnten die Ölproduzenten die ganze Idee aufkaufen und stillschweigend im Sand der Sahara begraben.
Der Abgesandte des Sultans von Brunei wollte wissen, ob Finnland eine Monarchie sei. Falls das zutreffen sollte, so wäre es aus seiner Sicht möglich, mit dem dortigen König zu vereinbaren, dass dieser Rumattula verhaftet und unter Hausarrest gestellt würde, erst mal für fünfzig Jahre.
Die anwesenden Europäer klärten den Mann dahingehend auf, dass Finnland eine Republik sei und dass dort die Demokratie herrsche. Irgendwann nach dem ersten Weltkrieg sei zwar ein König für Finnland ausgesucht worden, aber in jenen unruhigen Zeiten hatten dann doch die Demokraten die Oberhand gewonnen.
»Verflixt, dann muss er eben ganz inoffiziell getötet werden«, murmelte ein Teilnehmer aus Caracas.
Die Engländer und Norweger weigerten sich, an eine Gewalttat auch nur zu denken. Der Mann von General Motors saß zwischen zwei Stühlen, einerseits wäre es die einfachste Lösung, den Erfinder zu töten und so seine gefährlichen Phantastereien zu beenden, doch andererseits wäre dieses Vorgehen selbst für die USA ein wenig fragwürdig.
»Dies ist natürlich keine moralische Frage, schließlich sind Morde in jedem Land gesetzlich verboten, aber für das kommerzielle Image zum Beispiel des Opel Calibra oder etwa des Cadillac wäre es nicht von Vorteil, wenn sie als Autos von Mördern gelten würden.«
Die Anwesenden verständigten sich darauf, das Problem schnellstens nach Hause zu melden, jeder in sein Land. Das taten sie, und dann kehrten sie zum Bankett zurück, um mit den anderen Konferenzteilnehmern zu plaudern

und zu scherzen. Die Feierlaune war der Bruderschaft jedoch so ziemlich vergangen.
Zu später Stunde trafen Aatami und Eeva an der Bar in der Halle des Hotels auf eine Gruppe lärmender Landsleute. Es handelte sich um eine gemeinsame Delegation von Abgeordneten aus den Kommunen längs der Hauptbahntrasse von und nach Helsinki. Die Finnen hatten an der FIAB-Konferenz teilnehmen sollen, »um für die Beschlussfassung in ihren Kommunen an der Bahntrasse internationale Sachkenntnis auf dem Gebiet der Akkumulatoren zu sammeln«, so war die extrem teure, aus den Steuergeldern der Bürger finanzierte Reise im Vorfeld begründet worden. Kaum einer der Teilnehmer hatte sich die Mühe gemacht, auch nur einen Fuß ins Auditorium der Universität zu setzen, und so hatten sie auch nicht die leiseste Ahnung davon, dass ihr Landsmann Aatami Rymättylä dort ein Referat gehalten hatte. Stattdessen hatten die meisten während ihrer einwöchigen Studienreise zum Beispiel auf der Südinsel Lachse gefangen, hatten das Maoridorf Rotorua besucht, hatten ihre rheumatischen Schinken in den heißen Schwefelquellen gebadet und an den exotischen Sandstränden von Waitoma gelegen. Besonders freuten sie sich darüber, dass sie clever genug gewesen waren, so weit weg zu fahren, buchstäblich auf die andere Seite des Erdballs, zu den Antipoden, um mal ein bisschen Spaß zu haben, ohne dass überall die frechen Geier von der Skandalpresse lauerten.
Aatami ging rasch auf sein Zimmer und holte die Kamera, dann machte er sich daran, die Gesellschaft zu knipsen. Eifrig posierten die betrunkenen Finnen für ihren Landsmann. Sie schwenkten die Gläser, alle wollten auf ein gemeinsames Foto. Sie erzählten wilde Geschichten von den neuseeländischen Frauen und besonders von der

hemmungslosen Sexualität der Maorimädchen. Eeva Kontupohja mischte sich ins Gespräch, fragte nach dem Verlauf der Reise und äußerte ihr Erstaunen, dass sie keinen einzigen der Teilnehmer im Verlauf der Woche bei den Vorträgen in der Universität und im Marineministerium gesehen hatte.

»Wir haben schon im Flugzeug beschlossen, dass wir die Akkus lieber am Strand als in dunklen Konferenzsälen aufladen«, sagten die Finnen und lachten wiehernd.

Sie gaben Aatami ihre Visitenkarten und baten, dass er ihnen die Fotos als Souvenirs zuschickte.

Aatami und Eeva erklärten jedoch, dass die Fotos nicht per Post kommen würden, sondern sie würden in finnischen Zeitungen veröffentlicht, ebenso wie all die munteren Geschichten. Sie beide seien nämlich von der Presse, Aatami sei Fotograf und sie Reporterin.

Da wurden die Lachsalven der Finnen leiser und verstummten schließlich ganz, und die fröhliche Touristenmiene verschwand von den Gesichtern.

In den frühen Morgenstunden zogen sich Aatami und Eeva auf ihr Zimmer zurück. Dort fanden sie einen fremden Mann vor, der auf ihrem Bett saß, er stellte sich als Hoteldetektiv vor. Eeva erschrak, hatte sie wieder etwas Ungebührliches getan? Doch diesmal ging es nur um eine Kleinigkeit. Im Zimmer der beiden hatte man einen gewöhnlichen Hotelgast dabei erwischt, wie er allerlei nutzlosen Kleinkram in seine Taschen gestopft hatte, zum Beispiel Schminkzeug, den Rasierapparat und zwei kleine Plastikkästchen. Der Hoteldetektiv überreichte Aatami die Versuchsakkus, die der Dieb in seinem weiten Gewand versteckt hatte, er hatte sich nämlich als Araber verkleidet.

»Wir organisieren für den Rest der Nacht eine Bewachung

für Sie«, versprach der Detektiv. Dann fiel ihm noch etwas ein, und er wandte sich an Eeva:

»Ein betrunkener Schafscherer hat am Nachmittag in der Hotelhalle nach Ihnen gesucht. Er wollte Sie sprechen, aber wir haben es natürlich nicht erlaubt. Er hat Ihnen diesen Brief hinterlassen, ich weiß nicht, was drinsteht, aber ich würde Ihnen raten, sich von solchen Leuten fernzuhalten.«

Es war ein ganz ernsthafter Liebesbrief, in dem der schlichte Mann Eeva an ihren nächtlichen Aufenthalt und das wunderbare gemeinsame Singen in der Wohnbaracke des Verfassers und seiner Kameraden vor den Toren Aucklands erinnerte.

»Meine Kameraden und ich haben Sie aus der Baugrube gezogen und in unsere Baracke getragen. Sie haben uns mit Ihrem Gesang sehr beeindruckt. Sie waren ein fideler Mensch.«

Der Brief endete mit einem Heiratsantrag in kargen Worten und mit vielen guten Wünschen, auch mit ein paar bitteren Flüchen über die örtliche Polizei, die sich des Brautraubs schuldig gemacht hatte.

»Ich weise noch darauf hin, dass ich einer der besten Schafscherer dieses Landes und von Natur Junggeselle bin. Ihr ergebener Neil.«

Beigefügt war ein Schwarzweißfoto, das den Verfasser zeigte, ein lachender schnauzbärtiger junger Mann, der mit einem wolligen Mutterschaf im Arm posierte.

Vierzehn

Unmittelbar nach ihrer Heimkehr widmeten sich Aatami Rymättylä und Eeva Kontupohja mit voller Kraft der Endfertigung des Akkus und den Maßnahmen des Produktschutzes. Aatami beschloss, eine Versuchsserie von hundert Stück herzustellen, und zwar folgendermaßen: Zunächst würde er zehn Exemplare auf die gleiche Weise wie die beiden ersten anfertigen, dann weitere fünfzig für Versuchszwecke und die restlichen vierzig Stück schließlich, wenn die Versuche durchgeführt wären und die Ergebnisse vorlägen. Er schätzte, dass er für die Herstellung der gesamten Reihe ein halbes Jahr brauchen würde.

Eeva Kontupohja widmete sich mit all ihrer Energie den Patentfragen. Im Herbst war es dann so weit, der nationale Patentantrag konnte beim Patent- und Registeramt eingereicht werden. Der formale Zwischenbescheid kam schneller als erwartet, nämlich bereits einen Monat nach Einreichen des Antrags. Der endgültige Bescheid war nach dem Jahreswechsel zu erwarten.

Gleichzeitig knüpfte Eeva Kontakte zu den ausländischen Patentämtern. Sie entschied, die mitteleuropäischen Anträge der schweizerischen Bovard & Isler AG zu übertragen, für England wählte sie die Londoner International Federation of Patent Agents Ltd., Partner in den USA wurde Technology Search International New York und in Japan die Firma Huzioka Kama. Um die südamerikanischen Pa-

tente sollte sich der Argentinier Fernandez Oliveira kümmern. Geltungsbereich des Patentes sollte laut Antrag die ganze Welt sein, einschließlich der Entwicklungsländer und Chinas. Aatami fand, dass man sich in einer Sache, die von weltweiter Bedeutung war, nicht allein auf die Industrienationen beschränken durfte.
Die internationalen Patentanträge wurden kurz vor Weihnachten fertig und konnten bei den Behörden der einzelnen Länder eingereicht werden. In Japan war das Verfahren komplizierter als anderswo, aber auch dort lagen die Dokumente Anfang Januar vor. Eeva Kontupohja rechnete aus, dass sie an die Patentämter der einzelnen Länder mehr als siebentausend Seiten offizieller Dokumente geschickt hatte. Der ganze Vorgang hatte mehr als zweihundertsiebzigtausend Finnmark gekostet.
Der Akkufirma war ein Kredit über sechshunderttausend Mark bewilligt worden. Kreditgeber war TEKES, das Entwicklungszentrum für Technologie, und die gute Seite an der Sache war, dass, falls das Vorhaben nicht glücken würde, die Hälfte der Summe als direkte Förderung angerechnet werden konnte, und falls in dem geschätzten Zeitraum kein kommerzieller Nutzen entstünde, auch der Rest nicht unbedingt zurückgezahlt werden müsste. Eine wirkliche Risikofinanzierung also. Unter diesen Umständen konnte die Akkufirma beträchtliche Summen des von Eeva aufgenommenen Bankkredits abzahlen, ohne dass sie in finanzielle Schwierigkeiten kam.
Den ganzen Herbst hindurch kamen Briefe und Faxe aus Japan, in denen die dortige Akkufirma Hirokazu Aatamis und Eevas Firma eine Zusammenarbeit vorschlug. Nach der Konferenz von Neuseeland hatte sich die Kunde von der finnischen Erfindung in der ganzen Welt verbreitet, nur in Finnland selbst wurde sie kaum zur Kenntnis ge-

nommen. Die Japaner strebten fieberhaft Verhandlungen an, denn sie wollten die Lizenz des ultraleichten Akkus zwecks Produktentwicklung und industrieller Massenproduktion kaufen. Sie waren unermüdlich, unterbreiteten wöchentlich Angebote und luden Aatami ein, nach Tokio zu kommen und über die Sache zu verhandeln. Er war jedoch entschieden der Meinung, dass es besser war, in diesem Stadium nicht nachzugeben. Lieber wollte er aus eigener Kraft, und sei sie auch gering, den Akku so weit entwickeln, wie es ging, und erst dann das erzielte Ergebnis feilbieten. Auch die Erteilung von Patenten würde das Interesse an dem Akku später erhöhen. Aatami hatte sich dafür entschieden, zunächst die potentiellen Lizenzkäufer weich zu kochen und nicht sofort seine Idee in bares Geld umzumünzen.

»Wir verkaufen keine ungelegten Eier«, belehrte er seine ungeduldige Teilhaberin Eeva Kontupohja.

Anfragen gab es auch aus den USA, aus Südkorea, Deutschland und aus mehreren anderen Ländern, sogar aus Südamerika. Alle bekamen eine schriftliche Antwort mit dem Versprechen, dass man später auf die Sache zurückkommen werde, wenn die Entwicklung des neuen ultraleichten Akkus weiter fortgeschritten sei.

Wichtig war natürlich, die Erfindung so lange wie möglich geheim zu halten. Für das Labor im Innopolis wurde ein riesiger Panzerschrank angeschafft, der in der Stahlbetonkonstruktion des Fußbodens festgeschraubt wurde. Sämtliche Unterlagen, die bei der Arbeit anfielen, und auch alle neuen Akkus wurden sorgfältig dort eingeschlossen. Eeva Kontupohja stellte extra einen Sicherheitsmann für die Firma ein, Hannes Heikura aus Inari. Dieser war ein ehemaliger Waldarbeiter, 1985 und 1986 Meister im Biathlon und Skiorientierungslauf nördlich des Polarkreises. Jetzt war er vierzig und arbeitslos. Hannes bekam den Job als Sicherheitsbeamter, als Eeva Kontupohja bei einem Zivilprozess in Inari zu tun hatte. Die beiden begegneten sich zufällig an der Bar des dortigen Touristenhotels, und der ledige Hannes Heikura folgte Eeva noch am selben Abend, vom Barhocker weg, in die Linienmaschine der Finnair, um mit ihr in den Süden zu fliegen und in Espoo seinen Dienst anzutreten. Er wurde bewaffnet und bekam eingeschärft, jeden Einbruchsversuch ins Akkulabor notfalls mit Gewalt zu verhindern.

»Gewiss, gewiss, das mach ich, keine Bange.«

Bei der Herstellung der Versuchsakkus griff Aatami Rymättylä auch auf Zulieferer zurück. Er bestellte das Oberflächenmaterial bei verschiedenen Firmen. Er probierte Kunststoff, Aluminium, Pappe, Stahlblech und sogar Holz. Als bestes Material erwies sich Kunststoff.

Aatami prüfte die Eigenschaften der Akkus genau, notierte sorgfältig Kapazität, Leistung und Entladegeschwindigkeit. Außerdem testete er die Versuchsreihe im Hinblick auf die spätere Nutzung unter den verschiedensten Bedingungen. Die Versuchsexemplare wurden erhitzt, sie wurden in eine Zentrifuge gesteckt und wochenlang ununterbrochen darin gedreht, danach wurde geprüft, wie sie den Test überstanden hatten. Die Akkus wurden im Wasser versenkt, sie wurden eingefroren, und sie wurden gegen die Wand geschleudert. Sie wurden hohem Druck und scharfen Lösungen ausgesetzt, mit dem Gewehr durchschossen und kompostiert, sie wurden gedehnt und geknetet, sie wurden in der Erde vergraben und in einem Wasserstoffballon hoch in die Lüfte geschickt. Mithilfe eines Radiosenders holte Aatami dann Informationen über ihr Funktionieren in Polarlichthöhe ein. Schließlich wurden die Akkus in einen Schredder gesteckt, und Eeva kam auf die

Idee, sie tagelang in einem leeren Betonmischer zu drehen. Ein paar Exemplare schickte Aatami mit der Post auf eine Reise rund um die Welt. All diese harten Tests überstanden die Akkus ausgezeichnet. In den meisten Fällen erlitten sie nicht die geringsten Schäden, die Auswirkungen scharfer Flüssigkeiten konnte Aatami abbauen, indem er anderes Oberflächenmaterial verwendete.
Als die lange Versuchsreihe endete, war es bereits Januar. Zur gleichen Zeit traf der Vorbescheid des finnischen Patentamtes ein, und darin hieß es, dass nichts gegen eine Erteilung des Patents sprach. Eeva Kontupohja war ganz aus dem Häuschen und fand, dass das irgendwie gefeiert werden musste. Der Moment für Champagner war gekommen!
Aatami willigte in ein gemeinsames Essen mit allen Mitarbeitern ein. Es fand in Hvitträsk statt, anwesend waren, neben Aatami und Eeva, der Taxifahrer Seppo Sorjonen, die Sekretärin Leena Rimpinen, der Sicherheitsmann Hannes Heikura, der Assistent Sami Rehunen und Aatamis sämtliche Kinder, die Drillinge, die drei ehelichen Kinder und auch Pekka, der sich von seinem Dienst an der Grenze hatte beurlauben lassen, um seinen Vater zu treffen.
Nach dem Steak bat Aatami ums Wort, um Wichtiges mitzuteilen. Er erklärte, dass gleich am nächsten Tag nach Japan gemeldet werden konnte, dass die Produktentwicklung des neuen Akku jetzt endlich abgeschlossen sei. Die Firma sei bereit, über die Herstellungs- und Vermarktungslizenzen für den ultraleichten organischen Akku zu verhandeln. Ganz so kompliziert und offiziell drückte sich Aatami allerdings nicht aus, er verkündete schlicht:
»Die Japaner können kommen!«

Fünfzehn

»Marrakesch, diese tausendjährige Hauptstadt der Mauren, Stadt fernöstlichen Flairs und Märchenglanzes, Stadt der Armut, vom Schimmer der Mondsichel überstrahlt, Perle des Hohen Atlas und Quelle der Oasen! In Marrakesch ist der Arme bettelarm und der Reiche steinreich. Beide gelangen in den Himmel, denn der Reiche gibt dem Armen Almosen. Der Weg des Armen ins Paradies beginnt früher, der Reiche hingegen lebt länger, er hat Zeit zu warten, er zeigt in dieser Sache Besonnenheit.«

Das und Ähnliches plapperte ein halb betrunkener Fremdenführer der Touristengruppe vor, die sich auf dem Hof der Koutoubia-Moschee um ihn versammelt hatte. Es war ein glühend heißer Herbsttag, Raben flogen durch die Gassen der Souks, in den Avenuen zogen edle weiße Rassepferde silberbeschlagene Kaleschen mit westlichen Touristen, die vom Biergenuss schwitzten. Die Touristen hatten momentan keinen Zugang zu der historischen Moschee, das schöne Gebäude war von Polizeiposten umstellt. In der Stadt tagte nämlich die Jahreskonferenz der OPEC, der Organisation der Öl produzierenden Länder. Viele hochrangige Konferenzteilnehmer vollzogen ihr Gebetsritual in der heiligen Moschee.

Die Konferenz der OPEC tagte bereits den dritten Tag.

Die internationale Presse hatte der Welt berichtet, dass sich die Öl produzierenden Staaten derzeit relativ einig waren, sie hatten sich ohne größere Meinungsverschiedenheiten über die Barrelpreise für Rohöl verständigt. Alles schien eitel Sonnenschein, Ausbrüche der Leidenschaft wie zu Zeiten der Ölkrise in den 70er Jahren waren nicht zu verzeichnen.

Unter der Oberfläche brodelte es jedoch. Außerhalb des offiziellen Konferenzgeschehens wurde im kleinen Kreis bereits seit zwei Tagen über ein Problem diskutiert, das die Gemüter bewegte. Es ging um eine frappierende Erfindung des Finnen Adam Rumattula. In Finnland war man mit Hochdruck dabei, einen neuen ultraleichten organischen Akku zu entwickeln. Wenn der eines Tages in die Massenproduktion ginge, würden Fahrzeuge weltweit mit Strom betrieben werden. Der Strom könnte günstig in Kernkraftwerken, mit Sonnenkollektoren oder durch Verbrennen von Holzabfällen produziert werden, die Akkus könnten in Wasserkraftwerken aufgeladen werden. Teures Öl würde man dann für diesen Zweck nicht mehr vergeuden müssen.

Im großen Salon im Erdgeschoss des Hotels *Wüstenrose* plätscherten sanfte Springbrunnen. Bedienstete in langen Gewändern servierten lautlos kühlen Tee für die illustre Gesellschaft, die aus Sultanen, Ministern, Emiren bestand; anwesend waren außerdem texanische Ölmagnaten, die unter den Achseln schwitzten, sehnige asiatische Fürsten, lebhafte südamerikanische Geschäftsmänner, ein paar rotgesichtige Norweger, mehrere mit der finnischen Turo-Konfektion bekleidete Russen von den sibirischen Ölfeldern, aber hauptsächlich Männer mit hölzernen Mienen von der ölhaltigen arabischen Halbinsel, aus dem Iran, dem Irak, Saudi-Arabien, außerdem natürlich Vertreter der afrikanischen Ölstaaten Nigeria, Algerien, Katar, Libyen.

Während der Beratung wurde kein Protokoll geführt. Dafür

war das Problem zu bedeutend, waren die Lösungsmodelle zu heikel. Stattdessen wurde ein umfangreicher Bericht verlesen über Adam Rumattula und die Gefahr, die von ihm ausging. Der Genannte war, außer falschgläubig, ein eigensinniger Charakter. Er arbeitete bereits seit Jahren an der Entwicklung neuer Akkus, und zwar in einem Randgebiet der finnischen Hauptstadt, das sich Tattarisuo nannte. Rumattula war von seiner Ausbildung her ein einfacher Elektriker, aber trotzdem war es ihm gelungen, das besagte Produkt zu entwickeln. Seine Fabrik war im Frühjahr durch einen Brand zerstört worden, aber der starrsinnige Erfinder hatte nicht aufgegeben, sondern seine geheime Wühlarbeit in das Technologiezentrum Innopolis in Espoo verlegt. Dieser Ort war noch schlimmer als das einstige Persepolis. Adam hatte sich mit der frivolen Eve Kontupohja zusammengetan, die man als die Mutter aller Intriganten bezeichnen konnte; die Frau hatte eine juristische Ausbildung und eine lasterhafte Vergangenheit. Außerdem war sie eine Teufelsanbeterin, denn wenn sie in die entsprechende Stimmung geriet, trank sie ungeheure Mengen Alkohol. Dieses schamlose Paar hatte gewissenlose Helfer eingestellt, von denen man beispielsweise die als Sekretärin verkleidete Leena Rimpinen nennen konnte, außerdem einen gewissen Sami Rehunen, der als elektrochemischer Assistent fungierte. Im Umfeld der Firma gab es höchst ominöse Personen, wie etwa den auf offizielle Enteignungen spezialisierten Stadtvogt Heikki Juutilainen und den falschen Doktor Seppo Sorjonen. Als Leibwächter war ein blutrünstiger Mann von den nördlichen Eisgletschern engagiert worden, ein gewisser Hannes Heikura, der laut Spionageberichten unberechenbar und gefährlich war.

Die Anwesenden stellten die logische Frage, was getan

worden war, um der Tätigkeit der gefährlichen Akkufirma ein Ende zu bereiten.

Im Sommer und zu Beginn des Herbstes war tatsächlich einiges unternommen worden, erklärte der junge Beamte, der den Bericht verlas. Als Erstes hatte man versucht, die Phantastereien des Mannes dadurch zu beenden, dass man sich erboten hatte, die Erfindung samt der Lizenzrechte zu kaufen. Man hatte ungeheure Summen Geld geboten, aber die vermaledeite Läusefirma, Adam's and Eve's Accumulator and Battery Ltd., hatte mitgeteilt, dass sie keine Geschäfte mit einem unfertigen Produkt machen wollte. Das Schlimme war eben, dass aus Sicht der OPEC das fertige Produkt zu fertig war, darin lag ja gerade seine Gefahr.

Man hatte in Finnland die normale Industriespionage betrieben, aber die Ergebnisse waren mager. Ja, man hatte die Kundschaftertätigkeit sogar auf Japan ausgedehnt, weil die dortige Akkuindustrie ein außerordentlich großes Interesse an der finnischen Erfindung zeigte.

»Hat man dem Mann gedroht?«, fragte einer der Russen.

Der Chef der finnischen Akkufirma beherrschte keine Fremdsprachen, und so hatte er den Inhalt der Drohanrufe, die man getätigt hatte, nicht verstanden. Schriftliche Drohungen kamen ja wegen des heiklen Charakters der Angelegenheit nicht in Frage.

»Und hat man versucht, diesen Adam zu erpressen?«, erkundigte sich ein Venezolaner, wobei er mit seinen schwitzenden Fingern die Bartspitzen noch höher zwirbelte.

Hinsichtlich einer Erpressung schien jener Rumattula unangreifbar zu sein. Er hatte keinen Eintrag im Strafregister, er war nicht einmal prominent, und er war sexuell bedauerlich normal veranlagt, er war kein Sodomit, kein Homo, nichts, was erwähnenswert wäre.

Nun kam von den Teilnehmern die Frage, ob der Rumattula keine Familie besaß. Könnte man nicht eine kleine Entführung organisieren und so die unangenehme Erfindungsgeschichte aus der Welt schaffen?

»Er hat Drillinge, außerdem drei weitere Kinder und noch einen erwachsenen Sohn Pekka, Berufssoldat bei den finnischen Grenztruppen.«

»Könnte man nicht die Drillinge kidnappen? Der Mann hat doch sicher Vatergefühle«, meinte darauf ein texanischer Ölmagnat. Er sehnte sich nach Bier, respektierte als höflicher Mensch aber die islamische Abstinenz und begnügte sich mit Tee.

Auch dieser an sich zu befürwortende Weg war versperrt. Adam Rumattula hatte sich nämlich als ein Mann erwiesen, dessen Vatergefühle bedauerlich schwach ausgebildet waren. Mit seinen Frauen hatte man allerdings Kontakt aufgenommen. Ihr Urteil über den Vater ihrer Kinder war vernichtend gewesen: Er hatte die Familie schnöde im Stich gelassen und war seiner Wege gegangen, ja er hatte nicht mal die Alimente bezahlt, sodass die Frauen diesbezüglich die Behörden einschalten mussten. Es war klar, dass dieser dickfellige und gefühllose Mensch in keiner Weise reagieren würde, selbst wenn man seine sämtlichen Nachkommen, wie viele es auch sein mochten, entführte.

Adams Eltern waren tot, auch sie konnte man nicht entführen. Die ganze Sippe schien gefühllos veranlagt zu sein, das zeigte sich zum Beispiel darin, dass der Vater erst anderthalb Monate nach seinem Tod auf dem Friedhof beerdigt worden war, während in den rechtgläubigen Ländern die längste Frist dafür vierundzwanzig Stunden beträgt. Außerdem war der Leichnam für Wochen in ein Eichenfass gesteckt worden, das eigentlich der Aufbewahrung von Lebensmitteln diente. Besonders ekelhaft war, dass die Leiche in Sitzstellung hineingepresst worden war.

Falls man sich dennoch zu einer Entführung der Drillingsmädchen entschließen würde, so wäre, selbst wenn alles gut ginge, das Ergebnis zweifelhaft, denn welche Forderung sollte man stellen? Sollte man die Bälger gegen eine elektrochemische Formel austauschen? Infam wie der Mann war, könnte er eine x-beliebige Formel aufschreiben, und selbst wenn es die richtige wäre, was sollte man damit anfangen? Der OPEC war es ja nicht wichtig, das Rezept der Erfindung an sich zu bringen, sondern das Besitzrecht auf sie, damit sie alsbald in Vergessenheit geriet.

Man hatte auch versucht, auf Eve Kontupohja Einfluss zu nehmen. Ein versierter Beduine mit guten Manieren, der reichlich Erfahrung im Umgang mit westlichen Frauen besaß, war auf sie angesetzt worden. Er hatte den Kontakt mit ihr hergestellt, aber sie hatte sich als eingefleischte Säuferin erwiesen, als echte Schlampe, die den Agenten gleich beim ersten Treffen unter den Tisch getrunken und dann seinem Schicksal überlassen hatte. Der nicht an Alkohol gewöhnte Mann hatte sich in einem öden finnischen Polizeigefängnis wiedergefunden, in der sogenannten Säuferzelle, zusammen mit mehreren rohen Männern, richtigen Saufbolden, die die Finnen mit dem komischen Wort »pultsari« betitelten. Diese Männer hatten von den Kriegen geschwärmt, die Finnland geführt hatte, und schaurige Geschichten davon erzählt. Besonders der Winterkrieg hatte es den Kerlen angetan. Der Agent hatte den Eindruck gewonnen, dass die blutrünstigsten Elitesoldaten der finnischen Armee ebensolche »pultsaris« gewesen waren, das waren Partisanen der Landstreitkräfte, die man mit den japanischen Kamikazekämpfern oder den nepalesischen Gurkha-Soldaten aus der indischen Armee vergleichen konnte. Ihr Alkoholismus hatte in eben jenem Krieg begonnen, damals hatten

sie Unmengen sogenannter Molotowcocktails, hochprozentige Getränke russischer Prägung, konsumiert.
Zur Erholung tranken die Gesprächsteilnehmer Tee und aßen Dattelgebäck.
Nach der Pause kam noch der Vertreter von Brunei zu Wort; dieses asiatische Sultanat hatte Nägel mit Köpfen gemacht und eine Handelsdelegation nach Finnland entsandt, die von einem Fürsten geleitet worden war. Ziel war es gewesen, eine Teilhaberschaft in der problematischen Akkufabrik zu erwirken. Leider hatte auch die Operation Bruneis nicht die gewünschten Resultate gebracht.
Die Reise hatte im August stattgefunden, nachdem vorab entsprechende Schreiben ausgetauscht worden waren. Brunei hatte das finnische Außenministerium informiert, dass man sich speziell für die elektrochemische Industrie interessiere und Beziehungen mit Vertretern der Branche knüpfen wolle. Die Delegation war über Frankreich gereist und hatte in Paris mehrere Interviews gegeben, in denen sie die Bedeutung der Handelsbeziehungen zwischen Brunei und Finnland betont hatte. Im Lande selbst hatten sich dann die finnischen Journalisten in geradezu unverschämter Weise so eng an die Fersen der exotischen Abordnung geheftet, dass der arme Fürst nicht die geringste Chance gehabt hatte, Adam Rumattula kennen zu lernen. Der Fürst war nach einem straff organisierten Protokoll kreuz und quer durch Finnland kutschiert worden, man hatte ihm unzählige Industriebetriebe und Vertreter des Exports vorgestellt. Abends und nachts hatten Gastgeber und Gäste in glühend heißen Saunas gehockt. Die Delegation hatte den Staatspräsidenten, den Ministerpräsidenten und den außenhandelspolitischen Ausschuss der Regierung getroffen. Als der Fürst gebeten hatte, mit Rumattula sprechen zu dürfen, hatte man ihm erklärt, dass der Mann

kein ernst zu nehmender Industrieller, sondern nur ein Dorftrottel sei, und dass es nicht lohne, mit ihm seine Zeit zu vergeuden. Die finnische Geheimpolizei hatte dafür gesorgt, dass die Delegation nicht die Möglichkeit gehabt hatte, Kontakt zu jenem Schlaukopf aufzunehmen, und sei es auch nur inoffiziell.

So hatte zwangsläufig das eigentliche Ziel nicht erreicht und die ursprüngliche Aufgabe nicht erledigt werden können, dennoch hatte der Fürst seine Reise genossen. Er hatte den Kampf um die europäische Meisterschaft im American Football verfolgen können, und er war der finnischen Schönheitskönigin vorgestellt worden. Daraus war eine intime Beziehung erwachsen, die mit einer Blitzhochzeit geendet hatte. Die Finnen waren von der Wahl des Fürsten geschmeichelt gewesen, hatten allerdings betont, dass ihre Schönheitsköniginnen bereits früher entsprechende Erfolge gehabt hatten. Mit Wehmut hatten sie sich an die Hochzeit des philippinischen Geschäftsmannes Gil Hilario mit der Finnin Armi Kuusela erinnert, ein Ereignis, das vor Jahrzehnten stattgefunden hatte. Die finnischen Schönheiten waren im Ausland gefragte Exportprodukte, eine Art physische Spitzentechnik, deren Produktion und Export der finnische Staat nicht offiziell förderte, die von den breiten Volksmassen aber sehr geschätzt wurde.

Nun warf jemand den Gedanken auf, gegen Rumattula die Fatwa auszusprechen, das offizielle Todesurteil der Islamisten. Als sich die Teilnehmer gründlicher mit der Idee beschäftigten, erschien ihnen auch dies nicht praktikabel. Der mit der Fatwa belegte Erfinder würde umgehend untertauchen und an der Entwicklung seines zerstörerischen Akkus weiterarbeiten, man würde ihm nie und nimmer den Garaus machen können. Schließlich war auch der Schriftsteller Salman Rushdie vom Tode verschont geblieben, die Fatwa, die gegen ihn ergangen war, hatte ihm zumindest vorläufig das Leben gerettet und außerdem bewirkt, dass sich die ruchlosen Verse des Schreiberlings in Millionenauflagen auf der ganzen Welt verbreitet hatten. Was nützte es schon, dass der Mann wegen der Fatwa unter Einsamkeit und Todesangst litt, das war nur ein Nebeneffekt und ein persönliches Schicksal. Die Hauptsache, der politische Sieg, war nicht erreicht worden, und das würde sicher auch im vorliegenden Falle passieren. Außerdem ließen sich im Falle Rumattula schwerlich Begründungen für eine Fatwa finden. Die Erfindung eines neuen Akkus war zwar an sich teuflisch und einer Fatwa würdig, aber es dürfte schwer werden, auch die Menschen von diesem Gedanken zu überzeugen.

Die Fatwa hatte die unangenehme Eigenschaft, dass sie nicht dem westlichen Rechtsprinzip entsprach. Sie ließ sich auf die islamischen Länder anwenden, aber sonst nirgends. In den falschgläubigen Ländern waren die Leute so kleinlich, nach ihren eigenen Gesetzen zu verfahren, und ein aus religiösen Gründen willkürlich verhängtes Todesurteil stieß auf Ablehnung.

Wenn gegen Adam Rumattula eine Fatwa erginge, so hätte das auch zur Folge, dass sein teuflischer Akku womöglich nie in den Besitz der OPEC-Länder käme, wenn es denn eines Tages so weit wäre, und das wiederum würde die endgültige wirtschaftliche Sackgasse bedeuten. Rushdies Bücher hatte man zum Beispiel zu verbrennen versucht, und sie hatten tatsächlich wie Zunder gebrannt, aber man hatte letztlich nur einige Exemplare vernichten können. Was einmal geschrieben und veröffentlicht worden ist, kann man nicht einfach austilgen. Erfindungen und Bücher sind insofern teuflisch, als sie nicht durch ein Feuer verschwinden.

»Uns bleibt nichts anderes übrig, als einen kaltblütigen Killer nach Finnland zu schicken, der die Sache erledigt«, erklärte ein Vertreter aus Libyen. »Das ist bedauerlich, wie ich gestehe, aber die feinfühligeren Varianten haben wir durchgespielt.«

»Auch ich finde, dass es die einzige Möglichkeit ist«, pflichtete ihm ein amerikanischer Ölmagnat bei. Die Idee fand den Beifall der Russen und Venezolaner, und auch die anderen widersprachen nicht. Die Vertreter der britischen und norwegischen Ölfelder hatten sich inzwischen an die Hotelbar verzogen, um Bier zu trinken, sodass ihr Standpunkt zu dem Entschluss nicht berücksichtigt werden konnte.

Ein geeigneter Mann für die Aufgabe befand sich bereits in Finnland. Es war Luigi Rapaleore, Mafiakiller aus Palermo, präzise und gewissenlos, der nur auf einen Befehl wartete.

Sechzehn

In der ersten Februarwoche traf eine Delegation aus Tokio ein, um zu verhandeln. Sie bestand aus fünfzehn Personen, angeführt vom kaufmännischen Direktor des Hirokazu-Konzerns, einem Mann namens Hajosiko Mono.

Der Abordnung gehörte auch eine Dolmetscherin an. Tellervo Javanainen-Heteka, einst aus der Milchwerbung bekannt, hatte in den 70er Jahren nach Japan geheiratet, hatte Japanisch studiert und besaß Kontakte zur dortigen Geschäftswelt. Sie führte unter anderem finnische Saunaöfen und Saunas vor, und zwar in einem riesigen Warenhaus im Stadtteil Shinjuku. Dort war in einem Schaufenster ein nach vorn offener Saunaraum installiert worden, und darin saunierte die ehemalige Milchkönigin splitternackt an fünf Tagen pro Woche. Dank dieses Marketingkonzeptes, das Reinheit und Natürlichkeit propagieren sollte, war der Absatz von Saunas in Japan spürbar gestiegen.

Aatami Rymättylä und Eeva Kontupohja bereiteten sich gründlich auf die bevorstehenden Verhandlungen vor. Da ihnen bekannt war, dass die Japaner während ihres Aufenthaltes auch etwas vom Land sehen wollten, trafen sie Vorkehrungen für einen Ausflug nach Lappland. Eeva fuhr zusammen mit Hannes Heikura nach Kittilä. Am Pallastunturi knüpften sie zahlreiche Kontakte. Einen einheimischen Rentierzüchter namens Oula Kaltto, der sich auch dem Fremdenverkehr verschrieben hatte, beauftragten sie, auf dem Eis des Pallasjärvi-Sees ein riesiges Schneeschloss zu errichten, etwa im Stil eines Iglu. Der Mann versprach, notfalls auch als echter lappischer Schamane aufzutreten, für hundertfünfzig Mark pro Stunde. Falls die Bezahlung schwarz erfolgen würde, was bei einem Schamanen nur natürlich wäre, betrüge der Tarif hundert Mark pro Stunde. Für einen Trancezustand wollte er jeweils zweihundert Mark zusätzlich berechnen, da es eine mental außerordentlich anstrengende Arbeit war.

Mit der einheimischen Rentierweidegemeinschaft vereinbarten sie Fahrten mit dem Rentierschlitten, und sie machten eine Tour mit dem Hundegespann. Des Weiteren reservierten sie die Übernachtungen und hinterließen in den Küchen der Hotels Anweisungen für die Bewirtung der Japaner, ja sie unternahmen alles, damit sich die Gäste wohlfühlen sollten.

Bereits zu Beginn des Winters hatte Aatami in einer Werkstatt einen Schnee-Scooter mit einem Elektromotor ausstatten lassen. Mithilfe von Sami Rehunen hatte er als Stromquelle seinen eigenen Akku angeschlossen. Ausprobiert hatten sie das Gefährt auf dem Pitkäjärvi-See in Nuuksio. Der Scooter war lautlos und mit rasender Geschwindigkeit über die verschneite Eisfläche gesaust, wie von Naturkräften bewegt. Dieses Gefährt nahmen Eeva Kontupohja und Hannes Heikura natürlich mit in den Norden.

Die Japaner wurden bei einem gemeinsamen Mittagessen in Hvitträsk begrüßt, anschließend ging es zur Besichtigung des Labors nach Espoo. Am nächsten Tag begannen die eigentlichen Verhandlungen. Sie wurden auf Englisch und Finnisch geführt, als Dolmetscherinnen fungierten die ehemalige Milchkönigin Tellervo Javanainen-Heteka und Eevas Sekretärin Leena Rimpinen. Als Tagungsort hatten die Gastgeber das Atelierrestaurant in der obersten Etage des Hotels *Torni* gewählt, dort hatte man den besten Blick auf Helsinki, und zwar in alle Himmelsrichtungen. Sie hatten das Restaurant gleich für die ganze Woche reserviert. Der Küchenchef bekam den Auftrag, täglich zum Mittagessen auch ein japanisches Gericht anzubieten. Die Partner vereinbarten, kein offizielles Verhandlungsprotokoll zu führen. Zugleich wurde festgelegt, dass die japanische Seite für die Kosten aufkam, Eeva Kontupohja informierte darüber die Hotelleitung.

Was die Tagesordnung anging, so einigte man sich dahingehend, dass bei der ersten Zusammenkunft Aatami seine Akkuerfindung vorstellen und einen Ausblick auf deren Bedeutung für die Entwicklung der Elektrochemie weltweit geben sollte. Am zweiten Tag sollten die Japaner zunächst ihre Firma vorstellen und dann darlegen, welche Möglichkeiten sie für eine Massenproduktion des ultraleichten Akkus sahen. Anschließend würde ein Ruhetag eingelegt werden, und am vierten Verhandlungstag wollte man sich dem eigentlichen Anliegen widmen. Beide Seiten würden ihre Ansichten über das Lizenzverfahren und die damit verbundenen Kosten erläutern. Sollte es Meinungsverschiedenheiten etwa über die Marktanteile und die Zahlungen für die Lizenzrechte geben, würden die Verhandlungen über mehrere Tage fortgesetzt werden, und notfalls könnte man auch auf dem geplanten Lapplandausflug weiter über das Thema diskutieren.

Die Verhandlungen verliefen wie geplant. Aatami stellte seine Erfindung vor und ließ dann einen Versuchsakku von Hand zu Hand gehen. Er sagte, dass gerade dieses Exemplar einmal rund um die Welt gereist sei, es sei per Post nach Neuseeland an eine Finnin namens Helga Hakkarainen geschickt worden, sie wiederum habe es an ihre

Cousine in den USA gesandt, und von dort sei es wieder nach Finnland befördert worden. Aatami erzählte, dass der Akku die Beschwernisse der Rundreise ausgezeichnet vertragen habe, sein Ladezustand habe sich kaum verändert, obwohl er einen ganzen Monat in den Postsäcken hin und her geschleudert worden sei. Als alle Japaner den Akku eingehend betrachtet hatten, erbat Aatami ihn wieder zurück.

Eeva Kontupohja teilte anschließend mit, dass der Patentantrag, außer in Finnland, auch in sämtlichen anderen wichtigen Ländern eingereicht worden war, zuletzt im Januar in Japan. Für die Erteilung des Patents gab es keine Hinderungsgründe, das besagte ein offizieller Zwischenbescheid, der vom finnischen Patent- und Registeramt gekommen war.

Aatami erklärte, dass der Akku seiner Meinung nach außer für Fahrzeuge auch für viele andere Zwecke kommerziell genutzt werden könne, als Beispiele nannte er Kraftwerke, Schiffe, Raumfahrzeuge, Krankenhäuser und die Waffenindustrie. Für den letztgenannten Zweck wollte er allerdings keine Herstellungslizenzen verkaufen.

Am folgenden Tag berichteten die Japaner über ihren Konzern. Hirokazu war Marktführer auf seinem Gebiet. Sein Anteil und der seiner Tochterunternehmen an der weltweiten Akkuproduktion betrug immerhin siebenundzwanzig Prozent. Produziert wurde außer in Japan auch in den USA, in Europa und Asien, insgesamt in vierzehn verschiedenen Ländern. Sofern die finnische Erfindung von ihren Eigenschaften her den Erwartungen entsprach, würde man sie gern in die Massenproduktion überführen. In ein paar Jahren würde sie den Akkumarkt dominieren. Gleich zu Beginn könnte das Produktionsvolumen viele Millionen Stück betragen.

Hirkokazu unterhielt feste Beziehungen zur Autoindustrie, besonders in Japan. Der Konzern war an vielen multinationalen Unternehmen der Transportbranche beteiligt, auch an Banken, Versicherungen und Flugverkehrsunternehmen. Und er besaß sogar eine Reederei, der acht Tankschiffe gehörten, das kleinste mit einer Kapazität von mehr als zweihunderttausend Bruttoregistertonnen.
Hajosiko Mono erklärte, dass Hirokazu sämtliche Voraussetzungen besaß, die Herstellung des ultraleichten organischen Akkus zu übernehmen. Der Konzern war finanzstark, und er besaß langjährige Erfahrungen in der Großindustrie.
Nach dem Ruhetag nannte Aatami Rymättylä seine Bedingungen. Ihm schwebte eine Herstellungs- und Vermarktungslizenz vor, die höchstens siebzig Prozent des Welthandels mit ultraleichten Akkus ausmachen würde. Die restlichen dreißig Prozent wollte er per Lizenz an konkurrierende Unternehmen verkaufen, möglicherweise käme auch seine und Eevas Akkufirma als Hersteller in Frage. Diese Begrenzung hielt er für erforderlich, damit der japanische Hirokazu-Konzern nicht das Monopol innehätte und so den Wettbewerb in der Branche verhindern würde. Außerdem verbot die Gesetzgebung in vielen Ländern eine Lizenzierung, die zu einem totalen Alleinrecht führte.
Ferner wünschte er, dass Hirokazu seine erste Versuchsfabrik in Finnland baute. Und er wollte sich vorbehalten, auf die Standortwahl für die Akkuproduktion in den einzelnen Ländern Einfluss zu nehmen. Wie das im Einzelnen gehandhabt würde, war Verhandlungssache. Und noch eine Bedingung stellte Aatami: Akkus würden nur an Autofabriken verkauft, wenn diese sich verpflichteten, unverzüglich zur Produktion von Elektroautos überzugehen. So würde abgesichert, dass die Produktion von Verbren-

nungsmotoren schnellstmöglich eingestellt würde und weltweit Elektroautos benutzt würden.
Der Preis der Lizenz für die weltweite Akkuproduktion solle, so sagte Aatami, nach dem Royalty-Prinzip berechnet werden und sei Verhandlungssache. Doch zunächst, vor den eigentlichen Preisverhandlungen, solle der Hirokazu-Konzern an Adams und Evas Akku und Batterie AG dreihundert Millionen Finnmark als eine Art Einstiegsgeld zahlen.
Zum Schluss seiner Ausführungen bat er die Sekretärin Leena Rimpinen, an die Japaner zehn Seiten kopiertes Material zu verteilen, auf dem er die Testergebnisse der hundert Versuchsakkus festgehalten hatte. Außerdem hatte er in grafischen Darstellungen mit Leistungskurven die Eigenschaften der Akkus verdeutlicht. Die eigentliche Idee der Erfindung gab er natürlich nicht preis.
Als Aatamis Bedingungen der japanischen Delegation übersetzt wurden, verzogen die Teilnehmer keine Miene. Sie erklärten, dass sie über die Höhe des Einstiegsgeldes nachdenken und dass sie am kommenden Tag gern über die praktischen Details der Akkulizenz verhandeln wollten. Es galt, viele Steuer-, Konzessions- und Zollfragen zu klären.

Siebzehn

Die Verhandlungen verliefen in konstruktivem Geiste. Eine endgültige Vereinbarung war jedoch nicht leicht zu erreichen. Speziell das von Aatami geforderte Einstiegsgeld erschien den Japanern sehr hoch. Sie waren eindeutig nicht vorbereitet auf eine Vorauszahlung, zudem noch in dieser Höhe. Selbst ein großer multinationaler Konzern schluckt solche Forderungen nicht so ohne weiteres. Andererseits war Aatami nicht gewillt, klein beizugeben. Er fand, dass dreihundert Millionen Mark eher eine geringe Summe waren angesichts des Umfangs des Lizenzvertrages, um den es ging.

Wenngleich in der Hauptfrage keine Lösung erzielt wurde, konnte man sich in vielen Details einigen. Die Versuchsfabrik ließe sich sehr gut in Finnland errichten. Die größeren Produktionseinheiten würden in gemeinsamem Einvernehmen an anderen Standorten weltweit gebaut, zum Beispiel in Sibirien oder in den Wüsten an Afrikas Küste, in Gegenden, wo man Kernkraftwerke oder große Anlagen zur Umwandlung von Sonnenenergie bauen könnte.

Als beide Seiten eine Woche lang verhandelt hatten, meinte Aatami, dass nun der geeignete Zeitpunkt gekommen sei, eine Pause einzulegen und zur Erholung nach Lappland zu reisen. Leena Rimpinen verteilte das Programm der Exkursion an die Teilnehmer. Da starker

Frost herrschte – nachts fiel das Quecksilber im Norden dem Vernehmen nach auf unter dreißig Grad –, wurden die Japaner in ein Sportgeschäft geführt, damit sie sich mit Kleidung und Schuhen eindecken konnten, die dem nordischen Klima standhielten. Hajosiko Mono wies allerdings darauf hin, dass er auf der nördlichen Insel Hokkaido geboren und aufgewachsen sei, wo in den Wintern viel Schnee lag und auch starker Frost herrschte. Die Finnen erinnerten sich gut an die Olympischen Winterspiele von Sapporo und stellten die Winterfestigkeit der Japaner durchaus nicht in Frage.

Für den Flug nach Kittilä wurde von der Finnair eigens eine Maschine gechartert, eine kurze DC-9. Am Ziel angekommen, fuhren die Ausflügler in einem warmen Bus zum Olos und Pallas, den Fjäll-Hotels, in denen man übernachten würde. Hajosiko Mono quartierte sich mit seinen engsten Beratern im Hotel am Pallastunturi ein, und dort hatten auch die Finnen ihre Zimmer reserviert. Zur Abordnung von Aatamis und Eevas Akkufirma gehörten, neben den Inhabern, die Sekretärin Leena Rimpinen, der Laborgehilfe Sami Rehunen und der Sicherheitsmann Hannes Heikura. Auch Tellervo Javanainen-Heteka, die Dolmetscherin der Japaner, wohnte selbstverständlich im selben Hotel.

Fjäll-Lappland zeigte sich im Februar in seiner ganzen Pracht. Der Tag war kurz, die Polarnacht ruhte über den bereiften Fjälls, in den verschneiten Wäldern herrschte Totenstille. Steif vom Frost scharrten die Rentiere in dunklen Fichtenwäldern nach Flechten. Nachts beleuchtete Polarlicht den Himmel, von fern war Wolfsgeheul zu hören. Gelegentlich schoss donnernd eine Düsenmaschine der finnischen Luftstreitkräfte hinter der Mondscheibe hervor und sauste, fast die Fjäll-Schluchten streifend, gen Norden, wobei sie einen glühenden Schweif hinter sich herzog.

Auf dem Eis des Pallasjärvi-Sees hatte der örtliche Tourismusunternehmer und Rentierzüchter Oula Kaltto ein Schneeschloss nach Art der Eskimos errichten lassen. Es war eine Kuppel mit einem Durchmesser von fünfzehn Metern, innen erschien es wie eine eisige Kirche. Als Untergrund diente die fast anderthalb Meter dicke Eisschicht.

Im Innern waren längs der Wand strahlenförmig zwanzig Schneebetten angeordnet, sie waren mit Rentierfellen bedeckt, darauf lagen daunengefüllte Schlafsäcke. Die Schlafplätze waren so eingerichtet, dass das Fußende ins Zentrum und das Kopfende zur Wand des Schneeschlosses zeigte. Die Betten waren voneinander durch eine Eiswand getrennt, und am Kopfende einer jeden Schlafkoje brannte eine Kerze. Mitten im Raum befand sich eine Feuerstelle, auf der Rentiergeschnetzeltes garte. Gleich neben dem Eingang stand eine Anrichte aus Eis, die Fächer waren gut gefüllt mit bereiften Bierflaschen und halb vereistem Koskenkorva. Die Kaffee- und die Teekanne hingen an Haken neben dem Schmortopf über dem Feuer. In einigem Abstand dazu rösteten Lachs und Grauforelle, die mit Birkenholzspießen auf Kiefernholzbrettern befestigt waren.

Am Morgen wurden die Japaner mit einem Bus von ihren Hotels abgeholt und auf das Eis des Pallasjärvi gefahren. Es herrschte ruhiges Frostwetter. Zunächst bezogen Gastgeber und Gäste das Schneeschloss, wo sie einen frühen Lunch einnahmen. Dann gab es auf dem Eis des großen Fjäll-Sees Fahrten mit dem Hunde- und dem Rentierschlitten. Oula Kaltto zeigte den Japanern, wie man die Rentiere lenkte, die auf dem weiten See ein wenig unruhig

waren. Trotzdem lernten die meisten Gäste halbwegs, die Tiere zu lenken. Besonders eifrig war Hajosiko Mono bei der Sache, und Oula erklärte ihm, halb auf Japanisch, die Geheimnisse des Umgangs mit Rentierschlitten.
Oula erzählte, dass vor ein paar Jahren ein junger Japaner bei ihm als Gehilfe gearbeitet hatte. Der Bursche war nach Finnland gekommen, um den Beruf des Rentierfarmers kennen zu lernen. Bei dieser Gelegenheit hatte Oula leidlich Japanisch gelernt. Die Sprachkenntnisse hatte er auch brauchen können, denn der junge Mann hatte von der Weidegemeinschaft hundert Rentiere gekauft und sie mit dem Flugzeug über Tokio nach Hokkaido bringen lassen, wo er sich als Züchter niederlassen wollte. Oula war als Betreuer der Tiere mitgeflogen, über den Nordpol hinweg bis nach Tokio. Die Rentiere hatten die Beschwernisse des langen Frachtfluges gut verkraftet. Oula hatte viele interessante Erfahrungen in Tokio gemacht, aber nicht alle waren von der Art, dass er sie den Gästen erzählen mochte. Jedenfalls, wenn die Kurileninseln eines Tages wieder an Japan angeschlossen würden, könnte man dort Tausende Rentiere vom Pallasfjäll weiden sehen.
Hajosiko Mono freute sich sehr darüber, dass er in seiner Muttersprache im Umgang mit dem Rentiergespann unterwiesen wurde.
Höhepunkt des Tages war eine Vorführung des elektrisch betriebenen Schnee-Scooters. Aatami erzählte, dass das Gefährt mit einem Elektromotor lief, der von dem neu entwickelten Akku mit Strom gespeist wurde. Oula Kaltto lenkte den Scooter über das Eis des Sees, das in der Sonne glänzte. Hannes Heikura folgte mit Oulas benzinbetriebenem Scooter, und es muss gesagt werden, dass der elektrische Flitzer den Sieg bei der Wettfahrt davontrug. Nach der geglückten Vorführung bekamen

die Japaner die Gelegenheit, beide Scooter auszuprobieren. Aatami zeigte ihnen auch, dass der Elektro-Scooter tatsächlich keine andere Energiequelle besaß als den von ihm entwickelten Akku.

Die Gesellschaft verlustierte sich den ganzen kurzen Tag auf dem See zwischen den steilen Ufern, dann begab sie sich in das Eisschloss, um zu speisen. Oulas Frau hatte großartige Delikatessen vorbereitet: Als Vorspeise gab es kalten Lachs, geräucherte kleine Maränen, Moosbeeren. Dann folgten Mandelkartoffeln und Rentiergeschnetzeltes und für Fischfreunde gerösteter Lachs und Grauforelle. Den Nachtisch bildeten geeiste Moltebeeren mit heißer Schlagsahne. Als Getränke standen Bier, Koskenkorva, das perlende Wasser eines Fjäll-Baches, Kaffee und Tee zur Verfügung.

Besonders der Koskenkorva hatte es den Gästen angetan, und Hajosiko Mono, normalerweise ein äußerst zurückhaltender Mann, wurde zusehends lebhafter.

Als alle Teilnehmer etwa eine Stunde auf den Rentierfellen geruht und die fettigen lappländischen Spezialitäten verdaut hatten und schon halb eingeschlafen waren, wurde plötzlich das Fell, das als Schutz vor dem Eingang hing, beiseitegerissen. Ein Same mit rußigem Gesicht stürzte herein und sprang ans Feuer. Er war mit einem Lappländeranzug in leuchtenden Farben bekleidet und trug eine große Trommel. Der Mann begann heftig zu trommeln, und dazu tanzte er, mal in der Hocke, dann wieder machte er wilde Sprünge über das knisternde Feuer. Seinen Auftritt untermalte er mit kehligem Joiken, das den Zuhörern die Nackenhaare zu Berge stehen ließ. Die Szenerie war eindrucksvoll. Den Japanern kam der Anblick des grimassierenden Schamanen sehr bekannt vor, das furchterregend tanzende und trommelnde Wesen erinnerte sie an die heimischen Götter oder an einen Schogun, der sich aufs Harakiri vorbereitet. Der Auftritt der nordischen Noide mit dem schwarzen Gesicht endete in einer Trance: Die Trommel dröhnte wie der Kessel des Satans, das Gesicht des Schamanen verzerrte sich zu schrecklichen Fratzen, sein Körper zitterte unter der psychischen Anspannung. Schließlich plumpste er im Lichtkreis des Feuers auf den Hintern, wobei er hörbar mit den Zähnen knirschte. Die Frauen stießen erschrockene Schreie aus, als er plötzlich wieder zu sich kam und letzte wilde Trommelschläge vollführte, ehe er rasch nach draußen verschwand, während das Rentierfell in der Türöffnung noch unheilsschwanger flatterte.

Nach einer Weile trat Oula Kaltto ins Eisschloss und wischte sich den Schweiß von der Stirn. Man spendete ihm Applaus.

»Bin ich nicht eine verdammt gute Noide?«, lobte Oula sich selbst, während Aatami ihm, wie vereinbart, das Sonderhonorar für die Trance bezahlte.

Es wurde ein vergnüglicher Abend, nicht zuletzt wegen der Getränke, die die Japaner mit Hingabe genossen. Sie entdeckten ihre künstlerische Ader und führten den Gastgebern eine leidenschaftliche Darstellung der japanischen Geschichte vor: Da traten wilde Schogune, Geishas, Selbstmordpiloten und japanische Götter auf, die sich bisweilen höchst erstaunlich benahmen. Auch der Chef Hajosiko Mono bekam einen Rausch und verfiel spätabends, als der Mond schon über den Fjälls aufgegangen war, auf die Idee, mit dem Rentierschlitten über das Eis zu fahren. Die nächtliche Fahrt in dem Schlitten, der von einem Wildtier gezogen wurde, würde den in jeder Weise gelungenen Lapplandausflug krönen, fand er. Oula Kaltto und Sicherheitsmann Hannes Heikura versuchten

Mono daran zu hindern, mit dem Rentier in die Nacht zu fahren, aber der Ehrengast kümmerte sich nicht um die Ratschläge, sondern behauptete, das Tier souverän zu beherrschen, schließlich hatte er den ganzen Tag unter Oulas Leitung draußen geübt. Ausgelassen setzte er sich in den Schlitten und trieb den Bock an. Während der ganzen Fahrt hieb er mit den Zügeln auf den Rücken des erschrockenen Tieres ein, bis es schließlich durchging. Es galoppierte in wildem Trab in Richtung der schroffen Fjälls, die im Mondlicht schimmerten. Hajosiko Mono begriff erst jetzt, dass er einen großen Fehler gemacht hatte. Die Temperatur war weiter gesunken, es herrschten fast vierzig Grad Frost, und das Rentier galoppierte wie von Sinnen auf die eisigen Hänge zu, es ließ sich nicht anhalten oder zurücklenken.

Im Schneeschloss gab es Alarm. Oula Kaltto wollte seinen eigenen Schnee-Scooter starten, aber der blieb stumm. Der Akku war leer, und der bereifte Motor wollte nicht anspringen. Jetzt war ein wirklicher Notfall eingetreten, denn wie sollte man einen Japaner, der nicht an diese Bedingungen gewöhnt war, lebend aus der eisigen Wildnis bergen?

Aatami bat die japanischen Gäste, sich zu beruhigen. Unter den Ausrüstungsgegenständen im Schneeschloss fanden sich Taschenlampen, und in ihrem Licht entdeckten die Finnen draußen die Schlittenspuren, die in die Fjälls führten. Als die Männer aufmerksam lauschten, hörten sie von fern, aus dem Nordwesten, die Hilferufe des japanischen Geschäftsmannes, die sich immer weiter entfernten und schließlich ganz verstummten. Hinter den Fjälls waren zwei oder drei gedämpfte Schüsse zu hören, oder knackte dort der Frost?

Aatami Rymättylä drehte den Zündschlüssel seines elektrisch betriebenen Scooters. Die Scheinwerfer leuchteten auf, das Gefährt war startklar, ihm hatte der scharfe Frost nichts anhaben können. Oula Kaltto und Hannes Heikura befestigten hinten einen Kufenschlitten. Oula ergriff die Lenkstange, Hannes sprang auf und setzte sich hinter ihn, und dann sausten die beiden Männer mit dem geräuschlosen Flitzer los, auf den Spuren des in den Fjälls verschwundenen Japaners. Der schwankende Lichtkegel verriet den Zurückgebliebenen, wo sich die Retter bewegten. Ihr Weg führte sie ans Nordufer des Sees, von dort durch Fichtengehölze in eine steile Fjäll-Schlucht, ein paar Mal tauchten sie wieder auf, schließlich verschwanden sie am oberen Rand der Schlucht.

Nach zwei Stunden tauchte die Rettungskarawane im Lager auf: Oula und Hannes im Scooter zogen den Kufenschlitten, in dem der bleiche Hajosiko Mono saß. Dahinter trottete an einem Seil das Zugtier, das sich inzwischen beruhigt hatte, es zog brav seinen Schlitten, der mit Schnee gefüllt war.

Man trug Mono zum Aufwärmen nach drinnen ans Feuer und flößte ihm heißen Kaffee und einen Schnaps ein. Als er das scharfe Getränk im Magen hatte, hellte sich seine Miene auf, und er bedankte sich vielmals bei Oula und Hannes, die ihn in einer vereisten Schlucht hinter den Fjälls gefunden hatten, verknotet in Zügel und Geweih des wild gewordenen Rentiers. Er sagte, dass es ihm unterwegs vorgekommen sei, als hätte er italienische Flüche und Hilferufe gehört. In den Schluchten der Fjälls hatten auch ein paar Schüsse gehallt, aber einen Menschen hatte er in der vom Mond erhellten Landschaft nicht gesehen. All die Geräusche mochten bloße Einbildung gewesen sein.

Einen großen Anteil an der Rettung des Japaners hatte Aatamis Schnee-Scooter, der mühelos ansprang, mochte auch noch so starker Frost herrschen.

»Aus meiner Sicht kann der von mir vertretene Hirokazu-Konzern den Lizenzvertrag auf der Basis abschließen, die ihr, liebe finnische Freunde, vorgeschlagen habt«, verkündete Hajosiko Mono gerührt. Das bedeutete für Aatami und Eeva, dass dreihundert Millionen Mark an sie ausgezahlt würden.

Achtzehn

Dem Profikiller Luigi Rapaleore froren die Füße. Kein Wunder, denn es herrschten fast vierzig Grad Frost. Luigi stand, mit einem Eistropfen an der Nase, im dicken Schnee unter einer Fjäll-Birke am Osthang des Pallastunturi und blickte hinunter auf das Eis des Sees. Dort herrschte reger Betrieb. Mitten auf dem See war ein großes Schneeschloss errichtet worden, aus dessen Kaminöffnung eine blaue Rauchsäule zum Himmel aufstieg. Auf dem Eis vergnügten sich mehrere Männer und Frauen, sie fuhren mit Hunde- und Rentierschlitten und machten Wettfahrten mit Schnee-Scootern. Es war Nachmittag. Luigi wartete darauf, dass es um das Schneeschloss ruhig wurde. Mit dem starken Fernglas, das er sich um den Hals gehängt hatte, behielt er das Geschehen im Auge. Er hatte seine Zielperson identifiziert, Aatami Rymättylä, dieser trug eine blaue Steppjacke, dazu einen dicken schwarzen Overall, wie man ihn beim Eisangeln benutzt. Aatami war der Größte in der Gesellschaft, die kleineren Männer waren Japaner.

Luigi Rapaleore war um den Jahreswechsel von Palermo nach Finnland geschickt worden. Er hatte sich über Aatami Rymättylä und dessen Akkulabor informiert, hatte in Hotels gewohnt und Pläne geschmiedet. Anfang Februar hatte man ihm endlich den Befehl erteilt: Aatami Rymättylä muss getötet werden. Für Luigi war der Ausflug in den Norden insofern günstig und lohnend, als das Honorar für den Mord atemberaubend hoch ausfallen würde. Zu Beginn seiner Laufbahn hatte Luigi geradezu zu Dumpingpreisen Leute abmurksen müssen. Im Laufe der Zeit und mit zunehmender Professionalität waren die Tarife glücklicherweise gestiegen. In den beiden letzten Jahren war die Leistung bereits mit jeweils hunderttausend Dollar belohnt worden, steuerfrei, und das konnte man nicht mehr als Anfängerhonorar bezeichnen. Und ein Anfänger war Luigi Rapaleore längst nicht mehr: Er war fünfunddreißig und hatte bereits sieben Männer für Geld getötet. Insgesamt hatte er neun Menschen ermordet, aber in zwei Fällen hatte er es hobbymäßig, aus persönlichen Gründen und somit ohne finanzielle Unterstützung von außen, getan.

Während der letzten Tage hatte sich Luigi in der Ufersauna der örtlichen Dienststelle des Waldforschungsinstitutes versteckt, die Sauna wurde jetzt mitten im Winter nicht genutzt, außerdem hatte er dort mühelos eindringen können. Der Stützpunkt war äußerst günstig gelegen: Durch das Saunafenster konnte Luigi verfolgen, was in wenigen hundert Metern Entfernung auf dem See passierte. Schade nur, dass die Leute vom Waldforschungsinstitut am frühen Morgen auf dem Stützpunkt erschienen waren, Luigi hatte quer durch den Wald flüchten müssen. Jetzt hielt er sich am unteren Hang des Pallaskero unter einer Birke versteckt und spähte hin und wieder durch den Feldstecher auf den See. Neben ihm im Schnee steckte ein Großwildgewehr vom Typ Kimber, ausgestattet mit Schalldämpfer und Zielfernrohr. Er hatte es ganz legal als seine persönliche Waffe nach Finnland mitgebracht. In den Zollpapieren stand, dass er in Finnland größeres Wild jagen wollte. Ein betuchter italienischer Bärenjäger war ein willkommener Gast im nordischen Tourismusland.

Sowie der Mond aufging, würde sich Luigi zum Schneeschloss aufmachen, Aatami Rymättylä erschießen und dann unauffällig verschwinden, zunächst quer durch die Wildnis bis nach Rovaniemi und dann auf bewährtem Wege ins Land seiner Väter. Alles war über Wochen hinweg sorgfältig geplant worden, und Luigi zweifelte nicht an seinem Erfolg.
Es herrschte nur so verdammt strenger Frost. Wie konnten Menschen in diesem Land leben und wohnen, das kalt wie Sibirien war und in dem niemand Italienisch sprach?
Die Sonne des Wintertages verschwand hinter dem Pallastunturi. Unten färbte sich der See für kurze Zeit rot, dann hüllte blaue Dämmerung die froststarre Landschaft ein, die Sterne entzündeten sich, Polarlicht zuckte am Himmel, und der Mond ging auf. Luigi hatte das Gefühl, als wären seine Füße bereits steif gefroren. Er beschloss, den Hang zu verlassen und auf das Eis des Sees hinunterzusteigen, um seine Arbeit zu vollenden.
Als er ein paar Schritte getan hatte, fiel er auf die Nase. Seine Füße waren von der Kälte gefühllos geworden. Blankes Entsetzen packte den Mörder. Er klammerte sich an sein Gewehr und kämpfte sich hoch. Das schwere Kimber als Krücke benutzend, stolperte der arme Kerl zwischen den bereiften Krüppelbirken den steilen Hang hinunter. Seine Spuren vom Aufstieg konnte er nicht mehr entdecken. Er kam unglaublich langsam voran. Zwar konnte er seine Beine benutzen, aber von den Knien abwärts waren sie völlig steif. So fühlte es sich also an, wenn man bei lebendigem Leibe erfror!
Unten im Lager entstand Bewegung. Jemand spannte ein Rentier vor den Schlitten, Männerstimmen riefen etwas, und dann rannte das Tier mitsamt dem Schlitten über die vom Mond beschienene Eisfläche. Luigi kroch am Hang

herum, Schweiß trat ihm auf die Stirn. Der menschliche Körper ist schon sonderbar, oben schwitzt man, die Füße sind starr vor Kälte. Der Lauf des Gewehrs schlug polternd gegen einen Felsen, während der Killer zu dem Schlittenfahrer vorzudringen versuchte. Er musste jetzt um Hilfe bitten, der Mord an Aatami Rymättylä konnte warten, das Wichtigste im Moment war, die eigene Haut zu retten. Heilige Jungfrau Maria! Der Feldstecher war futsch, sei's drum. All seine Kraft aufbietend, schleppte sich Luigi Rapaleore an den Rand des Ödwaldes, nur um festzustellen, dass ihm der dämliche Schlittenfahrer keine Beachtung schenkte. Das wild gewordene Rentier galoppierte an dem froststarren Sizilianer vorbei. Luigi brüllte um Hilfe, ohne Erfolg. Er fluchte und betete, ihm war, als würden seine Lungen reißen, aber der Schlittenfahrer verschwand im Birkengehölz. Luigi legte das Gewehr an und feuerte ein paar Schüsse hinter dem Schlitten her. Die Schüsse hatten keine Wirkung, von den Fjäll-Birken rieselte lediglich sacht der Reif auf den Schnee. Luigi Rapaleore sank auf die Knie und weinte vor Wut und Qual.

Auf allen vieren kriechend, strebte der unglückliche Killer auf die Landstraße, die rings um den See führte. Als er im tiefen Schnee lag, um Kräfte zu sammeln, sah er den hellen Lichtkegel eines Schnee-Scooters, hörte aber kein Geräusch. Der Scooter sauste ganz dicht an ihm vorbei, zwei Männer saßen darin, und hinten schaukelte ein leerer Kufenschlitten. Luigi schloss daraus, dass auch sein Gehör eingefroren war, aber als er zur Probe eine Reihe von heimischen Flüchen ausstieß, hallten sie stärker als je zuvor. Nun gelangte er zu der Überzeugung, dass er Gespenster gesehen hatte. In dieser nordischen Eishölle fuhren die Leute mit geräuschlosen Motoren.

Irgendwann in der Nacht rollte der Mann aus Sizilien vom

Schneehang auf die harte Landstraße. Es polterte, als seine vereisten Glieder auf die vom Schnee frei gepflügte Fläche trafen. Das Gewehr und der Feldstecher waren auf dem Fjäll geblieben. Der Mörder lag eine Weile kraftlos da, bis er sich auf seine gefühllosen Beine kämpfte und die vom Mond beschienene Straße entlangtrottete. Er kämpfte um sein Leben wie ein Killer, gab nicht so leicht auf, dieser aufs Töten spezialisierte gewissenlose Mann.

Früh am Morgen, als der Mond bereits verblasst war und die himmlischen Spiele des Polarlichts für diese Nacht gespielt waren, kam ihm der Verkaufswagen eines Supermarktes aus Muonio entgegen. Mit großer Mühe hievte dessen Fahrer Lauri Kemppainen den sizilianischen Killer ins warme Fahrzeug. Ein zweiter Mann wäre vonnöten gewesen, aber heutzutage wurde an allem gespart, man musste den Verkaufswagen ganz allein fahren und auch allein die Leute bedienen. Lauri war entsetzt über den Zustand des Fremden, versuchte herauszubekommen, was passiert war, aber wie sollte ein Ausländer, der nicht der Landessprache mächtig war, sich erklären, auch wenn Lauri es zwischendurch mit Schwedisch versuchte.

»Ich bring dich ins Gesundheitszentrum von Muonio, muss bloß erst nach Ketomelta, um zu wenden. Setz dich so lange auf den Kartoffelsack«, erklärte er.

Luigi hangelte sich auf den Rand der offenen Kühltruhe, streckte seine steif gefrorenen Beine aus und betete zur Jungfrau Maria, dass er endlich in die Hände guter Menschen käme. Die Mutter Gottes war jedoch ein wenig zum Scherzen aufgelegt und ließ ihren armen Sohn auf den Grund der Truhe zwischen das tiefgefrorene Gemüse plumpsen. Luigis ernstes Auge starrte dann länger als eine Stunde aus nächster Nähe auf die Gemüsepackungen der Marke Pirkka: Erbsen, Möhrchen und Maiskolben wurden ihm vertraut, aber auch andere Produkte wie zum Beispiel Blutplinsen und die als Futter für Schlittenhunde gedachten Schweinsnieren und Rinderlungen. Luigis anderes Auge war zugefroren und öffnete sich in der Kühltruhe nicht.

Im Gesundheitszentrum von Muonio wurde Luigi aufgetaut, und man stellte fest, dass seine Unterschenkel bis zu den Knien schwarz waren. Der bedauernswerte Killer wurde in die zentrale Universitätsklinik von Oulu geflogen, wo ihm die Ärzte den linken Unterschenkel amputierten. Rechts mussten ihm zum Glück nur drei Zehen entfernt werden. Hurra, der Mann war gerettet! Der Jungfrau Maria sei Dank!

Als Luigi Rapaleore aus der Narkose erwachte, schickte er eine Meldung über sein Schicksal nach Süden. Dann begann er mithilfe der Krankenhausbibliothek Finnisch zu lernen. Der Killer sagte sich, dass es bei der Erfüllung seines Auftrags ein bedauerliches Missgeschick gegeben hatte, aber damit war die Sache nicht abgeschlossen. Jetzt hatte er Zeit, sich dem Sprachstudium zu widmen und neue Mordpläne zu schmieden.

Wenn Luigi Rapaleores Lapplandreise hart und voller Widerstände gewesen war, von Aatamis und Eevas Ausflug an den Pallastunturi konnte man dies nicht behaupten. Mit Unterstützung von Oula Kaltto unterhielten sie ihre japanischen Gäste, fuhren mit Rentier- und Hundeschlitten, probierten den Elektro-Scooter, liefen Ski, aßen, genossen alkoholische Getränke und kehrten dann ausgeruht und fröhlich in die Landeshauptstadt zurück.

Wie vereinbart eröffneten die Japaner auf den Namen von Aatamis und Eevas Firma in Tapiola ein Bankkonto, auf das ihr Konzern dreihundert Millionen Mark einzahlte. An das Konto war die Bedingung geknüpft, dass das Geld erst zur

Verfügung stand, wenn beide Firmen den endgültigen Lizenzvertrag über Herstellung und Vermarktung des ultraleichten Akkus abgeschlossen hätten.
Die Vertragsverhandlungen dauerten mehrere Wochen, sie fanden abwechselnd in Helsinki und in Tokio statt. Eeva engagierte zusätzlich zwei erfahrene Schweizer Juristen, auf Seiten von Hirokazu war ein halbes Dutzend Fachleute mit der Sache befasst. Der endgültige Vertrag entstand in der letzten Märzwoche. Es war durchaus kein kleines Dokument, sondern ein ganzes Buch, das insgesamt dreiundsiebzig eng beschriebene Seiten umfasste. Unterzeichnet wurde der Vertrag in Helsinki.
Aatamis und Eevas Firma trat an Hirokazu maximal siebzig Prozent der Produktion der weltweit für Landfahrzeuge benötigten Akkus ab. Der Vertrag beinhaltete also nicht die Akkukraftwerke, auch keine Schiffe und Weltraumfahrzeuge, denn Kraftwerke bewegen sich ja nicht, und Schiffe und Raumfahrzeuge fahren nicht auf dem Land.
Zusätzlich zu der geleisteten Vorauszahlung verpflichtete sich Hirokazu, an Aatami und Eeva vier (4) Prozent vom gesamten künftigen Umsatz der neuen Akkuproduktion zu zahlen. Wenn die Produktion von Landfahrzeugen weltweit, nach einer Übergangsphase, voll auf Elektrobetrieb umgestellt wäre, würde dieses Honorar – bei Produktionskosten von etwa fünfhundert Mark pro Akku – etwa 1 000 000 000, also eine Milliarde Mark, betragen. Jedes Jahr!
Die Berechnung basierte auf der Annahme, dass, wenn fünfzig Millionen Elektroautos pro Jahr hergestellt würden, Hirokazus siebzigprozentiger Anteil etwa 17,5 Milliarden Mark betragen würde. Ferner wurden Mopeds, Gabelstapler und Traktoren in einer Anzahl hergestellt, die Hirokazu noch einmal 7,5 Milliarden einbringen würde.

Im ersten Jahr würden an den finnischen Partner zusätzlich zu den dreihundert Millionen Mark Vorschuss zehn Prozent der geschätzten Einnahmen aus den Lizenzen, also hundert Millionen, gezahlt und danach jeweils entsprechend der Akkuproduktion.
Durch den Vertrag bekam Hirokazu das Recht, sämtliche Patente und Herstellungslizenzen von Aatamis und Eevas Firma zu überwachen – unter Berücksichtigung der siebzigprozentigen Obergrenze. Die Lizenzrechte für die restlichen dreißig Prozent würden Aatami und Eeva im besten Falle nochmals mehrere Tausend Millionen Mark einbringen, ganz zu schweigen von den Einnahmen für Kernladestationen, Schiffe, Kraftwerke und Ähnliches.
Die Herstellungsidee des ultraleichten Akkus mitsamt der entsprechenden Geheimhaltungsklausel wurde an Hirokazu übertragen, und die Weiterentwicklung des Akkus bliebe ebenfalls Aufgabe des japanischen Konzerns.
Der Vertrag enthielt außerdem einen Paragraphen, demzufolge die Veröffentlichung der Akkulizenz Aufgabe der Japaner wäre.
Hirokazu beanspruchte für sich das Recht, sowohl Aatami als auch Eeva einen persönlichen Leibwächter zur Seite zu stellen, so lange, bis das Patentamt die Akkuerfindung endgültig anerkannt hätte. Dann sollten auch sämtliche Dokumente des Lizenzvertrages offiziell in all jenen Ländern registriert werden, in denen Akkus produziert und vermarktet würden, also auf der ganzen Welt.
In einer Buchdruckerei wurden hundertfünfzig Exemplare dieses Vertragswerkes hergestellt. Es waren dann auch regelrechte Bücher, viele Pappkartons voller eng bedruckter Seiten. Für ihre Unterschriften benötigten Aatami und Eeva vier Stunden, doch die Hand ermüdete ihnen dabei keinen Augenblick. Als sie das letzte Autogramm unter

den Vertrag gesetzt hatten, öffnete sich ihnen das Bankkonto über die Vorauszahlung von dreihundert Millionen Mark. Außerdem war zu erwarten, dass auf dasselbe Konto weitere 100 000 000 Mark fließen würden, sowie die Versuchsfabrik in Finnland ihre Produktion aufgenommen hätte.

Als alle Dokumente unterzeichnet und in Schließfächern sicher verwahrt waren, gab es eine kurze Feier im Dachrestaurant des Hotels *Torni*. Man hob die Champagnergläser. Aatamis Herzschlag geriet vorübergehend aus dem Takt, und Eevas Hand, die nach dem Glas griff, zitterte zur Abwechslung einmal nicht wegen eines Katers.

Nun stellte Hajosiko Mono ihnen die Bodyguards vor, die er für sie ausgewählt hatte. Zu ihrer Überraschung waren diese bei sämtlichen Gesprächen dabei gewesen, sie gehörten zur Verhandlungsdelegation. Kenzo und Huja waren junge Männer und trugen ebenso adrette Anzüge wie alle anderen Vertreter von Hirokazu. Ihr Händedruck hatte Karateniveau, in ihren Augen lag ein zweifelnder, fast lauernder Blick, und man konnte das Pistolenhalfter unter dem Jackett erahnen.

Kenzo und Huja sprachen leidlich Englisch und versprachen sofort, Finnisch-Stunden bei Tellervo Javanainen-Heteka zu nehmen, die in Finnland bleiben würde, um bei der Übersetzung des Briefwechsels und der übrigen Kontakte zwischen dem Hauptkonzern und den Finnen zu helfen. Die Bodyguards versprachen, möglichst nah bei ihren Schützlingen zu bleiben und trotzdem zu versuchen, ihr Privatleben nicht zu stören. Sie sagten, dass sie gern als Aatamis und Eevas Diener auftreten würden. Außer, dass sie es ausgezeichnet verstanden, Menschen zu töten, hatten beide auch eine Ausbildung als Butler erhalten.

Neunzehn

Aatami Rymättylä war jetzt reich. Er hatte Hunderte Millionen Mark echtes Geld auf dem Konto, und ein Vielfaches dessen würde hinzukommen. Die Zeiten, da ihn der Gerichtsvollzieher bedrängt hatte und da er Schulden machen und an allem sparen musste, lagen hinter ihm. Aatami war nicht mehr irgendwer.

Er hatte so unglaublich viel Geld, dass er es mit dem Verstand eigentlich gar nicht erfassen konnte. In Zeiten der Arbeitslosigkeit und der Rezession war schon eine einzige Million eine riesige Geldsumme. Zehn Millionen waren wie der Jackpot im Lotto, hundert Millionen ließen an das Staatssäckel denken. Aatami wusste, dass er bald Milliarden besitzen würde. Eine Milliarde sind tausend Millionen.

Aatami spazierte über den Boulevard, der Ende März noch matschig war. Die japanischen Sicherheitsbeamten Kenzo und Huja folgten ihm schweigend. Aatami betrachtete die Schaufenster und sah nichts, was er noch hätte brauchen können. Er war so reich, dass ihn die Produkte, die für gewöhnliche Menschen gedacht waren, nicht mehr interessierten. Was hätte er mit einem Bild von Nelimarkka anfangen sollen? Er könnte die gesamte Produktion des Künstlers aufkaufen, und noch ein paar Gaugins dazu. Brauchte er Möbel, Antiquitäten? Nicht mehr im herkömmlichen Sinne. Er würde alles im Überfluss haben.

Die Schaufenster brauchte er nicht mehr mit hungrigen Augen zu betrachten, er war für einen gewöhnlichen Konsumenten zu reich.
Aatami ging hinüber in den Park an der Alten Kirche. Die Sicherheitsleute folgten. Um die uralten Grabsteine hüpften Spatzen und pickten Brotkrumen auf, die jemand dort verstreut hatte. Aatami blieb stehen und sah den Vögeln zu, die Japaner taten es ihm gleich. Er musste an die Vögel des Himmels denken, die nicht säen und nicht ernten, aber der liebe Gott ernährt sie doch. So gesehen fühlte sich Aatami auch wie ein Vogel. Er würde nie mehr arbeiten, sich anstrengen, ans Geld denken müssen, von nun an würden die Kräfte des Marktes bestens für seinen Lebensstandard sorgen. Er hatte das Gefühl, eine Wirtschaftsmacht geworden zu sein. Er brauchte kein Geld mehr in der Tasche zu haben, sich nicht mehr damit zu bevorraten. Es reichte, dass Geld vorhanden war, dass er sich seiner Existenz sicher war, dass auf gefühllosen Konten ungeheure Summen davon lagen. Wenn genug Geld da ist, spielt es keine Rolle mehr, wie viel es ist. Im Ozean ist viel Wasser, und es wird nicht weniger, selbst wenn ein ganzes Volk den Ozean mit Eimern leeren wollte. Wohin kann man das Wasser gießen? Es fließt immer wieder zurück ins Meer, früher oder später. Ins Meer münden auch die kleinsten Bäche. Das Meer trocknet niemals aus, es ist unendlich. Das Wasser kann schmutzig sein, aber es gibt viel davon. Und Aatami Rymättylä fühlte sich wie ein Ozean, der die Geldströme des Marktes in sich aufnimmt.
Er schickte Huja in den nächsten Laden, dort sollte er eine Tüte Sonnenblumenkerne kaufen und sie anschließend im Park für die Spatzen ausstreuen. Aatami selbst ging mit Kenzo weiter, er beschloss, den alten, vertrauten Ort der Vertragsverhandlungen im Obergeschoss des Hotels *Torni*

aufzusuchen. Dort aß er ein wenig Lachs und Austern und trank ein paar Gläser Weißwein. Er fühlte sich leicht, sein Gemüt war heiter.
Das Handy des Leibwächters klingelte. Eeva rief an und wollte wissen, wo Aatami war. Bald kam sie zusammen mit Huja ins *Torni*. Die beiden erklärten, dass die Vögel gefüttert waren. Was gab es jetzt zu tun?
Sie setzten die leichte Mahlzeit fort. Es war Vormittag, sie hatten alle Zeit der Welt. Eeva bestellte Champagner, der schmeckte nicht übel. Dann erschien jemand vom Personal, um verschämt mitzuteilen, dass die Atelier-Bar ab Mittag für ein Essen von Pastorinnen reserviert sei. Aatami schlug vor, die Pastorinnen anderswo unterzubringen, er würde gern bleiben, wo er war.
Die Pastorinnen, siebenundzwanzig an der Zahl, erschienen dann auch, mit ihnen kam der Helsinkier Bischof. Sie hatten zahlreiche Gründe, zusammenzukommen, hauptsächlich ging es um die schmerzliche Konfliktsituation, in die eine Frau und Mutter gerät, wenn sie sich zwischen ihrer Arbeit und den Erwartungen der eigenen Familie aufreibt... wenn eine Pastorin zum Beispiel ihr Kind stillen muss, wie kann sie dann mitten in der Nacht zu einem Sterbenden eilen und ihm Trost spenden? Über dieses Problem und viele andere wollten sie sich austauschen.
Das Personal teilte den Pastorinnen und dem Bischof bedauernd mit, dass das Dachrestaurant durch einen unglücklichen Zufall nicht frei sei und dass man sie in Salons auf den Etagen unterbringen werde.
Eeva rief im nächsten Blumenladen an und ließ den Pastorinnen siebenundzwanzig Rosen, dem Bischof einen Strauß Freesien bringen. Aatami sagte dem Oberkellner, dass er gern die Restaurantrechnung der Pastorinnen übernehmen wolle.

Eine zweite und noch eine dritte Flasche Champagner wurde geköpft. Aatami und Eeva gerieten in Feierlaune. Kenzo und Huja begnügten sich natürlich mit Mineralwasser.

»Wie mag es wohl sein, echtes Gold zu schnitzen?«, sinnierte Aatami, während er auf die Hauptstadt hinuntersah, die sich unter der Rezession duckte.

Für einen Reichen ist alles einfach. Kenzo wurde ausgeschickt, von Goldschmied Tillander einen Goldbarren von mehreren Kilo Gewicht zu holen. Er servierte ihn in einer Silberschale wie ein Stück Butter und legte ein Fleischmesser daneben, das er aus der Küche geliehen hatte. Aatami nahm den Barren in die Hand und begann, von der Kante goldene Späne abzuschnitzen. Es überraschte ihn, dass man Gold wirklich schnitzen konnte, das Metall war weich wie Blei. Goldsplitter rieselten auf das Tischtuch nieder, die größten sammelte Aatami ein und legte sie in die Silberschale. Zur Abwechslung schnitzte auch Eeva. Die Kellnerin durfte es ebenfalls probieren und die Späne, die sie abgetrennt hatte, behalten. Schließlich wurde es Aatami langweilig, Gold zu schnitzen. Es war nicht so spannend, wie arme Leute glaubten. Kenzo brachte den Barren und die größten Splitter in die Firma und schloss sie im Panzerschrank ein. Die Krümel blieben liegen, mochte die Putzfrau sie einsammeln, es dürften hundert oder zweihundert Gramm gewesen sein.

»Was bekommt man letztendlich für Geld?«, überlegten Aatami und Eeva. Natürlich konnte man Villen, Autos, all das Übliche kaufen. Eeva wollte gern in der Luxusklasse reisen, aufs Geratewohl irgendwohin fahren. Sie stellte es sich schön vor, zum Beispiel auf Tahiti aufzuwachen …

Aatami erinnerte sie daran, dass sie diese Art von Urlaub in Neuseeland gemacht hatte.

»Nein, wirklich, es wäre herrlich, einfach loszudüsen, ins Unbekannte, und das nicht nur zum Saufen.«

Aatami seinerseits wollte sich von der Erde, von ihrer Schwerkraft lösen, er schwärmte, wie prachtvoll es wäre, in eine Weltraumrakete zu steigen, auf die Erdumlaufbahn geschossen zu werden und dann von oben aus dem All die Erdkugel zu betrachten, ein paar Runden zu drehen, rein aus Spaß und zur Erweiterung des eigenen Horizonts.

Er spann den Gedanken bis zum Nachmittag immer weiter, sodass er schließlich Leena Rimpinen anrief und sie bat, sich zu erkundigen, ob eine Privatperson tatsächlich eine Fahrkarte in den Kosmos kaufen konnte. Später am Abend rief sie zurück und informierte ihn, dass diese Möglichkeit bestand, sogar mehrfach. Ab und zu würden von der Erde Trägerraketen ins All geschossen, die Satelliten auf die Erdumlaufbahn brachten. Die Russen und die Franzosen hätten versprochen, der Akkufirma Angebote zu unterbreiten, falls Aatami es ernst meinte.

»Wir sollten ein Feuerwerk organisieren, da wir jetzt reich sind«, mit dieser Bemerkung holte Eeva ihn wieder auf die Erde zurück. Aatami fand, dass ein Ehrensalut der Artillerie besser zu seiner Stimmung passen würde.

Zwischenzeitlich erschien der Bischof in Begleitung zweier Pastorinnen im Restaurant und bedankte sich für das spendierte Mittagessen und für die Blumen. Das waren Leute mit Manieren! Aatami beschloss, der Kirche eine Million Mark für ihre diakonische Arbeit zu spenden. Den entsprechenden gedeckten Scheck schrieb er sofort aus.

Als der Bischof und die Pastorinnen weg waren, erklärte Eeva, dass sie die Summe in der Akkufirma steuerlich geltend machen konnten, als Kosten für PR-Tätigkeit.

Im weiteren Verlauf des Abends fuhren sie mit dem Taxi ins Schlosshotel Haiko, zu späterer Nachtstunde dann mit dem Hubschrauber ins Staatshotel von Imatra. Nebenbei kümmerten sie sich um die laufenden Angelegenheiten. Mit dem Mobiltelefon hielten sie Kontakt zu den Entsendeländern von kommerziellen Satelliten und versuchten, mit der Küstenartillerie das Abfeuern eines Ehrensaluts zu vereinbaren. Sie verhandelten mit dem Generalstab und dem Verteidigungsministerium. Zunächst stießen sie mit ihrem Wunsch, dass zu zivilen Zwecken mit scharfer Munition geschossen werden sollte, auf Widerstand, aber einem reichen Menschen gelingt am Ende alles. Aatami versprach, für jeden Knall eine Million Mark zu bezahlen. Mindestens zwölf Salutschüsse sollten abgefeuert werden. Der Kommandeur des Militärbezirkes Südfinnland entschied, dass außerplanmäßige Schießübungen veranstaltet würden. Die Kanonen würden eine Stunde lang in Schießbereitschaft sein, Zeitungsmeldungen über besondere Gefahrengebiete waren nicht nötig. Die arme Armee eines kleinen Landes hat selten Gelegenheit, mit einer bloßen Übung Millionen zu verdienen.

Am Morgen verließen Aatami und Eeva mit einem Hubschrauber der Grenztruppen die Stadt Imatra und landeten auf der befestigten Insel Isosaari vor Helsinki. Der Tag versprach sonnig zu werden. Das Meer war um die Insel herum bereits frei von Eis. Man befand sich im offenen Meer, in nördlicher Richtung lag Helsinki, bis zur Festung Suomenlinna waren es etwa fünf Kilometer. Der Hubschrauber landete auf dem Sportplatz der Insel. Zum Empfang der Gäste erschien der Kommandeur der Festung, Hauptmann Vehviläinen. Er half Eeva Kontupohja und Aatami Rymättylä aus der Maschine. Kenzo und Huja betrachteten mit ausdruckslosen Mienen das felsige Ufer und dann die ganze Insel, auf der nur niedriger Wald wuchs und auf der ein gnadenloser Seewind blies. An einen so gottverlassenen Ort zu fahren, um Salutschüsse abfeuern zu lassen, mochte die Japaner seltsam anmuten, aber sie äußerten sich nicht dazu.

Der Hauptmann lud zu einem Frühstück in den Speisesaal der Garnison ein. Währenddessen erzählte er, dass mit dem Abfeuern des Saluts aus seiner Sicht sofort begonnen werden konnte. Am frühen Morgen hatte er vom Kommandeur des Militärbezirkes die Information über die außerplanmäßige Übung erhalten. Man werde mit den Küstenartilleriekanonen von Tampella schießen, ihr Kaliber betrug 152 Millimeter, das Rohr war an die zehn Meter lang. Die Reichweite der Kanonen betrug 28 Kilometer, aber mit den geeigneten Mitteln konnte man sie noch um ein paar Kilometer verlängern. Jetzt werde man aufs Meer schießen, über eine Distanz von etwa zehn Kilometern. Drei Patrouillenboote der Marine seien nach draußen geschickt worden, die das Gefahrengebiet absichern sollten, das tausend Strich umfasste, der bewegliche Gefahrensektor maß etwa einen Kilometer rings um das Ziel. Die entsprechenden Warnungen seien ausgegeben worden, alles sei bereit.

»Offiziell ist es eine Übung, ich kenne also nicht den Anlass des Saluts, aber ich garantiere, dass Ihre Firma zufrieden sein wird. Diese Waffen gehören nicht zu unserer allerneuesten Ausrüstung, aber für einen Ehrensalut reichen sie allemal, selbst wenn besonders viel Ehre erforderlich sein sollte.«

Die Gesellschaft bestieg einen Geländewagen, darin wurde es ein wenig eng, da auch die japanischen Sicherheitsbeamten mitgenommen werden mussten. Man fuhr quer über die Insel zum Südufer. Unterwegs erzählte der Hauptmann, dass es sich auf Isosaari um eine alte Festung handle, die bereits aus dem ersten Weltkrieg stamme. Die Russen hatten mehrere schwere Batterien in die Felsen gerammt, darunter Kanonen mit einem Kaliber von 254 Millimetern.

»In einer der Batterien befanden sich vier Durlacher-Kanonen, Schießsektor zwischen 120 und 240 Grad.«

Die Batterien war mit einer Nische für Ikonen versehen worden, eine alte russische Sitte, um den religiösen Bedürfnissen der Kanoniere Rechnung zu tragen.

Aufmerksam reichte der Hauptmann den beiden Gästen vor dem Schießen Bierdosen und Gehörschutz. Eeva stülpte ihn über, aber Aatami beschloss, dem Salut barhäuptig zu lauschen. Er setzte sich auf die Schutzkuppel der Batterie und öffnete die Bierdose. Eeva ging mit den Sicherheitsleuten in die Felshöhle.

Aatami hatte versprochen, für jeden Schuss eine Million Mark zu zahlen. Das war ein hoher Preis, auch verglichen mit dem Preis der Geschosse: Sie kosteten nur zweitausend Mark pro Stück.

Draußen auf dem Meer waren die Motorboote der Marine zu sehen, die den Gefahrensektor bewachten. Alles war bereit.

»Das Schießen beginnt«, verkündete der Hauptmann. Er erzählte Aatami, dass mit zwei Kanonen geschossen werde, in Abständen von sechs Sekunden.

Aatami saß auf dem Dach der Batterie und trank kaltes Bier. Zu dieser frühen Morgenstunde schmeckte es himmlisch. Hatte nicht irgendein Schriftsteller, Steinbeck oder Hemingway, einst ausdrücklich den ersten morgendlichen Schluck Bier gepriesen?

Dann dröhnte die sechszöllige Küstenkanone. Sie keuchte so schwer, dass Aatami auf dem Dach umkippte, aber Bier verschüttete er dabei nicht. Das Geschoss sauste in die Höhe, und nach ein paar Sekunden schlug es in die schaumgekrönten Wellen ein, und eine hohe Wasserfontäne stieg auf. Nach sechs Sekunden sprach die benachbarte Kanone, ebenso feierlich. Aatami sagte sich, dass nun schon zwei Millionen Mark futsch waren, aber das war erst der Anfang.

Die Kanonen donnerten, und alle zwölf Geschosse sausten aufs Meer hinaus, eine Million Mark pro Schuss. Es war ein sehr feierliches Ereignis. Aatami dachte bei sich, dass es sich gelohnt hatte. Obwohl er diese außerplanmäßige Schießerei in betrunkenem Zustand arrangiert hatte, bereute er seinen Einfall kein bisschen. Wenn ein finnischer Mann schon mal Grund zum Feiern hat, was selten genug vorkommt, dann muss er das nobel und gründlich tun, ohne auf die Kosten zu achten.

Jetzt tauchte ein Geländewagen auf, aus dem zwei Rekruten das Zubehör für einen Lunch luden. Sie stellten einen Holztisch und ein paar Hocker auf, breiteten über den Tisch eine mit den Buchstaben SA INT gekennzeichnete Tagesdecke, und dann deckten sie zu einem leichten Feldessen ein. Es gab Erbsensuppe und Plinsen, dazu Saft und Bier. Eeva Kontupohja und die japanischen Bodyguards kamen aus ihrer Felshöhle, um an der Mahlzeit teilzunehmen. Das Essen schmeckte unglaublich lecker.

Als alle gegessen hatten, donnerte die Kanone überraschend noch ein weiteres Mal. Die beiden Japaner erschraken maßlos über den lauten Knall, aber Aatami und Eeva hatten sich inzwischen an Salutschüsse gewöhnt. Hauptmann Vehviläinen erklärte lächelnd, dass die Akkufirma für diesen letzten Schuss nicht zu bezahlen brauche, es sei eine Draufgabe.

»Wir haben gratis geschossen, es war sozusagen ein Geschenk der finnischen Armee an Sie.«

Zwanzig

Der sizilianische Profikiller Luigi Rapaleore lag den ganzen restlichen Winter in der zentralen Universitätsklinik von Oulu. Sein erfrorenes linkes Bein war über dem Knie amputiert worden, an seinem rechten Fuß hatte man die drei schwärzesten Zehen entfernt.

Luigi war ein lebensfroher Mann. Seine Kondition war ausgezeichnet, die Senkungsreaktion gut, die Leber funktionierte tadellos, und so erholte er sich schnell von den Operationen. Im April hinkte er bereits durch die Gänge des Krankenhauses, um sich im Gehen zu üben. Er hatte eine vorzügliche Prothese bekommen, an die er sich erst gewöhnen musste. Künstliche Zehen hatte man ihm nicht eingesetzt, ein Mann kommt gut zurecht, auch wenn ihm ein paar Zehen fehlen. Der Prothesenfuß besaß natürlich alle fünf Zehen.

Luigi hatte einige Worte Finnisch gelernt. Das Personal des Krankenhauses mochte den bescheidenen und in sich gekehrten Sizilianer. Oft geschah es, dass sich die Nachtschwester auf seine Bettkante setzte und ihm Finnischunterricht gab. Auch Schokolade und Blumen bekam er, die Schwestern besorgten ihm sogar italienische Zeitungen, obwohl die in Oulu schwer zu beschaffen waren. Luigi war der glutäugige Liebling der Frauen auf der chirurgischen Station.

Luigi Rapaleore hatte seinen Geldgebern im Süden mitgeteilt, dass er keineswegs von seinem Mordauftrag Abstand genommen hatte, auch wenn er in den Fjälls von Lappland unter Bedingungen, die einem Arbeitsunfall gleichkamen, ein Bein und mehrere Zehen verloren hatte. Im Gegenteil, seine Verbitterung über die Amputation stärkte nur seinen Kampfeswillen und nährte die Rachegelüste. Er schwor, seine Arbeit fortzusetzen und Aatami Rymättylä, wie vereinbart, umzubringen. Die Bosse ermächtigten ihn denn auch weiterzumachen und garantierten ihm die nötigen finanziellen Mittel für die Erfüllung des Auftrags.

Nachdem Luigi diese Botschaft auf geheimem Wege erhalten hatte, konzentrierte er sich auf seine Gehübungen. Eifrig und ohne sich zu schonen, stakste er durch die Gänge der Klinik, war dem Personal oft im Wege, aber ihm, dem armen kleinen Ausländer, war alles erlaubt. Seine Kräfte wuchsen, die Phantomschmerzen im Bein ließen nach. Die Prothese erschien ihm mehr und mehr wie ein natürliches Glied, sie war wie ein Hufeisen am Hinterfuß eines Streitrosses, Metall und Kunststoff, hart und gefühllos wie Luigi Rapaleores Gemüt.

Wenn Luigi mit seiner neuen Prothese beschäftigt war, so war Aatami Rymättylä auch nicht müßig. Er buchte die Kosten der Zech- und Feiertour, die sich bis nach Imatra und Isosaari erstreckt hatte, reichlich dreizehn Millionen Mark waren da zusammengekommen. Das Geld diente letztlich guten Zwecken: Zwölf Millionen gingen an die finnische Armee für die Anschaffung neuer Abwehrraketen, eine Million an die Pastorinnen für ihre diakonische Arbeit und ihre Erholung. Die Religion durfte man schließlich nicht vergessen, ferner Goldsplitter an die Putzfrauen des *Torni* und Sonnenblumenkerne an die Spatzen im Park der Alten Kirche. Aatami heftete die Quittung für die Kerne ab, die Huja aufgehoben hatte und die eine Summe von 8,20 Mark auswies. Auch Vogelfutter war in diesem Land eben nicht umsonst zu haben.

Da er jetzt Geld im Überfluss besaß, konnte er auch an die Armen denken. Aatami rief den Taxifahrer Seppo Sorjonen an und sagte ihm, dass er jetzt allen Ernstes ein Medizinstudium aufnehmen könne, die Akkufirma werde für sämtliche Kosten aufkommen.

Er musste wieder an den bedauerlichen Zwischenfall denken, den er vor einem Jahr in Seurasaari erlebt hatte, als die verrückte Alte am Kiosk für einen Menschenauflauf gesorgt und anschließend auch noch aus der Villa in Tamminiemi eine Vase gestohlen hatte, die ein persönliches Geschenk von Kim Il Sung, Hoffnung und Liebe des koreanischen Volkes, an das finnische Staatsoberhaupt Urho Kekkonen gewesen war. Wo mochte die Alte jetzt sein, war sie überhaupt noch am Leben? Wie könnte er sie finden? Wahrscheinlich müsste er einen Privatdetektiv engagieren. Dann wurde ihm plötzlich klar, wer am besten geeignet wäre, den Aufenthaltsort der Frau zu ermitteln, nämlich Stadtvogt Heikki Juutilainen. Wer, wenn nicht der Gerichtsvollzieher, findet einen armen Menschen, auch wenn der sich noch so gut versteckt hat. Juutilainen versprach, sich darum zu kümmern.

Aatami mietete einen Hubschrauber und flog mit Eeva nach Rymättylä. Er sah nach seiner alten Schwester und machte mit ihr einen Rundflug über das Schärengebiet, sie besuchten auch ein paar Außenklippen, auf denen die Schwester zuletzt in den 50er Jahren mit dem Vater geangelt hatte. Dann inspizierte er mit dem Bürgermeister den Ort, um ein geeignetes Grundstück für die Akkufabrik zu suchen. Er fand es im Hafen Röölä, wo die Kommune ein neues Industriegebiet geplant hatte. Dort gab es bereits einen Trawlerhafen und ein paar Industriehallen,

Getränke- und Konservenfabriken sollten folgen. Aatami kaufte sechzehn Hektar der nördlich des Hafens gelegenen Feldfläche, ein schönes Gelände. Er versprach dem Bürgermeister, dass dort binnen kurzem die Versuchsfabrik emporwachsen würde.

Aatami bezahlte natürlich auch alle seine Schulden. Seine Exfrau Laura und deren Ehemann Esko Loittoperä verlangten, unter Hinweis auf Aatamis verbesserte wirtschaftliche Situation, eine Erhöhung der Alimente. Er bot ihnen eine einmalige Zahlung von einer Million Mark an, aber das reichte den Loittoperäs nicht. Als Juristin verbot Eeva ihm, mehr zu zahlen, denn das zusätzliche Geld würde nicht den Kindern zugute kommen, sondern Esko Loittoperä zu einem höheren Lebensstandard verhelfen. Eeva schickte Sicherheitsmann Hannes Heikura mit der entsprechenden Information zu dem Sportlehrer. Offensichtlich kam die Botschaft an, denn danach herrschte Ruhe an dieser Front.

Zur Unterstützung verfolgter Völker spendeten Aatami und Eeva zehn Millionen Mark. Angesichts der großen Not war es nur eine kleine Summe. Doch besser als gar nichts. Mit dem Geld konnte den Niloten, den indischen Adivasen, den Armeniern, den Südmolukken, den Bewohnern Ost-Timors, den Kurden, den Tamilen, den Tibetern, den Pygmäen, den Indianern, den Aborigines, den Basken und den jugoslawischen Muslimen geholfen werden. Aatami und Eeva schickten die Summe dem Internationalen Roten Kreuz zur weiteren Verwendung zu.

Die finnischen Arbeitslosen durften ebenfalls nicht vergessen werden. Die Arbeit an sich ist ja kein Zuckerschlecken, im Allgemeinen ist sie eine Belastung und leidige Pflicht, aber sie hat durchaus ihr Gutes: Für die Arbeit wird Lohn gezahlt, bares Geld also, und Geld braucht man zum Leben.

Für manche Menschen ist Arbeitslosigkeit ein ganz willkommener Zustand, sie lieben den Müßiggang, aber wenn kein Geld fürs Essen mehr da ist, vergeht ihnen der Spaß. Aatami beschloss, den in Bedrängnis geratenen Arbeitslosen irgendwie zu helfen.

Suppenküchen wie zu Zeiten der Weltwirtschaftskrise waren längst überall im Land eingerichtet worden, aber in der Öffentlichkeit zu essen demütigte die Arbeitslosen nur unnötig. Sie empfanden es sicher als unangenehm, sich in den Gemeindesaal der Kirche zu schleppen oder auf der Straße anzustellen, um einen Teller Suppe zu ergattern. Das Ganze musste irgendwie einfacher und menschenwürdiger gestaltet werden.

Der Mensch lebt nicht vom Brot allein, auch Reisen ist wichtig, es bildet und macht Spaß, besonders wenn man genug Zeit dafür hat.

Aatami entwickelte die Idee, dass er von der Staatsbahn ein paar Speisewagen kaufen und darin Essensausgaben für Arbeitslose einrichten könnte. Bei einer kräftigen Mahlzeit könnte der Arbeitslose gleichzeitig in einen anderen Ort fahren und seine dortigen Schicksalsgefährten besuchen. Und was würde ihn hindern, ganz allgemein das gnadenreiche Muttergesicht seines Heimatlandes kennen zu lernen, wenn er das Essen umsonst bekam und auch für die Fahrkarte nichts zahlen musste, Zeit dazu hatte er ja.

Eeva gefiel die Idee ebenfalls. In Finnland gab es Hunderte Bahnhöfe und Haltestellen, mit den Suppenzügen käme man nah an die Arbeitslosen heran, und sie würden bestimmt lieber auf den Bahnhof gehen und im Zug ihre Mahlzeit löffeln, als es verschämt unter den Augen der Betschwestern tun.

Die Züge würden natürlich selbst in der Hungerregion von Kainuu mit Strom und den von Aatami entwickelten

Akkus fahren. So wäre die Aktion mit den Suppenzügen gleichzeitig eine elektrochemische Versuchsreihe.
Aatami nahm Kontakt zur Staatsbahn auf und erkundigte sich, ob die früher so beliebten Schienenbusse, die vor einiger Zeit aus dem Verkehr gezogen worden waren, noch zum Verkauf stehen würden. Sie ließen sich gut zu Speisewagen umfunktionieren.
Zu seinem Pech waren die sogenannten Platthüte in Museen geschafft oder verschrottet worden, er konnte also keine mehr erwerben. Daraufhin bat er um die Bauzeichnungen und um weitere Details jener Wagen. Auf dieser Grundlage entwarf er den Prototyp eines Suppenzuges. Als Ausgangspunkt diente eines der alten Modelle, das sich durch seine einfache und leichte Bauart ideal als Speisewagen eignete.
Die Länge des Schienenbusses betrug 16,66 Meter, die Breite 3,40 und die Höhe 3,10 Meter. Er wog fast 20 Tonnen, und gefahren wurde er seinerzeit mit einem 180-PS-Diesel von Valmet.
Aatami wählte für den neuen Speisewagen einen tschechischen Elektromotor und als dessen Energiequelle seinen eigenen Akku. Der Wagen selbst wurde ein moderner Platthut, ebenso groß wie der alte, allerdings in zwei Abteile gegliedert: Vorn befanden sich die Küche und Schlafkabinen für das Personal, hinten das Restaurant für die Kunden mit vierundvierzig Plätzen. Drei Arbeitskräfte wurden gebraucht: ein Fahrer, eine zweite Kraft, die die Essens- und Fahrscheine abstempelte und auch das Essen ausgab, und ein Koch oder eine Köchin.
Aatami bestellte insgesamt dreißig Stück dieser Wagen bei Rautaruukki in der Waggonfabrik von Vuolijoki. Der Betrieb litt unter Auftragsmangel, sodass die Bestellung der Suppenzüge höchst willkommen war. Der Wert der Be-

stellung betrug mehrere Millionen Mark. Später würden weitere Kosten durch die Löhne für das Personal und die Zutaten für die Mahlzeiten entstehen. Bereits in der Planungsphase erhielt der Zug nach dem Auftraggeber den Namen Aatami I.

Nun galt es, auch anderen Notleidenden zu helfen. Aatami und Eeva spendierten vielen Organisationen beachtliche Geldsummen, verschickten Geschenke nach hier und dort. Und dann bekam Aatami auch die gewünschte Information über die alte Bettlerin, die er seinerzeit auf Seurasaari bei ihrem wilden Auftritt erlebt hatte. Der Gerichtsvollzieher hatte ihren Aufenthaltsort mühelos ermitteln können. Das alte Weib hatte keinen festen Wohnsitz, sondern hauste mit anderen Obdachlosen in Maununneva in den Überresten einer alten Befestigungsanlage, die während des ersten Weltkriegs in die Erde und den Felsen gebaut worden war. Juutilainen hatte einen Tipp von der Sozialbehörde bekommen, und nach einer kurzen Beschattung hatte ihn der Weg zu den stinkenden Bunkern nach Maununneva geführt.

Aatami konnte noch am selben Tag zur Bank gehen, um zweihundert Gramm Geld abzuheben, die Scheine wurden an der Kasse gewogen, dann fuhr er zusammen mit Juutilainen im Taxi nach Maununneva. In der kleinen Obdachlosenkolonie hielt sich zu dem Zeitpunkt kaum jemand auf, aber mit Juutilainens scharfem Instinkt fanden sie die Alte rasch. Sie hatte sich in einem uralten Schützengraben, der mit Beton befestigt war, eine kleine Behausung eingerichtet: Als Fußboden dienten Stücke von Hartfaserplatten, die Wände waren vom Moos befreit, die Decke bestand aus Wellpappe. Ihr Bett hatte sich die Alte auf der Schießplattform eingerichtet, es diente gleichzeitig als Sofa. Der Raum war nur ein paar Quadratmeter groß, aber er bot Platz für einen Ölradiator und zwei Kisten sowie für eine kleine Kommode, die der Alten anscheinend zur Aufbewahrung ihre wertvollsten Habe diente, denn sie war abgeschlossen. Die Schießplattform zeigte an diesem Punkt der Befestigungsanlage nach Norden.

Die alte Frau saß schweigend im Halbdunkeln in einer Ecke ihres Sofas. Sie protestierte nicht gegen das Eindringen der beiden fremden Männer, verkroch sich nur tiefer in ihre Lumpen und schloss die Augen. Stadtvogt Juutilainen, an solche Fälle gewöhnt, begann ein Gespräch und erzählte, dass er zusammen mit seinem Freund gekommen sei, um der Alten Geld zu bringen. Sie habe nichts zu befürchten. Aatami Rymättylä reichte ihr den Packen Scheine. Das Bündel war so ansehnlich, dass die arme Frau gar nicht wusste, wie ihr geschah. Aatami fragte, ob die Dame einen trockenen Aufbewahrungsplatz für die Scheine habe. Sie zögerte lange, steckte schließlich ihre Hand tief in den Munitionsbehälter des Schützengrabens und zog eine schimmernde türkisfarbene Vase heraus. Es war tatsächlich das Geschenk Kim Il Sungs an Präsident Kekkonen. Aatami stopfte das Geld hinein. Die Alte nahm ein paar Scheine und stellte sich in die Türöffnung, um sie bei Tageslicht zu betrachten. Jetzt erkannte sie die einheimische Währung, ihr Gesicht hellte sich auf, und sie steckte die Scheine zurück. Zum ersten Mal öffnete sie den Mund und begann zu sprechen:

»Hab schon so sehr gewartet, dass du kommst, Tapani«, sagte sie zu Aatami.

Juutilainen flüsterte ihm zu, dass die Alte ursprünglich aus dem Norden stamme und Anfang der 50er Jahre als Dienstmädchen nach Helsinki gekommen sei, ihren Dialekt jedoch bis heute nicht abgelegt habe. Sie hielt Aatami für ihren Sohn, der sie hatte besuchen sollen, aber all die Jahre ferngeblieben war.

Die alte Frau zählte die Scheine, es waren etliche Tausend Mark. Sie war nicht so verrückt, wie man hätte denken können. Das Geld brachte Licht in ihren Verstand. Wenn ein Mensch ganz besonders arm und elend ist, dachte Aatami bei sich, dann beherrscht ihn der Gedanke ans Geld, er leidet darunter, dass er keines hat, er sehnt sich danach, ist bestrebt, es sich zu beschaffen.

Juutilainen erklärte der Alten, dass er ihr helfen könnte, wieder in den Norden zu ziehen, dort könnte er ihr einen Platz im Altenheim oder sogar eine eigene kleine Wohnung suchen. Sie sagte darauf, dass sie nicht mehr wegwolle, jetzt habe sie genug Geld, um auch hier leben zu können. Die beiden Männer wollten wieder aufbrechen, sie erhoben sich, gaben der Alten zum Abschied die Hand. Gerade als sie aus dem Schützengraben herausklettern wollten, krachte vom Wald her, aus nördlicher Richtung, ein Pistolenschuss. Die Kugel schlug in den Beton unmittelbar neben Aatamis Kopf. Die Männer duckten sich. Stadtvogt Juutilainen hielt plötzlich eine Pistole in der Hand. Er spähte vorsichtig über die Öffnung des Schützengrabens und drückte ein paar Mal ab.

Es kam zu einem regelrechten Feuergefecht. Und für ebendiesen Zweck war die Anlage ursprünglich ja auch gebaut worden. Die Schützengräben von Maununneva gehörten zu einer ganzen Kette von Befestigungsanlagen, die 1914 bis 1917 rings um Helsinki errichtet worden und die ein Teil von St. Petersburgs äußerstem Verteidigungsring gewesen waren. Tausende Männer hatten unter harten Bedingungen diese öden Gräben und Bunker in den Felsen getrieben, damit Deutschland, das nach der Herrschaft über Russland strebte, schon vor Helsinki gestoppt werden konnte. Der Krieg hatte geendet, ohne dass die Befestigungsanlagen zum Einsatz gekommen wären.

Jetzt aber gab es tatsächlich ein Feuergefecht, nicht mit einem Weltkrieg zu vergleichen, doch es wurde heftig geschossen. Lieber spät als nie, könnte man sagen. Auf der einen Seite kämpfte Stadtvogt Heikki Juutilainen, der häufig eine Waffe mitnahm, wenn er ungewöhnliche Kundenbesuche absolvierte. Er hielt es für ratsam, sich vor einem in die Enge getriebenen Menschen zu schützen, und der jetzige Schütze mochte vielleicht irgendein verrückter Obdachloser sein.

Tatsächlich jedoch stand auf Feindesseite der sizilianische Killer Luigi Rapaleore. Er war vor einiger Zeit aus der Universitätsklinik Oulu entlassen worden und hatte sich nach Helsinki aufgemacht, um den geplanten Mord an Aatami Rymättylä zu Ende zu führen. Durch entsprechende Recherchen war er seinem Opfer wieder auf die Spur gekommen. Am heutigen Tag hatte er Glück gehabt. Aatami Rymättylä war zusammen mit einem Freund zu einem seltsamen Ausflug in einen nördlichen Helsinkier Stadtteil aufgebrochen, und da hatte Luigi beschlossen zu handeln. Er war seiner Zielperson mit dem Taxi gefolgt, und jetzt war der Moment gekommen, den Schlaumeier wegzupusten.

Obwohl die waffenfähige Mannstärke beider Krieg führender Parteien diesseits und jenseits der Front jeweils nur eine Person betrug, war der Kampf heftig. Luigis Kugeln krachten nur so gegen die Betonwände des Schützengrabens, aber auch Juutilainen feuerte in rascher Folge auf den Feind, der sich im Wald verschanzt hatte. Im Kampfgetümmel schlich sich Aatami Rymättylä in die rechte Ecke des Schützengrabens, kletterte heraus und robbte auf den Feind zu, um in Erfahrung zu bringen, welche Truppen er da gegen sich hatte. Bald wurde das Feuer im Wald jedoch eingestellt, denn der Sizilianer, der nicht auf Widerstand vorbereitet war, hatte sämtliche Patronen verschossen und musste sich zurückziehen. Unter dem Beschuss durch den Gerichtsvollzieher wurde sein Rückzug, der taktisch hatte sein sollen, alsbald zu einer blinden Flucht, wie es bei Frontkämpfen oft geschieht. Bei der Flucht verlor der Feind einen Teil seiner Ausrüstung, in diesem Falle blieb die nagelneue Beinprothese auf dem Schlachtfeld zurück, und Aatami fand sie, als er das Gelände absuchte. Mit der Prothese unter dem Arm kehrte er zum Stützpunkt zurück, wo der siegreiche Juutilainen bereits seine Waffe reinigte.

Der Feind war also irgendein obdachloser Invalide gewesen, aus der Beinprothese zu schließen, die auf dem Schlachtfeld gelegen hatte. Die beiden Männer waren nach diesem Kampf der Meinung, dass die alte Frau nicht in ihrer Behausung bleiben konnte, sie musste evakuiert und in Sicherheit gebracht werden. So packten sie die Habseligkeiten der Alten in ein paar Plastiktüten und schlossen die Vase aus der Volksrepublik Korea mitsamt dem Geld in der Kommode ein, die sie ebenfalls mitnahmen. Mithilfe eines Taxifahrers schafften sie die Sachen zunächst ins Innopolis und von dort am nächsten Morgen in den Schnellzug Richtung Norden. Juutilainen begleitete die alte Bettlerin nach Lappland, ins Land ihrer Väter. Die Alte bekam eine gute Wohnung im Altenheim von Sodankylä, ihrem alten Wohnort. In Kim Il Sungs Vase steht heute duftender Sumpfporst, und das Geld hat die Alte sicher auf ihrem Konto bei der Bank von Sodankylä verwahrt.

Aber bevor dies alles geschah, hinkte Luigi Rapaleore auf einem Bein durch die dunklen Wälder von Maununneva bis auf die Landstraße, wo er eine Mitfahrgelegenheit in die Stadt fand. Er verfluchte wieder einmal Aatami Rymättylä und schwor erbarmungslose Rache.

Einundzwanzig

Oft ist es nur eine Lappalie, die zu einem Streit zwischen zwei Menschen führt. Aatami und Eeva sichteten in schönstem Einvernehmen die Post ihrer Firma, die die Sekretärin Leena Rimpinen bereits vorsortiert hatte. Aatami quittierte Rechnungen: Man hatte in Hotels gefeiert, hatte dies und das bezahlt, unter anderem zwölf Millionen Mark für einen Ehrensalut. Eeva konnte sich die Bemerkung nicht verkneifen, dass der Preis von einer Million pro Schuss horrend war. Das ärgerte Aatami ein wenig. Er sagte, dass es letztlich Eevas Schuld gewesen sei, dass sie gezecht hatten und längs der Südküste Finnlands von einem Hotel ins andere gezogen seien. Seines Wissens sei gerade sie es gewesen, die die Fahrten nach Haiko und Imatra vorgeschlagen hatte.

Eeva antwortete barsch, dass man sich, wenn man sich schon verlobte und das nötige Kleingeld besaß, bei einem solchen Anlass nicht in seine eigenen vier Wände zu verkriechen brauchte.

»Haben wir uns verlobt?«

Aatami hatte glücklich vergessen, dass er mit Assessorin Eeva Kontupohja im Staatshotel von Imatra die Eheschließung vereinbart hatte. Zu Ehren des Eheversprechens hatten sie sogar extra in der Brautsuite des Hotels übernachtet.

Diese Beleidigung konnte Eeva einfach nicht hinnehmen,

und das war nur allzu verständlich. Die verlassene oder vielmehr vergessene Braut klatschte ihrem tölpelhaften Bräutigam die Papiere, die sie in der Hand hielt, ins Gesicht und marschierte schnurstracks aus der Wohnung. Aatami lief hinterher, zu spät, und auch die Bodyguards, die er nach der empörten Frau aussandte, konnten sie nicht mehr aufspüren. Die Stadt hatte sie verschluckt.

Eeva Kontupohja saß wütend in einer Kneipe in Punavuori und trank Bier. Das Lokal war verqualmt, schmutzig und laut. Der Anblick der grauen, fettglänzenden Tischplatte war Eeva richtig zuwider. Aber lieber war sie hier, als dass sie sich zu Hause von Aatami beleidigen ließ. Sie leerte ihr Glas und bestellte ein neues. Zum Glück war das Bier kalt. Sie tat sich selbst richtig leid, und gleichzeitig wuchs ihre Wut auf Aatami. Mit welchem Recht fing er an, sie zu bekritteln? Sie hatte schließlich alles für ihn getan. Wo wäre der Strolch ohne sie? In der Gosse mitsamt seinen Erfindungen. Sie hatte ihn aus der Gefängniszelle geholt und ihn buchstäblich wieder auf die Beine gestellt. Noch vor einem Jahr hatte er beim Gerichtsvollzieher gepennt, konnte ein Mensch in diesem Land tiefer sinken? Und jetzt beleidigte dieser Kerl seine Retterin auf das gröbste.

»Verdammt noch mal, ich werde nicht in diesem stinkenden Loch versauern«, schimpfte Eeva mit sich selbst. Sie bezahlte das Bier, bestellte ein Taxi und ließ sich in das noble SAS-Restaurant im Stadtzentrum bringen. Auf der Damentoilette erneuert sie ihr Make-up, die Tränen hatten die Wimperntusche über die Wangen verteilt. Und immer noch war sie so außer sich über Aatamis grobes Benehmen, dass sie sich zusammenreißen musste, um nicht zu weinen.

Eeva aß einen Lunch, nahm ein paar Drinks und spürte, wie sich ihre Stimmung allmählich hob. Als sie die Rechnung bezahlte, staunte sie über die hohen Preise im Lokal. Sie musste automatisch an unbezahlte Telefonrechnungen, die Büromiete, die Gehälter der Sekretärin und der Putzfrau denken ... zum Glück war all das arme Vergangenheit, jetzt war Eeva eine steinreiche Frau. Auf den verschiedenen Konten der Akkufirma lagen Hunderte Millionen Mark. Allein Eevas eigener Anteil betrug mehr als zwanzig Millionen, mindestens.

Sie rief den Taxifahrer Seppo Sorjonen an und ließ sich von ihm zu einem Pelzgeschäft fahren, Sorjonen bekam den Auftrag zu warten. Er hatte in seinem Handschuhfach medizinische Fachliteratur und erzählte, dass er neuerdings ein Medizinstudium absolviere, Aatami habe versprochen, das Studium zu finanzieren. Eeva ärgerte sich über diese Information, auf Schritt und Tritt stieß sie auf den vermaledeiten Rymättylä. Sie trat in das Geschäft und wählte einen flauschigen und teuren Pelz, Saga-Nerz, ließ ein paar Veränderungen vornehmen, kaufte noch einen Frühjahrsmantel mit Nerzkragen und bezahlte alles mit der Kreditkarte. Es war wirklich herrlich, reich zu sein. Bei Goldschmied Tillander erwarb sie einige Schmuckstücke, die zu ihren Outfits passten. Ihr Gemüt verfinsterte sich, denn sie dachte an den überfälligen Ringkauf. Aatami hatte die verdammte Pflicht und Schuldigkeit. Schließlich war man ja verlobt, oder etwa nicht?

Eeva behielt das Taxi für den ganzen Nachmittag, sie besuchte die teuersten Geschäfte und ging immer mal auf ein paar Drinks in ein Restaurant. Sie wurde betrunken und übermütig. Kurz vor Geschäftsschluss verfiel sie auf die Idee, ein Auto zu kaufen.

»Hör zu, Sorjonen, wenn du reichlich Geld hättest, in wirklich rauen Mengen, welchen Wagen würdest du dann für Repräsentationszwecke benutzen?«

»Nun ja, wenn das Geld keine Rolle spielt, dann würde ich einen Rover fahren. Diese Diesel-Mercedes sind ein bisschen steif, sind eigentlich mehr Arbeitsgeräte.«
Eeva bat ihn, in ein Autohaus zu fahren, das Rover vertrieb. Ein solches fand sich in Pitäjänmäki, und sie traten in die Halle, um sich die Wagen anzusehen. Es gab die verschiedensten Typen und Größen, und die Preisspanne lag zwischen hunderttausend und einer halben Million Mark.
»Dort steht ein Rover 3000«, Seppo Sorjonen zeigte auf ein weinrotes Luxusauto. Der Verkäufer eilte hinzu, um den Wagen vorzustellen. Eeva erkundigte sich, ob der Motor leistungsfähig sei.
Das war er, und auch die anderen Eigenschaften waren Spitzenklasse. Allradantrieb, Klimaanlage, ABS-Bremsen, elektrisch betriebenes Verdeck, Eisfach für die Passagiere im Fond, abgedunkelte Scheiben, Lederbezüge...
Eeva fragte, ob Sorjonen Lust hätte, den Wagen Probe zu fahren. Aber sicher, das wäre ein großes Vergnügen.
Sie fuhren mit dem Rover aus der Halle und drehten eine Runde durch die Straßen von Pitäjänmäki. Alles lief bestens. Eeva empfand es als Luxus, auf der ledernen Rückbank eines roten Autos zu sitzen, und sie beschloss, den Wagen zu kaufen. Das Geschäft könnte eigentlich sofort perfekt gemacht werden, aber auf keinen Fall in der Verkaufshalle des Autohauses, sondern an einem passenderen Ort. Wie wäre es, wenn man den Kaufvertrag, die Wagenpapiere und Versicherungsverträge zum Beispiel im Nobelrestaurant *Kaivohuone* unterzeichnen würde?
Es war bereits kurz vor Feierabend, doch das war kein Hinderungsgrund. Die Angestellten des Autohauses brachten am Wagen das offizielle Kraftfahrzeugkennzeichen an, polierten ihn und checkten ihn im Schnelldurchlauf, und dann fuhren sie ihn zum *Kaivohuone*, wo Eeva Kontupohja

bereits saß und Cocktails schlürfte. Sie schrieb für das Autohaus einen Scheck aus, den sie sich auf der Hinfahrt kurz vor der Schließzeit aus der Bank geholt hatte. Unter Berücksichtigung eines fünfprozentigen Kassenrabatts kostete der Wagen läppische vierhundertfünfzigtausend Mark.

Eeva Kontupohja war mittlerweile schwer in Fahrt. Wenn die Karre erst mal läuft, dann läuft sie, wie Autofahrer zu sagen pflegen.

Nach Hause zog es sie noch längst nicht. Beim Gedanken an zu Hause fiel ihr ein, dass sie sich eigentlich gleich eine neue Wohnung kaufen könnte, der alte Pelzkäfernistplatz in der Iso Roobertinkatu ödete sie an. Mochte Aatami dort wohnen, dieser grobschlächtige Prolet, der aus armen Verhältnissen stammte. Sie rief mehrere Immobilienmakler an, die sie kannte, und erkundigte sich nach einer etwas nobleren Bleibe. Die Tatsache, dass sie sich ausschließlich für repräsentative Wohnungen in den Stadtteilen Kaivopuisto und Eira interessierte, vereinfachte die Sache.

Im Laufe des Abends besichtigte sie mehrere Luxusbuden. In Kaivopuisto fand sie zwei, die recht ansprechend waren, aber dort hätte sie renovieren müssen. Dazu war Eeva jetzt nicht in Stimmung, der Gedanke, sich mit versoffenen Malern und Fliesenlegern herumärgern zu müssen, war ihr zuwider.

Zweifellos war auch sie selbst recht versoffen, aber das war ganz und gar ihr Problem. Eeva Kontupohja war von keinem Menschen auf dieser Welt abhängig, nicht mal von Aatami Rymättylä.

Am späten Abend wurde sie fündig, sie kaufte eine geräumige Wohnung in der Rehbinderintie in Eira. Die Wohnung befand sich in einem guten Zustand, sie hatte mehr Zimmer als Eevas bisherige, auch mehr Quadratmeter, überhaupt war das Haus besser und die Gegend mit das Feinste, was Helsinki zu bieten hatte. Man hatte ungehinderten Blick aufs Meer, die Fußböden bestanden aus lackiertem Riemenparkett und Steinfliesen, die Türen aus Glas und Eichenholz. Es gab zwei Bäder, die Saunaabteilung war endlich mal richtig geräumig, und die beiden Wirtschaftsräume fand Eeva durchaus angemessen. Für die Haushaltshilfe gab es extra eine angegliederte Einzimmerwohnung, dort könnte sie Huja und Kenzo unterbringen. Es gab eine Bibliothek, einen Salon und einen etwas größeren und festlicheren Saal für Repräsentationszwecke sowie mehrere Schlafzimmer. Insgesamt eine ausgezeichnete und geschmackvoll gestaltete Wohnung. Zudem war sie mit alten Stilmöbeln eingerichtet. Küche und Nassräume waren komplett mit der neuesten Technik ausgestattet.

Eeva fand, dass an dieser Wohnung einfach nichts vorbeiführte. Das Geschäft wurde gegen Mitternacht abgeschlossen. Eeva bezahlte ein Handgeld und bat den Immobilienmakler, ihr am Morgen die Verträge zu bringen. Sie selbst übernachtete gleich in der neuen Wohnung. Im Kühlschrank wartete Champagner.

Zweiundzwanzig

Seppo Sorjonen, neu eingestellter Chauffeur der Akkufirma, brachte sein altes Taxi am nächsten Morgen dem Besitzer zurück. Während er kündigte, konnte er sich nicht verkneifen zu erwähnen, dass er jetzt in der schicksten Firma der nordischen Länder arbeite, einen nagelneuen Luxuswagen Rover 3000 GTI fahre und von nun an kaum mehr an Taxisäulen herumlungern werde, höchstens beschwipst und als zahlungskräftiger Kunde.

»Außerdem hat die Firma versprochen, mir das Medizinstudium zu finanzieren, im Herbst mache ich meinen Doktor«, erklärte er seinem ehemaligen Arbeitgeber zum Abschied.

Eeva Kontupohja betraute Sorjonen als Erstes damit, aus irgendeinem Restaurant ein Frühstück und die passenden Getränke zum Herunterspülen aus einem Alko-Geschäft oder von sonst wo zu organisieren. Sorjonen fuhr zu Stockmann, kaufte in der Alkoholabteilung zwei Flaschen Wein und in der Delikatessenabteilung die Zutaten für ein Frühstück, das alles brachte er zu seiner neuen Arbeitgeberin in die Rehbinderintie. Er stellte den Wein in die Kühltruhe, kochte Tee und ließ in den großen Whirlpool im Badezimmer heißes Wasser einlaufen. Als Eeva Kontupohja aus der heißen Wanne kam, traf auch schon der Immobilienmakler ein, der am Frühstück teilnahm. Der endgültige Kaufvertrag wurde unterschrieben, Eeva bezahlte mit der Kre-

ditkarte, der Makler prüfte durch einen Anruf bei der Bank, ob die entsprechende Deckung vorhanden war.
Gegen Mittag war Eeva fertig hergerichtet, die Flaschen waren leer, also auf zu neuen Taten. Sie befahl Seppo Sorjonen, zum Flughafen zu fahren. Gepäck hatte sie nicht, Madam reiste ohne unnötigen Ballast. Im Terminal für die Auslandsflüge studierte sie die Abfahrtstafel, ganz oben blinkte ein Linienflug nach Paris. Dorthin ein Ticket erster Klasse!
Aatami Rymättylä war sehr besorgt, denn seit Eevas Verschwinden waren mittlerweile mehr als achtundvierzig Stunden vergangen. Für gewöhnlich rief sie an, wenn sie auf ihren Sauftouren unterwegs war, aber jetzt hatte sie nichts von sich hören lassen. Aatami gab sich die Schuld. Letztendlich hatte er sich idiotisch benommen, hatte in seiner eigenen Welt gelebt, nur von der Elektrochemie gesprochen und Eeva, die ihn in jeder Weise unterstützt hatte, nicht genügend beachtet. Jetzt hatte sie die Nase voll. Auch Frauen haben Gefühle.
Aatami bat die japanischen Bodyguards, bei der Suche nach Eeva zu helfen, aber sie erklärten, dass sie vorrangig engagiert worden seien, um ihn, Aatami, zu schützen. Sie fanden es traurig, dass die schöne Dame auf Zechtour gegangen war, aber für den Hirokazu-Konzern spielte das keine Rolle. Eeva Kontupohja verfügte über kein wissenschaftlich-technisches Material, das jemand stehlen und sich auf diese Weise eine zum Patent angemeldete, revolutionäre Entdeckung aneignen könnte.
Nicht einmal Gerichtsvollzieher Juutilainen, geschweige denn Hannes Heikura oder Sami Rehunen, konnten helfen. Schließlich kam Leena Rimpinen auf die Idee, anhand der Kontoauszüge der Firma zu ermitteln, wo sich Eeva aufhielt.

Sofort entdeckten sie, dass Eeva Kleidung, Pelze und anderes gekauft hatte, ferner gab es einen großen Scheck zugunsten eines Autohauses und eine noch größere Abbuchung für einen Immobilienmakler. An Finnair war ebenfalls eine beträchtliche Summe überwiesen worden, vermutlich für Flugtickets. All das konnte auch Seppo Sorjonen bestätigen, der sich erst jetzt als Chauffeur des neuen Firmenwagens bei Aatami meldete.

Aatami dankte erleichtert seinem Gott. Eeva existierte zumindest noch. Welch ein Glück! Sie war enorm geschäftig und schwirrte in der Gegend herum, aber die schlimmsten Befürchtungen hatten sich nicht bestätigt. Wegen der Millionen, die sie verschleudert hatte, mochte sich Aatami nicht grämen, jetzt waren andere Dinge wichtiger als das bisschen Kleingeld. Die Hauptsache war, dass, zumindest bisher, nichts Schlimmeres passiert war.

Die Abbuchungen zeigten, dass in Paris zwei Millionen Franc abgehoben worden waren. Nun konzentrierte man sich in der Firma darauf, Eevas Weg im Herzen Europas zu verfolgen.

Die nächste größere Transaktion gab es in der Stadt Portimão in Portugal. Eeva hatte Escudos im Wert von mehreren Milliarden Mark abgehoben. In finnischem Geld war es eine gewaltige Summe, aber in Anbetracht der finanziellen Situation der Akkufirma auch wieder nicht so viel. Das Wichtigste war, dass Eeva im Ausland klarkam.

Endlich rief Eeva ihre Sekretärin im Heimatland an. Leena Rimpinen wusste zu berichten, dass die Chefin nicht wagte, nach Finnland zurückzukommen, weil sie Angst vor Aatami hatte. Sie litt angeblich unter einem schrecklichen moralischen Kater. Derzeit hielt sie sich im südlichen Portugal auf. Sie wollte sich gern bei Aatami für ihre neueste und bisher schlimmste Sauftour entschuldigen, auch

dachte sie an Selbstmord, war aber zu feige, ihn auszuführen. Außerdem hatte sie schrecklich viel Geld ausgegeben, wie viel, das wusste sie gar nicht mehr.
Aatami bat die Sekretärin, Eeva zu telegrafieren, dass sie in Portugal bleiben und warten solle, bis er komme. Alles sei verziehen, hoffentlich auf beiden Seiten. Dann teilte er Kenzo und Huja mit, dass er eine dringende Auslandsreise antreten müsse und dass er hoffe, in ein paar Tagen zurück zu sein.
Die Blitzreise nach Portugal fiel in eine arbeitsreiche Zeit: Ingenieure von Hirokazu waren nach Finnland gekommen, denn der Bau der Versuchsfabrik in Rymättylä begann. Gleichzeitig wurde Aatami in Sibirien gebraucht, wo er die Öl- und Gasfelder wegen des eventuellen Baus von Kraftwerken inspizieren sollte, und aus Peking waren interessante Angebote gekommen, die eine Massenproduktion von Elektroautos in China betrafen. Aber all diese dringenden Arbeitsangelegenheiten mussten jetzt warten, Aatami hatte beschlossen, auf dem schnellsten Wege nach Portugal zu reisen.
Kenzo und Huja erklärten, dass sie zu Aatamis Schutz mitreisen wollten, das gehöre zu ihren Aufgaben. Auf Rechnung von Hirokazu charterten sie eine Geschäftsmaschine, einen düsenbetriebenen Learjet. Die Maschine hatte zwölf Plätze, sodass gleich die ganze Mannschaft der Akkufirma mitreiste, einschließlich der Sekretärin: Leena Rimpinen, Hannes Heikura, für den es die allererste Auslandsreise war, zwei japanische Gorillas, der elektrochemische Assistent Sami Rehunen, der Chauffeur Seppo Sorjonen und natürlich als Dolmetscherin die ehemalige Milchkönigin Tellervo Javanainen-Heteka bestiegen zusammen mit Aatami das Flugzeug.
Sie flogen über London und Lissabon bis auf den kleinen

Flugplatz von Portimão, dann ging es mit dem Taxi weiter nach Praia do Vau, dort fanden sie eine Villa am Meer, und in der Villa die trübsinnige finnische Juristin Eeva Kontupohja.

War das ein glückliches Wiedersehen! Aatami und Eeva spazierten am Strand entlang, Huja vorweg, Kenzo hinterher. Scharen von bellenden und wütenden Kötern aus dem nahen Fischerdorf Alvori bedrängten die japanischen Bodyguards, aber Aatami und Eeva kümmerten sich nicht darum, sondern betrachteten entzückt die vom Aprilmond beschienenen Wellen des Atlantik. Eeva bekannte, dass sie den schlimmsten moralischen Kater ihres Lebens durchlitten hatte und nahe daran gewesen war, Selbstmord zu begehen. Sie hatte das Gefühl gehabt, dass ihr alles entglitt, denn sie hatte sich eingestehen müssen, dass sie eine Säuferin und außerdem verrückt war.

Sie erzählte, dass sie in Praia da Rocha eifrig Roulette gespielt und ungeheure Summen gewonnen hatte.

»Stell dir vor, ich habe auf die 24 gesetzt und jedes Mal gewonnen.«

Aatami fragte in seiner Naivität, welche Bewandtnis es mit der Glückszahl 24 hatte. Eeva erklärte, der 24. 12. sei Heiligabend und ihrer beider Namenstag.

»Es war mir richtig peinlich, so viel Geld abzuräumen«, erinnerte sie sich. »Ich hätte ja auch anderweitig genug gehabt. Aber Geld kommt zu Geld, das war schon immer so.«

Sie sagte, dass sie von dem Roulettegewinn einen Lieferwagen für ihren Gärtner gekauft habe. Außer der geräumigen Villa am Meer habe sie nämlich bei ihren Streifzügen durch Portugal ein nettes kleines Weingut im Gebirge gekauft, das ein gewisser Joao mit seiner Frau betreue. Das Klima im Monchique sei sanft, nicht zu heiß, und die Trauben seien von guter Qualität. Auch hier in der Villa trinke man den Wein aus eigener Produktion.

»Du hast eine Menge erreicht«, lobte Aatami sie, als er gehört hatte, dass seine Akkufirma neuerdings auch in Portugal Wein anbaute.

Aatami und Eeva ruhten ein paar Tage aus und betrieben ihre Versöhnung, auch bekräftigten sie die in Imatra geschlossene Verlobung, dann ging es zurück in die Heimat. In Paris machten sie eine Zwischenlandung, und Eeva präsentierte die Wohnung, die sie auf der Hinreise gekauft hatte. Diese befand sich in der Nähe der Sorbonne und des Jardin du Luxembourg, in der obersten Etage eines Hauses, das im Innenhof eines eleganten Quartiers stand. Die Wohnung hatte drei Zimmer und eine Küche sowie eine Dachterrasse mit schmiedeeisernem Gitter.

»Kaum zu glauben, dass du all diese Investitionen stockbesoffen getätigt hast«, lobte Aatami seine Braut.

Mit Eevas Erlaubnis würde vielleicht Aatamis ältester Sohn Pekka, Fähnrich bei den Grenztruppen, die Wohnung nutzen können, falls es ihm gelänge, zum Kadettenkurs an der französischen Militärakademie angenommen zu werden. Pekka hatte Grundkenntnisse in Französisch erworben und wollte gern zur höheren militärischen Ausbildung nach Frankreich gehen. Sein Vorbild war ein Hauptquartiermeister aus dem letzten Krieg, General A. Airo, in Frankreich ausgebildet – nach Meinung der Russen ein wirklich böser Mann, der schließlich zum Kriegsschuldigen gemacht wurde, da man Mannerheim nicht opfern wollte. So oder so, Pekka hätte hier eine prima Studentenbude.

Aber die sibirischen Ölfelder warteten. Die Sehenswürdigkeiten von Paris betrachteten die Reisenden aus der Luft, und bald landete ihre Düsenmaschine bei Frühlingswetter daheim in Seutula.

Dreiundzwanzig

Die transsibirische Eisenbahn ratterte auf schnurgerader Strecke gen Osten. Aatami Rymättylä saß in einem alten, in Ostdeutschland gebauten Schlafwagen erster Klasse und blätterte in seinen Papieren. Ab und zu blickte er auf und musterte die am Fenster vorbeiflitzende Landschaft: dürre Lärchenbäume, endloser Birkenwald und graue Dörfer, die allerdings immer seltener zu sehen waren. Vor sich hatte Aatami einen kleinen Tisch mit Mineralwasser und kalten Piroggen. Er saß auf dem unteren Bett, über ihm baumelten weibliche Waden. Sie gehörten der ehemaligen Milchkönigin Tellervo Javanainen-Heteka, die man in seinem Abteil hatte einquartieren müssen. Im Spiegel, der über dem Waschbecken hing, konnte er sehen, wie Tellervo sich die Haare kämmte und die Lippen schminkte.

Es war Anfang Mai. Die Japaner hatten in Rymättylä mit dem Bau der Versuchsfabrik begonnen. Zugleich war vereinbart worden, dass Aatami auf die Öl- und Gasfelder in Nordwest-Sibirien reist, um Standorte für Kraftwerke auszuwählen. Mit der dort produzierten Elektroenergie würden dann an Ort und Stelle die ultraleichten Akkus aufgeladen, die anschließend per Bahn oder mit Schiffen der Industrie zugeführt werden würden. Bei Hochspannungsleitungen betrug der Energieschwund zehn Prozent auf tausend Kilometer, sodass es nicht rentabel war, den Strom von Sibirien über Leitungen zu transportieren.

Die Erdgasleitungen und Ölpipelines der Russen waren verrottet, Bau und Instandhaltung in einer Region mit ewigem Frost außerordentlich schwierig und teuer.

Aatami und seine Begleitung waren mit der Finnair nach Moskau geflogen und hatten dort den Zug bestiegen, inzwischen befanden sie sich jenseits des Urals. Sie waren in recht großer Besetzung unterwegs: Mit von der Partie waren, außer Aatami, die Dolmetscherin Tellervo Javanainen-Heteka, die japanischen Bodyguards Huja und Kenzo sowie ihr finnischer Kollege Hannes Heikura, außerdem noch der Medizinstudent und Chauffeur Seppo Sorjonen. Im selben Salonwagen reisten etwa dreißig ausländische Damen, hauptsächlich Gattinnen von Botschaftern, die in Russland akkreditiert waren. Die Damen hatten ihre Dienstboten dabei. Sie beabsichtigten, einen mehrtägigen Ausflug nach Sibirien zu machen, Tobolsk und Surgut zu besuchen und später vielleicht noch bis zum Baikal weiterzufahren. Der Zug hatte die Stadt Perm am Westhang des Ural passiert, hatte Europa hinter sich gelassen und Asien erreicht. In Swerdlowsk wurde der internationale Waggon vom Zug abgekoppelt und an die nordwestsibirische Bahn mit Ziel Surgut angehängt. Dreihundert Kilometer weiter lag das alte Ölindustriezentrum Tjumen, von dort waren es zweihundert Kilometer bis Tobolsk und fünfhundert Kilometer bis zum Zielbahnhof Surgut. Die Diplomatengattinnen hatten ihr eigenes Programm in den jeweiligen Städten. Aatami wollte im selben Waggon bis nach Surgut fahren, dort hoffte er einen Hubschrauber zu bekommen, um in Begleitung russischer Spezialisten die unendlichen Öl- und Gasfelder des Oblast Tjumen zu besichtigen.

Spätabends erreichte der Zug Tjumen. Aatami schlief, aus dem oberen Bett war das sanfte Schnarchen von Tellervo Javanainen-Heteka zu vernehmen. Aatami war von der langen Reise so müde, dass er keine Lust hatte, aufzustehen und einen Blick auf den Bahnhof zu werfen. Draußen auf dem Bahnsteig wurde auf Russisch etwas gerufen, die Waggontüren knallten, durch den Gang näherten sich eilige Schritte. Es klopfte, die Tür wurde geöffnet, und der Zugbedienstete lugte herein. Der Duft von gebratenem Fisch wehte ins Abteil. Aatami hatte keinen Hunger, er wollte schlafen.

Nach etwa einer halben oder einer Stunde ruckte der Zug an, es rumpelte, und die Fahrt ging weiter. In den frühen Morgenstunden erwachte Aatami davon, dass der Zug erneut sein Tempo verlangsamte. Aber keine Bremsen knirschten, das Ganze geschah seltsam lautlos, so als rolle der Zug gleichsam aus, liefe in irgendeinen kleinen Bahnhof ein. Schließlich blieb der Waggon stehen. Keine Geräusche von der Lok, kein Bahnhofsbetrieb, nichts. Aatami empfand es als angenehm, so in der Stille und Dunkelheit schlafen zu können. Einer der Vorteile von Bahnreisen war es schließlich, dass man nicht mit angezogenen Knien und in einem engen Sitz dahocken musste, so wie im Flugzeug. Schläfrig dachte er, dass er, hätte er neuerdings nicht so viele dringende Termine, ständig mit der Bahn reisen würde.

Der Zug hielt auffallend lange. Es begann schon zu dämmern, auf dem Gang ertönten Schritte, irgendwo rief jemand verwundert etwas auf Russisch. Draußen gingen Leute herum, sprachen erregt miteinander. Aatami setzte sich auf den Bettrand, zog die Gardine beiseite und versuchte herauszufinden, ob der Zug bereits in Tobolsk war. Beim Blick durchs Fenster sah er in der Morgendämmerung nur melancholische sibirische Waldlandschaft, kein einziges Gebäude, keine Lichtmasten, nichts. Aatami bemühte sich, die Milchkönigin nicht zu wecken. Er wusch sich kurz das Gesicht, putzte die Zähne und zog sich an. Auf dem Gang war niemand zu sehen. Die Türen an beiden Enden des Waggons standen offen. Draußen waren Laufschritte und erregte Stimmen zu hören. Aatami lugte hinaus. Nein, Tobolsk war dies nicht. Von der Lok und den anderen Wagen keine Spur, der internationale Waggon stand allein auf einsamer Strecke. Der Schaffner des Waggons hatte seinen Samowar im Stich gelassen und lief über das Gleis. Er war sehr aufgeregt, redete mit sich selbst, fuchtelte mit den Händen. Aatami registrierte, dass der Waggon nicht auf einem Nebengleis stand, sondern auf der Hauptsrecke mitten in der sibirischen Taiga, fern der Bahnhöfe, allein, der Rest des Zuges war verschwunden.

Auf dem Gleis lief auch der japanische Bodyguard Huja herum, im Pyjama und mit der Pistole in der Hand. Er redete auf den Schaffner ein, verlangte Aufklärung über den Grund des Halts, aber da der Mann nur Russisch verstand, konnte die Situation nicht geklärt werden. Aatami beschloss, die Milchkönigin Tellervo Javanainen-Heteka zu wecken. Auch die Diplomatengattinnen in ihren Abteilen erwachten an einem neuen sibirischen Morgen.

Die Landschaft war tristeste Einöde: Sumpf, Moor, hier und da standen kümmerliche Birken und Lärchen. Zum Glück herrschte Frühling, und so gab es keine Mücken. Der bewölkte Himmel betonte gleichsam die graue Ausweglosigkeit der Situation.

Milchkönigin Tellervo Javanainen-Heteka stand auf und übernahm das Dolmetschen. Der russische Zugbedienstete erzählte, dass sich der Salonwagen in der Nacht vom Zug gelöst hatte, oder war womöglich irgendein gewissenloser Schelm am Werke gewesen? Niemand hatte bemerkt, dass der letzte Wagen auf der Strecke zurückgeblieben war. Die Lok und der vordere Teil des Zuges hatten ihre Fahrt in

Richtung Surgut fortgesetzt, und die Insassen des Salonwagens standen nun hier, auf einsamer Strecke zwischen Tjumen und Tobolsk.

Auf die Frage, was nun zu tun sei, sagte der Russe: »Nitschewo.«

Aatami schätzte die Situation als sehr gefährlich ein. Die Strecke war zweigleisig, der Wagen stand mitten auf dem Gleis, das nach Tobolsk führte. Wenn von hinten ein Schnellzug käme, würde dieser kaum rechtzeitig bremsen können. Nur einen Kilometer vorher gab es eine Kurve, und so bestand die Möglichkeit, dass der Wagen von dem Zug zerquetscht würde. Nach vorn, in Fahrtrichtung, war freie Sicht bis zum Horizont, außerdem würden die Züge, die von dort kamen, auf dem freien Gleis links vorbeifahren. Aatami wies Huja und Hannes Heikura an, bis zu der Kurve zurückzulaufen und sich dort als lebende Semaphore zu postieren, um die ankommenden Züge zu warnen. Sie sollten die Züge um jeden Preis stoppen, damit ein Zusammenstoß vermieden würde.

Die Diplomatengattinnen kamen in ihren Nachthemden an die Tür und schauten in heller Verwunderung heraus. Unter ihren Bediensteten befand sich auch ein Mann, ein recht seltsamer Typ: Er hinkte stark, und bald war zu erkennen, dass er am linken Bein eine Prothese trug. Aus seinem Äußeren zu schließen, schien er gebürtiger Italiener zu sein. Sein Blick war seltsam hart und seine Augen recht gefühllos für einen Diener, sagte sich Aatami nachdenklich.

Die Dolmetscherin erklärte den Damen und ihrer Dienerschaft, dass sie sich rasch ankleiden und sich bereitmachen sollten, den Waggon zu verlassen. Die Toiletten durften nicht mehr benutzt werden, damit Wasser gespart wurde, jeder musste seine Notdurft draußen in der Natur verrichten.

Eine leichte Hysterie breitete sich aus. Chauffeur Seppo Sorjonen und Bodyguard Kenzo halfen den Damen die Stufen hinunter. Aatami ordnete an, neben dem Gleis ein Feuer zu machen. Als es richtig brannte, warfen die Männer feuchtes Moos hinein, sodass dicker Rauch aufstieg. Aatamis Gedanke war, dass der Lokführer eines von hinten herannahenden Zuges das Feuer bemerkte und so ein Zusammenstoß vermieden würde. Als alle Reisenden den Waggon verlassen hatten, holte der Schaffner den Samowar und verteilte Tee. Kenzo und Sorjonen maßen für jeden einen kleinen Becher Wodka ab. Die Situation begann sich zu entspannen.
Aus Richtung Tobolsk donnerte ein Schnellzug heran. Er reagierte in keiner Weise auf die Handzeichen, pfiff nicht einmal, als er an dem einsamen Salonwagen vorbeisauste. Der Luftstrom fuhr in die Flammen des Feuers, das neben dem Gleis qualmte, und entfachte sie zu einer wahren Höllenglut.
Der Waggon war für Unglücksfälle mit Rettungsgerät ausgestattet, es handelte sich um eine Sperrholzkiste, die eine Axt, eine Säge und einen chemischen Feuerlöscher enthielt. Die Axt kam jetzt zum Einsatz: Sorjonen wurde beauftragt, eine schlanke Lärche zu fällen und zu entrinden. Kenzo brachte den Stamm im Laufschritt zu Huja und Heikura, die in der Kurve als Semaphore postiert waren und den Stamm als verlängerten Arm benutzen sollten. Nun hatten alle das Gefühl, als wäre die größte Unfallgefahr gebannt.
Die Diplomatengattinnen und ihr Anhang waren zusammen vierunddreißig Personen. Es waren fast alles Frauen, außer dem hinkenden Italiener und einem amerikanischen Psychiater, der auf die Behandlung von Alkoholkrankheiten spezialisiert war. Er hatte in Moskau eine Entzugskli-

nik eröffnet, die so gefragt war, dass die Voranmeldungen bis ins dritte Jahrtausend reichten. Der Psychiater nahm aus eigenem Interesse an der Reise teil, er bereitete seine Dissertation über die Trinkgewohnheiten von Frauen aus den höheren Gesellschaftsschichten vor. Forschungsmaterial stand reichlich zur Verfügung. Der Arzt genoss die Situation: Jetzt hatte er Gelegenheit, wissenschaftlich zu untersuchen, wie sich Frauen der Oberschicht in einer Krisensituation verhielten. Was macht eine feine Dame, wenn sie fern aller Zivilisation der wilden Natur Sibiriens ausgeliefert ist, ohne jede Möglichkeit, sich beim Gatten über ihr hartes Schicksal zu beklagen?

Inmitten des ganzen Durcheinanders begann ein belgisches Dienstmädchen laut zu stöhnen: Sie war hochschwanger, und jetzt setzte, offenbar durch die Aufregung beschleunigt, die Geburt ein.

Seppo Sorjonen stellte sich dem amerikanischen Psychiater vor und erzählte ihm, dass er seinerzeit eine beachtliche Kompetenz als praktischer Arzt erworben habe – er habe sich als Chauffeur und Leibarzt eines an Demenz erkrankten Mannes namens Rytkönen betätigt. Und jetzt stehe er im Grunde genommen kurz vor seinem Examen als Mediziner, sei dabei, sein Studium abzuschließen. Die beiden Männer machten sich daran, der gebärenden Belgierin zu helfen. Sie trugen die Frau auf eine trockene Anhöhe und bereiteten ihr aus Reisern ein duftendes Bett. Die Frau hatte heftige Wehen, es war kaum mit anzuhören, wie sie sich da bei einsetzender Geburt quälte. Aus dem Samowar bekamen die Ärzte heißes Wasser, ihre Hände desinfizierten sie mit Wodka.

Der Salonwagen war jetzt leer, alle waren mit irgendetwas beschäftigt: Einige unterhielten das Feuer, andere besichtigten die Umgebung, ein Teil der Diplomatengattinnen vollzog noch die Morgenwäsche am nahen Sumpfsee, und viele verfolgten neugierig das ewige Wunder der Geburt. So konnte der einbeinige italienische Diener, der tatsächlich unser alter Bekannter, der Profikiller Luigi Rapaleore, war, unbemerkt in den Waggon einsteigen, um seine Missetaten zu vollführen.

Luigi holte aus seinem Abteil eine kleine Tasche, die mit allerlei Requisiten eines Berufskillers bestückt war: Plastiksprengstoff, Zündkapseln, einem Timer, einer Minipistole und so weiter. Er schlich in das Abteil von Aatami und der Dolmetscherin, und zwar so lautlos, dass nicht einmal die Prothese Geräusche verursachte.

Luigi Rapaleore hatte sich nach dem Feuergefecht in den Wäldern von Maununneva eine neue Prothese besorgt; er hatte sich über Aatami Rymättyläs Aktivitäten informiert, und als er von der geplanten Reise nach Sibirien erfahren hatte, hatte er sich rechtzeitig vorher nach Moskau aufgemacht und zur dortigen Mafia Kontakt aufgenommen. Mithilfe dieser Kontakte war es ihm gelungen, als Diener bei der Gattin des vatikanischen Militärattachés unterzuschlüpfen, und auf diese Weise war er in ebenjenen Salonwagen gelangt, der jetzt einsam auf den Gleisen stand. Letzte Nacht hatte Luigi den Waggon eigenhändig abgekoppelt, es hatte Mut erfordert, sich zwischen die Schnellzugwagen zu hangeln und das infame Werk zu vollbringen, aber Luigi war ein furchtloser Mann und gab nicht so schnell auf. Jetzt brachte er in Aatamis Bett eine leichte Plastikbombe an, er versteckte sie im Daunenkopfkissen des Akkuerfinders. Die Ladung war klein, aber sie würde ausreichen, den Schädel des Opfers zu spalten, schließlich würde sie unmittelbar an seinem Ohr explodieren. Das teuflische Gerät wurde mit Strom betrieben, der sich leicht auf dem Gang einschalten ließe. Luigi befestigte die

Sprengleitung mit Klebeband und zog sich dann aus dem Abteil zurück.

Jetzt, es war bereits Mittagszeit, näherte sich von hinten ein schwer beladener Güterzug, der von einer Diesellok gezogen wurde. Huja und Heikura, die an der Kurve standen, konnten den Lokführer auf das Hindernis aufmerksam machen, und er brachte seinen Zug knapp hinter dem Salonwagen zum Stehen. Das Signalfeuer geriet unter den zweitletzten Güterwagen, zum Glück war dieser nicht mit flüssigem Brennstoff beladen. Es kostete die Männer große Mühe, das Feuer zu löschen, denn sie mussten im dicken Qualm unter dem Wagen arbeiten.

Keine Rede davon, dass der Salonwagen an den Güterzug angehängt worden wäre. Der Lokführer wünschte einen Frachtbrief zu sehen, der ihn gezwungen hätte, den Wagen zu übernehmen. Nun, mit einem solchen Frachtbrief konnte in dieser Situation niemand aufwarten. Aatami verlangte, dass der Güterzug den Salonwagen wenigstens aufs nächste Nebengleis schob, das nur wenige Kilometer entfernt war. Eine gebärende Frau durfte man nicht mitten in der Wildnis lassen. Kenzo verlieh den Forderungen Nachdruck, indem er dem widerspenstigen Beamten seine Tokarew an die Schläfe hielt. Dann war von der Anhöhe her das Geschrei des Babys zu hören, das von neuem Leben kündete. Jetzt wurden Huja und Heikura von ihrem Wachposten zurückgeholt, die Frauen und das Baby wurden in den Waggon gebracht, und dann schob der Güterzug den Salonwagen vor sich her aufs Nebengleis.

Der Güterzug verschwand am Horizont. Die internationale Gesellschaft aus Diplomatengattinnen und ihrer Dienerschaft sowie Aatamis finnisch-japanischer Belegschaft blieb auf einem einsamen Bahngleis in Sibirien sich selbst überlassen. Wenigstens befanden sie sich jetzt auf einem separaten Gleis, von den anderen Zügen, die auf der Strecke verkehrten, drohte keine Gefahr mehr.

Die Reisenden hatten das Gefühl, vollkommen aufgeschmissen zu sein. Keiner der Züge, die auf der Hauptstrecke den Ort passierten, hielt an, trotz zahlreicher Notsignale. Es gab durchaus Grund zur Sorge. Im Waggon gab es kein Wasser mehr, neues musste aus einer kalten Moorquelle herangeschafft werden, die einen Kilometer entfernt war. Zum Waschen wurde Wodka benutzt, die Leute befeuchteten Handtücher damit und rieben sich die Haut ab. Das belebte, und einige nutzten die Reinigungsprozedur, um auch innerlich ein Quäntchen Wodka anzuwenden.

Als sich die Lage weitgehend beruhigt hatte, beschloss Aatami, in den Waggon einzusteigen und zu lesen. Auf diese Gelegenheit hatte Luigi Rapaleore gewartet. Er lief vorweg, näherte sich unauffällig Aatamis offener Abteiltür und schaltete den Stromkreis seiner Höllenmaschine auf Sprengbereitschaft. Das hätte er nicht tun sollen, denn im Koffer des Erfinders befand sich ein starker, von einem Akku betriebener Elektromagnet, und der aktivierte den Zündmechanismus der Bombe. Es kam zu einer schweren Explosion, die das Innere des Abteils völlig verwüstete. Bettfedern flogen umher, die Fensterscheibe zerbarst, und der unglückliche Berufskiller bekam den schlimmsten elektrischen Schlag seines Lebens. Seine Kleidung fing Feuer, die Explosionsgase verbrannten und verrußten sein Gesicht, die Prothese zerbrach am Knie, aus den Ohren des Mannes floss Blut, und vom Luftdruck wurde seine Lunge aus ihrer Verankerung gerissen.

Der qualmende, über und über mit Federn und Glassplittern bedeckte schlaffe Körper des Killers wurde schleunigst hinausgetragen und neben das Gleis gelegt, damit man ihn versorgen konnte. Und wenn die Not am größten ist, ist auch die Hilfe am nächsten: Der amerikanische Psychiater und der finnische Feld-, Wald- und Wiesenarzt nahmen sich routiniert des unglücklichen Mannes an und konnten tatsächlich sein Leben retten. Der Jungfrau Maria sei Dank und Ehre! Die Mutter Gottes hatte ihren Sohn in dieser elenden Gegend Nordwest-Sibiriens doch nicht vergessen.

Vierundzwanzig

Es war fast nicht auszumachen, wo der verlassene Waggon stand. Das Gleis befand sich zwischen Tjumen und Tobolsk, vielleicht etwa auf der Hälfte dieser gut zweihundert Kilometer langen Teilstrecke. Weit und breit gab es keine menschlichen Ansiedlungen. Vermutlich war das Gleis einst zum Verladen von Holz in diese sumpfige Wildnis gebaut worden, denn neben den Schienen gab es eine aus Balken errichtete Laderampe, und dahinter lagerte ein etwa zweihundert Meter langer Stapel Birkenstämme. Die Stämme waren schon recht morsch, denn die russischen Waldarbeiter hatten sich nicht die Mühe gemacht, sie zu zersägen, ja nicht einmal zu schälen. Birken verfaulen, wenn sie in der Rinde lange auf einem Stapel liegen.

Inzwischen gingen die Essensvorräte zur Neige. Den Speisewagen hatte der Zug, der den Waggon hierher nach Sibirien gezogen und dann stehen gelassen hatte, mit sich genommen. Das Einzige, was halbwegs als Komfort gelten konnte, war der dickbäuchige Samowar, der mit Strom betrieben wurde. Die Stromzufuhr zum Waggon war zwar durch das Abkoppeln unterbrochen, aber zum Glück hatte Aatami Rymättylä ein paar Versuchsakkus in seinem Gepäck. Seine Aktentasche war zwar durch die Explosion arg zerbeult, aber die Akkus waren vollkommen heil und funktionstüchtig. Der Samowar brodelte problemlos mit dem

Strom aus dem ultraleichten finnischen Akku. Schließlich hatte sich auch Eeva Kontupohjas Betonmischer in Tattarisuo tagelang mit einem solchen Akku gedreht.
Der Waggon wurde nach der Explosion gründlich gelüftet. Aatami und die Dolmetscherin Tellervo zogen ins Abteil der beiden Bodyguards. Da die Waschräume nicht benutzt werden konnten, wurden Kenzo und Huja dort einquartiert. Sie bekamen provisorische Betten auf dem Fußboden, als Nachttisch diente der Toilettendeckel. Huja wohnte im Waschraum der Frauen, Kenzo am anderen Ende des Waggons im Waschraum der Männer. Der einbeinige Diener, der bei der Explosion verletzt worden war, bekam ein Abteil für sich allein. Man rätselte allgemein, wer die Bombe in Aatamis Bett platziert hatte, doch das Rätsel blieb ungelöst. Schade nur, dass der unschuldige Diener, ohnehin schon Invalide, unter dem Attentat, das eigentlich Aatami gegolten hatte, leiden musste.
Da die Toiletten nicht mehr benutzt werden konnten, hoben Aatami Rymättylä und Hannes Heikura hundert Meter vom Gleis entfernt, hinter dem Holzstapel und zwischen zwei stämmigen Lärchen, eine tiefe Grube aus. Mit zwei Seilen, die sie aus Laken geknüpft hatten, befestigten sie zwischen den beiden Lärchen einen Baumstamm als Sitzbalken. Als der Stamm dann auch noch geschält und der Sitzplatz geglättet war, war die Feldlatrine nach finnischem Armeemodell fertig. Dort konnten sogar die feinen Damen ohne weiteres ihre Sitzung abhalten. Schließlich installierten Aatami und Hannes sogar noch einen Sichtschutz, er bestand aus einem halben Dutzend dichter Fichten, die fest in den Sumpf gerammt wurden. Die Gattin des schwedischen Botschafters durfte als Erste auf den Balken, sie war voll des Lobes und fand, dass der Abort gut funktionierte.

Inzwischen bestand großer Mangel an Nahrung. Wer hätte diese Situation auch voraussehen können, um entsprechende Vorräte anzulegen? Der russische Schaffner machte sich zusammen mit Huja auf den Weg durchs sumpfige Gelände. Die Zurückgebliebenen hörten mehrere Schüsse. Gegen Abend kehrten die Männer zurück, ihre Hosen waren bis zum Gürtel nass. Huja war es gelungen, mit seiner Tokarew zwei Hasen und ein Birkhuhn zu erlegen. Der Schaffner trug zwei lange und magere Hechte, die er mit einer primitiven Angel aus irgendeinem Teich geholt hatte. Die Fische wurden gebraten, aus dem Hasen und dem Birkhuhn wurde eine Suppe gekocht, gewürzt mit Kräutern aus der Umgebung. Zwar taugte sie nicht viel, zumal kein Salz zur Verfügung stand, aber sie war besser als nichts.

Aatami Rymättylä empfand die Zwangspause auf dem sibirischen Nebengleis durchaus nicht als unangenehm. Jetzt hatte er Zeit, die Aktivitäten seiner Firma zu planen. Er studierte die Vorschläge der Chinesen und Amerikaner für den Bau von Akkufabriken. Wie es schien, würden die jährlichen Einkünfte aus den Lizenzrechten und anderem auf mindestens zwei, vermutlich eher drei Milliarden Mark steigen. Das bedeutete einen Tagessatz von einer Million Mark. Verglichen mit dem Hunderter, den ein Arbeitsloser als Grundtagegeld bekam, war der Unterschied doch enorm. Aatami beschloss, sofort neue Lizenzverträge abzuschließen, wenn die Versuchsfabrik in Rymättylä fertig wäre und die Patente weltweit gelten würden. Er vermutete, dass er Chancen hatte, einer der reichsten Männer der Welt zu werden. Was würde wohl der Sultan von Brunei dazu sagen?

Doch erst mal befand er sich auf einem verlassenen sibirischen Nebengleis. Unter diesen Bedingungen hatte Geld keine Bedeutung.

Als Aatami seinen von der Explosion verrußten Koffer durchsuchte, entdeckte er, dass Eeva ihm auch noch andere Lektüre als nur Lizenzverträge eingepackt hatte. Höchst interessant war das Werk »Reisetruhe – finnische Forschungsreisende«, herausgegeben von der Finnischen Literaturgesellschaft. Die finnischen Volkskundler und Sprachforscher hatten überraschend viele Exkursionen nach Russland unternommen, im Verlaufe von mehreren hundert Jahren. Zum Beispiel waren finnische Karoliner nach der Schlacht von Poltawa hier als Kriegsgefangene gewesen. Den finnischen Wissenschaftlern waren anscheinend Tobolsk wie auch Tjumen bestens vertraut gewesen. Matias Aleksanteri Castrén zum Beispiel hatte, neben vielen anderen, im 19. Jahrhundert diese Gegend besucht. Auch Mannerheims Asienreise hatte hier vorbeigeführt. Aatami war nicht der erste Finne in Nordwest-Sibirien und würde auch nicht der letzte sein. Er fand in seinem Koffer noch ein weiteres Werk: »Im Land der Ugrier« von Marianne Flinckenberg-Gluschkoff und Nikolai Garin, das gerade erst erschienen war und ebenfalls von dieser Gegend handelte. In den Büchern hätte Aatami lange schmökern, hätte mit der Milchkönigin im Schlafwagen liegen mögen, aber der Hunger machte, wie allen anderen, auch ihm zu schaffen. Richtige Nahrung bekam eigentlich nur das Neugeborene, das an der Brust seiner Mutter saugte.

Aatami wies seine Männer an, Birkenstämme von dem Stapel zu benutzen, um damit etwa einen Kilometer vor dem Waggon eine Sperre zu errichten, die, so glaubte er, jeden Zug stoppen würde. Nach getaner Arbeit rissen die Männer sicherheitshalber Rindenstücke ab und entzündeten mit ihrer Hilfe das aufgestapelte Holz.

Es war bereits der vierte Morgen auf dem einsamen Nebengleis. Aus Richtung Tobolsk näherte sich ein langer Güterzug, der Lokführer erkannte die verlassenen Reisenden wieder und schwenkte im Vorbeifahren fröhlich grüßend die Hand. Seinen Zug stoppte er jedoch nicht.

Erst ein zweiter Güterzug, der aus Richtung Tjumen heranbrauste, war gezwungen anzuhalten. Die Lok stieß in den brennenden Holzhaufen, dass die Funken nach allen Seiten stoben.

Aatami stellte die Weiche um, sodass der Zug aufs Nebengleis gelenkt wurde. Die Reisenden stiegen in ihren Salonwagen und konnten endlich ihre Fahrt fortsetzen. Der Güterzug schob den internationalen Reisezugwagen vor sich her. Sehr schnell wagte der Lokführer nicht zu fahren, aber nach ein paar Stunden war schließlich Tobolsk erreicht. Dort nahm eine Rangierlok den Unglückswaggon ins Schlepptau. Der verwundete Diener wurde ins Krankenhaus gebracht.

Der Bahnhofsvorsteher von Tobolsk fragte verwundert, wo der internationale Waggon so lange gesteckt hatte. Man hatte in Tobolsk ein paar Gerüchte gehört, hatte auch eine Suche initiiert und schließlich angenommen, dass der Waggon in Richtung Surgut verschwunden war. Der Bahnhofsvorsteher fand das Geschehene sehr bedauerlich und betonte, dass für gewöhnlich auf den Schienensträngen Russlands keine Reisezugwagen, sondern hauptsächlich Güterzüge verschwanden. Für diesen Schwund wiederum gab es eine natürliche Erklärung: Die transportierten Güter und Rohstoffe waren wertvoll, allzu viele Menschen gierten danach. Statistisch ließ sich errechnen, dass zwei Prozent der russischen Güterzüge, auf jeden Fall aber viele einzelne Wagen, auf unbekannten Bahnhöfen landeten.

»Komisch, dass gerade Sie sich verirrt haben, obwohl doch

in Ihrem Waggon nichts wirklich Wertvolles zu finden gewesen sein dürfte wie zum Beispiel Getreide, Öl oder flüssiges Erdgas«, äußerte der Beamte verwundert.

Im Hotel *Sever* in Tobolsk veranstalteten die Reisenden eine kleine Feier, als alles so weit geregelt war. Den Anlass dafür gab der kleine Belgier, der unterwegs geboren worden war und der bei dieser Gelegenheit getauft wurde. Wie sich zeigte, war der Kleine ein uneheliches Kind, wieder einmal war ein Kind ohne Vater zur Welt gekommen. Die junge Mutter war von robuster Natur, sie hätte notfalls für fünf Babys genug Milch gehabt. In dieser Hinsicht war alles in Ordnung, aber das Mädchen war sehr arm, wie es all ihre Amtskolleginnen im Laufe der Weltgeschichte gewesen waren und immer noch sind. Da Aatami zufällig Geld im Überfluss besaß, beschloss er im Überschwang der Gefühle – er brachte einen Toast auf das Kind aus –, für dessen Unterhalt bis zu seiner Volljährigkeit aufzukommen. Tellervo Javanainen-Heteka bekam den Auftrag, sich um die praktische Seite der Angelegenheit zu kümmern.

Ein orthodoxer Priester wurde herbeigeschafft, ein langhaariges Männchen. Äußeres Anzeichen für seine tiefe Frömmigkeit war ein Tropfen, der an seiner Nasenspitze glänzte. Seppo Sorjonen hielt zusammen mit dem amerikanischen Psychiater das Taufbecken, der Pope leierte seine Liturgie herunter, und schon war das Baby auf den Namen Adam getauft, nach dem Vorvater der Menschheit und nach seinem jetzigen Paten. Anschließend machten sich alle über das russische Büfett her und aßen, bis es Nacht wurde. Auf dem Heimweg besuchten die Finnen den einbeinigen Diener, der im städtischen Krankenhaus lag und schon etwas munterer wirkte. Aatami sprach ihm sein Bedauern über das Explosionsunglück aus und erbot sich, sämtliche entstehenden Kosten zu übernehmen. Der Patient blieb stumm und schien auch nicht sonderlich erfreut über den Besuch der Finnen. Er blickte schief, als Aatami seine Hand drückte und ihm eine Flasche russischen Sekt unter das Kopfkissen steckte. Zum Wohle!

»Ein bescheidener Mann, typisch für jemanden, der stellvertretend leidet«, fand Aatami, als er mit seiner Begleitung zum Salonwagen fuhr.

Fünfundzwanzig

Seit dem frühen Morgen fiel Dauerregen, aber als der Zug Surgut erreichte, klarte das Wetter auf. Aatami Rymättylä und die anderen Finnen verabschiedeten sich von den Diplomatengattinnen und ihren Dienstmädchen und von Aatamis belgischem Patenjungen, der eifrig an der Brust seiner Mutter saugte.

Vom Bahnhof Surgut aus fuhren die Finnen mit Autos zum Flugplatz, wo zwei Hubschrauber der Luftstreitkräfte warteten. In letzter Minute trafen zwei russische Geologen und ein Vertreter der Schwerindustrie ein, ihre Wagen stoppten mit quietschenden Reifen auf dem Asphalt.

Die massiven Helikopter stiegen donnernd auf. Ihre Rotoren machten so viel Lärm, dass an ein Gespräch nicht zu denken war. Anfangs flogen die Hubschrauber in westliche Richtung und folgten dabei dem mächtigen Ob, der hier regelrechte Gewässer über mehrere, manchmal sogar Dutzende Kilometer Breite bildete, durchsetzt mit Inseln. Nach dreihundert Kilometern wurden die Maschinen in Chanty-Mansijsk aufgetankt, wo die Passagiere auch einen Lunch zu sich nahmen. Die Stadt war ein Verwaltungszentrum, auch wenn sie nur dreißigtausend Einwohner hatte. Jetzt war Gelegenheit, dass sich Gastgeber und Gäste näher kennen lernten. Die Russen sprachen ihre Willkommenswünsche aus und erklärten – vor allem der für die Öl- und Gasfelder verantwortliche Minister Stepan Konjew –, dass die gewaltigen Ressourcen von Nordwestsibirien nur auf Nutzer warteten. Sie, die Russen, hatten aus Japan erfahren, dass sie möglicherweise berücksichtigt und dass im Oblast Tjumen riesige Kraftwerke gebaut werden sollten, auf der Basis von Erdgas und schwerem Verbrennungsöl.

Aatami erläuterte, dass in den Kraftwerken Akkus aufgeladen werden sollten, die mit Zügen oder Schiffen in die Verbrauchszentren der Welt transportiert würden, das würde vermutlich wesentlich billiger als der Unterhalt langer und schadensanfälliger Pipelines.

Nach dem Lunch wurde der Flug, wieder waren es über dreihundert Kilometer, nach Nordwesten fortgesetzt, nach wie vor längs des Ob, der seine Richtung geändert hatte. Jetzt am Nachmittag zeigte sich die Sonne. Unten in der Tundra loderten hier und dort Flammen aus den Ölbohrtürmen und Erdgasstationen, Pipelines durchschnitten die einsame Landschaft, sogar aus Tausenden Metern Flughöhe war zu erkennen, dass Öl und Gas aus Lecks ausgetreten und in die Tundra geflossen waren. Neben den Pipelines verliefen die Spuren der schweren Bau- und Wartungstraktoren. Die Landschaft war bis zum Horizont verschandelt. Aatami sagte sich, dass es wahrscheinlich Hunderte von Jahren dauern würde, ehe die sensible nordische Natur wiederhergestellt wäre. Die einzige Möglichkeit, diese unglückliche Spirale zu durchbrechen, war, hier eine Akkuindustrie zu gründen, damit auf den Transport von Gas und Öl, der die Natur zerstörte, verzichtet werden konnte. Wenn man diesen Gedanken weiterfasste, konnte man sagen, dass der Leichtakku die Landschaft rund um alle Öl- und Gasfelder auf der ganzen Welt vor der Zerstörung retten würde.

In dieser Gegend war die Tundra von frischem Grün wie

ein leuchtendes Tuch und endlos weit. Riesige Gänseschwärme zogen nach Norden, sie hatten keine Angst vor den dröhnenden Helikoptern, sondern flogen in festen Formationen, die an Pflugschare erinnerten, zu ihren Nistgebieten. Der Navigator des Helikopters brüllte Aatami ins Ohr, dass es sich um Schreigänse handelte. Manchmal konnte man auf einen Schlag viele Tausende dieser Vögel sehen.

Einen weiteren imposanten Anblick bot das Flößholz im Ob. Die Baumstämme waren über Hunderte von Kilometern durch den riesigen Strom getrieben, und jetzt, kurz vor dem Mündungsdelta, sah man sie stellenweise über die ganze Breite des Flussbettes. Der Ob teilte sich hier in zahlreiche Nebenarme auf, die durch die sibirischen Sumpfgebiete flossen, und als die Helikopter auf Aatamis Wunsch ein wenig tiefer gingen, war zu erkennen, wie sich die Baumstämme massenweise an den Ufern der Nebenflüsse aufgestaut hatten. Während des ganzen Fluges waren nur ein paar kleine Dörfer zu sehen gewesen, die Ausbeutung der Ölquellen hatte vermutlich die ursprüngliche Bevölkerung ans Ufer des Eismeeres vertrieben – oder sie sogar ausgerottet.

Die Gesellschaft übernachtete in Salechard, der abgelegensten Kleinstadt in diesem Erdenwinkel. Die Menschen wohnten in grauen ein- oder zweistöckigen Blockhäusern, deren Fensterrahmen grün oder blau gestrichen waren. Die Straßen waren mit Planken belegt, und die Wasser- und Abwasserleitungen verliefen über der Erde und waren mit Bretterrohren isoliert, denn hier herrschte ewiger Frost, sodass man die Rohre nicht in die Erde legen konnte.

In dieser Gegend hatte es unter Stalin viele Gefangenenlager gegeben, vor allem in der Nachbarstadt Workuta. Dort hatten auch finnische Kriegsgefangene geschmachtet.

Salechard aber war eine kleine Stadt an einer Biegung des Flusses, nur knapp zweihundert Kilometer vor dem riesigen Ob-Busen, der, nach der Karte zu urteilen, groß wie ein Meer war: genauso breit wie der Finnische Meerbusen und länger als der Bottnische Meerbusen. Die Dimensionen und Entfernungen in Sibirien waren tatsächlich gewaltig.

In Salechard gab es einen Flusshafen, aber die Russen erzählten, dass es mit Nowy Port, dem Neuen Hafen, auch einen richtigen Eismeerhafen gab, der am Westufer des Ob-Busens lag. Sie legten Aatami genaue Karten vor, die auf Satellitenbildern basierten und aus denen ersichtlich war, wo es lohnte, neue Industrien anzusiedeln, wo die Energiefelder lagen, wo sich Häfen, Bahnhöfe, Dörfer, Städte befanden.

»Wir haben keine Militärgeheimnisse mehr«, erzählten die Russen. Damit meinten sie, dass die ökonomischen Interessen mittlerweile über den militärischen standen.

Aatami fragte sich, wo er geschulte Arbeitskräfte finden könne. In dieser gottverlassenen Gegend gab es einfach keine Leute, die sich für Bauarbeiten oder die Industrie qualifizieren ließen, das gaben auch die Russen zu.

»Nun, Sie könnten ja russische Offiziere für diese neuen Aufgaben schulen«, schlugen sie vor. Die Offiziersausbildung an sich verlangte Effektivität, Disziplin und gute organisatorische Fähigkeiten.

»Wir könnten für den Anfang tausend oder auch zehntausend Offiziere nach Finnland schicken.«

Der Gedanke an zehntausend oder auch nur tausend russische Offiziere, die in Finnland die Schulbank drückten, erschien zunächst ziemlich riskant, aber bei näherer Betrachtung fand Aatami, dass es durchaus eine gute Methode sein mochte, fähige Leute für die Arbeit auf den sibirischen Öl- und Gasfeldern zu gewinnen. Er sagte, dass er sich die Sache überlegen wolle. Im Stillen dachte er, dass die Offiziere zum Beispiel in leer stehenden Hauswirtschaftsschulen oder Volkshochschulen in verschiedenen Teilen Finnlands untergebracht und ausgebildet werden könnten. Es waren Internatsschulen, viel besser als die russischen Kasernen.

Man würde hier in dieser Region mit ewigem Frost viele neue Wohnungen bauen müssen. Die Russen hatten dafür die richtige Bauweise gefunden. Zum Beispiel wurden die Grundpfeiler der Etagenhäuser in die Frostschicht getrieben, so wie man sie in gemäßigterem Klima in den Grundfelsen trieb. Der Unterschied bestand darin, dass das eigentliche Gebäude nicht direkt auf den Erdboden gesetzt wurde, sondern ein paar Meter darüber. Das verhinderte, dass die Wohnwärme des Gebäudes den gefrorenen Boden auftaute, und so blieb das Haus stehen, solange der Boden gefroren war. Die Häuser wurden also auf Säulen errichtet, ähnlich wie die Pfahlhütten in Sumpfgebieten.

Die nächste Nacht verbrachte die Gesellschaft am Osthang des Ural bei Rentierhirten. Es war ein Dorf von nomadisierenden Nenzen und bestand aus fünf Sippen, die insgesamt zwölftausend Rentiere besaßen. Wenn die Herde auf eine andere Weide zog, zog das Dorf mit. Im Sommer wurden die Tiere ans Ufer des Eismeeres getrieben, wo es windig war, sodass die dichten sibirischen Mückenschwärme kein so großes Problem waren wie in der Taigazone. In die Wälder kehrten die Leute mit ihren Tieren erst gegen Ende des Herbstes zurück, wenn es an der Eismeerküste zu kalt wurde.

Die Nenzen servierten den Gästen frischen Lachs, den sie erst am Morgen in einem Nebenfluss des Ob gefangen hatten. Nach langer Abstinenz schmeckte der Lachs wirklich ausgezeichnet, die Nenzen verstanden es, den Fisch schmackhaft zuzubereiten.

Am nächsten Tag flogen die Finnen noch in den Ob-Busen und sahen sich zunächst aus der Luft Nowy Port an. Im Hafen lagen etliche Frachtschiffe und zwei Eisbrecher, der neuere der beiden, so erzählten die Gastgeber, war der mit Kernkraft betriebene *Jermak*. Er war seinerzeit in Finnland gebaut worden, und seine Leistung reichte aus, die Nordostpassage bis zum Sommer offen zu halten. Im Prinzip wäre es möglich, Akkus aus der Region Tjumen auf dem Seeweg direkt nach Japan zu liefern, falls der Hirokazu-Konzern es wünschte.

Die Kerntechnik des Jermak war schon alt, und eigentlich hatten die Russen den Plan gehabt, das Schiff auf Diesel umzustellen, aber mithilfe der jetzt entwickelten neuen Akkutechnik könnte der Eisbrecher elektrifiziert werden. Seine Hauptmaschinen liefen schon jetzt mit Strom: Mittels Kernkraft wurden Generatoren betrieben, die ihrerseits Strom in die Elektromotoren einspeisten, und diese trieben die Propellerachsen an.

Aatami Rymättylä schloss in Nowy Port mit den Russen einen Vorvertrag über den Bau von zehn großen Akkukraftwerken in Sibirien. Sechs von ihnen würden im Oblast Tjumen errichtet, die restlichen vier in Ost-Sibirien. Gleichzeitig würde für zweitausend russische Offiziere die Möglichkeit geschaffen, sich in Finnland die entsprechenden technischen Kenntnisse anzueignen. Die Projektierung und die Bauarbeiten würden in Angriff genommen, sowie der Hauptkonzern Hirokazu den Vertrag ratifiziert hätte und sowie die Offiziere ausgewählt und in Finnland die entsprechenden Schulen und Lehrkräfte bereitgestellt wären. Aatami schätzte, dass im kommenden Herbst mit den praktischen Arbeiten begonnen werden könnte. Das

setzte allerdings voraus, dass nicht wieder internationale Reisezugwagen auf Sibiriens Gleisen verloren gingen.
Anschließend flog Aatami mit seiner Begleitung über das Karameer und Nowaja Semlja zum russischen Spitzbergen, und von dort ging es mit einer norwegischen Passagiermaschine weiter nach Oslo. Dort erfuhr die Gesellschaft eine echte VIP-Behandlung: Auf dem Flugplatz wartete der norwegische Ölindustrieminister, der Aatami vorschlug, das alte Ekofisk-Ölfeld in der Nordsee mithilfe schwimmender Akkufabriken neu in Betrieb zu nehmen. Die Kunde von der revolutionären Akkuerfindung war also bereits bis nach Norwegen gedrungen.
Der Minister überbrachte Aatami zugleich die persönlichen Grüße von Norwegens König Harald, der den Wunsch äußerte, ihn später im Sommer auf eine kleine Segeltour in den Finnischen Meerbusen einladen zu dürfen, denn dort war der König ab und zu mit seinem Boot unterwegs. Aatami bat den Minister, den König zu grüßen, und stieg dann in die Maschine nach Helsinki. Auf dem Flughafen Seutula wartete Eeva Kontupohja, und zu Hause haufenweise dringende Post.

Sechsundzwanzig

Der Kanzleichef des Industrie- und Handelsministeriums erschien, um sich vorzustellen und mitzuteilen, dass der finnische Staat bereit sei, Aatamis und Eevas Akkufirma seine volle Unterstützung zuteil werden zu lassen. Auch Vertreter der Konzerne Neste OY, Rauma-Repola, Kemira und Rautaruukki wünschten ein Gespräch. Alle hatten das gleiche Anliegen: Sie wollten darüber sprechen, wie man die finnische Akkuerfindung in der finnischen Industrie nutzen konnte. Der Zentralverband der Forstindustrie äußerte den Wunsch, Energie aus den Akkukraftwerken für seine Produktionsanlagen zu beziehen. Die Führungsgruppen der Energiekonzerne Imatran Voima und Pohjolan Voima schlugen eine enge Zusammenarbeit beim Bau von Akkufabriken vor. Aatami erklärte, dass dies durchaus möglich sei, sofern Pohjolan Voima bereit wäre, ihm den Kemijoki-Fluss zu verkaufen. Er wollte gern selbst an der finnischen Energieproduktion beteiligt sein. Die Wasserkraft lag ihm ganz besonders am Herzen. In diesem Zusammenhang bezog sich sein Vorschlag zum Verkauf des Kemijoki vor allem auf die Stromschnellen in diesem großen Fluss des Nordens, denn damit würden die dortigen Kraftwerke in den Besitz seiner Firma übergehen. Die Ufer des Flusses und die nahe gelegenen Ortschaften wollte Aatami nicht erwerben.

Da der Staat größter Aktionär von Pohjolan Voima war, bedeutete der Verkauf eine Privatisierung der Wasserkraft. Das Industrie- und Handelsministerium teilte mit, dass der Staat in den Handel einwilligte. Als Bezahlung gewährte Aatami die Baurechte für Akkufabriken. Er seinerseits bekam sämtliche Kraftwerke am Kemijoki und sämtliche künstliche Seen, zum Beispiel Isohaara, Ossauskoski, Pirttikoski, Petäjäkoski, Vanttauskoski und viele andere große Anlagen. Als Draufgabe gab es noch die Becken von Porttipahta in Loka und den im Bau befindlichen künstlichen See von Vuotos. Aatami beschloss, die Bauarbeiten am letztgenannten Standort auf der Stelle zu beenden. Er informierte die zuständigen Leute, dass der Waldeinschlag auf dem Gebiet des künftigen Wasserbeckens sofort einzustellen und die Landschaft in ihren ursprünglichen Zustand zurückzuführen sei. Aus den Berechnungen über die Wasserströme im Fluss müsste dieses Becken samt Inhalt künftig herausgenommen werden. Dieser neue und endgültige Beschluss über Vuotos kostete Aatami fünf Minuten.

Eeva Kontupohja hatte in Aatamis Abwesenheit einen Plan erstellt, wie die Akkufirma weiter expandieren könnte. Er beinhaltete zum Beispiel die weltweite Umstellung der Maschinen der Handelsflotten auf Elektrobetrieb. Eng damit verknüpft waren auch Veränderungen bei den Tankschiffen. Wenn sich nämlich die Öltransporte auf einen Bruchteil der bisherigen Menge verringern würden, würden die Tanker nutzlos in den Häfen liegen. Doch mit kleinen Veränderungen konnten sie zu Frachtschiffen für den Akkutransport umgebaut werden, man könnte etwa die Rohre ausbauen, die Zwischendecken für die Öltanks in Containerfrachträume umgestalten und auf den Verladedecks Transporter und Kräne zum Umsetzen von Containern installieren. Eeva hatte errechnet, dass sich die

Jahreseinnahmen der Akkufirma allein aus der weltweiten Frachttonnage ziemlich bald auf 2 – 3 Milliarden Mark belaufen würden.

Die Schienennetze der Welt könnte man von den elektrischen Leitungen befreien und die Elektroloks auf Akkunutzung umstellen. Die Waggonfabrik Vuolijoki von Rautaruukki bekäme aus aller Welt massenhaft Bestellungen für Waggons zum Akkutransport. Bereits jetzt wurden ja dort Aatamis Suppenzüge gebaut. Eeva empfahl Aatami, vom Staat zehn Prozent der Aktien von Rautaruukki zu kaufen. Die Kaufsumme könnte er entweder bar bezahlen, oder er könnte der Stahlindustrie Akkulizenzen verkaufen.

Eeva hatte außerdem erste Berechnungen über den weltweiten Akkubedarf der Schwerindustrie angestellt. In der Konsumgüterindustrie wäre der Bedarf noch wesentlich größer. Alles in allem würden die Akkus der Industrie vermutlich so riesigen Nutzen bringen, dass die Zahlungen für die Lizenzen für Aatamis und Eevas Firma, vorsichtig geschätzt, eine Summe von zehn Milliarden Mark ausmachen würden, und zwar pro Jahr.

Eine ganz eigene Nutzergruppe wären die Kommunen. Wenn die Großstädte künftig bei der Heizung und der Beleuchtung Akkus benutzen würden, brauchten sie keine teuren Stromnetze mehr. Andererseits eigneten sich die Akkus auch vorzüglich als Energiequellen für kleine und abgelegene Ortschaften. Hier eröffneten sich tatsächlich schwindelerregende Aussichten.

»Und das Dienstleistungsgewerbe?«, fragte Aatami.

Gemeinsam listeten sie die Bereiche auf, die von den Akkus profitieren würden: Gaststätten, Hotels, Geschäfte, Tankstellen, Supermärkte … schließlich gelangten sie zu dem Schluss, dass überall, wo Strom benutzt wurde, künftig auch Akkus gebraucht würden, vielleicht sogar schon sehr bald.

Die Landwirtschaft würde Unsummen sparen, wenn nicht zu jedem Bauernhof teure Stromleitungen gezogen und in jedem kleinen Dorf Transformatoren gebaut werden müssten. Die Traktoren würden nicht mehr mit ihren Abgasen die Luft verschmutzen. Die Kühe würden mit Melkmaschinen mit Akkuantrieb gemolken. Die elektrischen Weidezäune würden künftig mit den ultraleichten Akkus von Aatami und Eeva betrieben. In den Molkereien würde mit Elektroenergie, gewonnen aus den neuen Akkus, gebuttert. Die Bullen würden vor dem Schlachten mit Elektropistolen betäubt, an deren Griff sich – was sein muss, muss sein – ein Akku von Aatamis und Eevas Firma befände.

Krankenhäuser, Altenheime, Kindergärten, Kasernen, Gefängnisse... auf der Welt gab es Millionen von Einrichtungen, in denen Hunderte Millionen Menschen betreut wurden. Sie alle brauchten Strom und neue Akkus.

Heizung und Beleuchtung der Kirchen würde günstiger, und Gotteshäuser gab es weltweit in großer Zahl. Die Zeugen Jehovas hatten ihre Versammlungssäle auf vielen Kontinenten. Dann gab es noch viele Tausende Moscheen, Buddhatempel, Freimaurerlogen, Seher- und Spiritistensalons, Höhlen der Teufelsanbeter. Überall dort wurde Strom gebraucht, das Licht des Glaubens und die Wärme des Herzens allein genügten nicht.

Die Bierbrauereien, Weinkeltereien, Bäckereien... Entbindungskliniken, Leichenhallen, Saunas, Wäschereien... es gab unendlich viele Einrichtungen, die Strom benötigten.

Und was war mit den Banken, Versicherungsgesellschaften, Handelskammern? Auch die Polizei, der Zoll, die Post und die Stadtreinigung würden enorm profitieren, wenn sie ultraleichte Akkus zur Verfügung hätten. Rundfunk und Fernsehen, ganz zu schweigen von den abseitsgelegenen Sendemasten, benötigten transportable Energie. Die meteorologischen Institute, die Universitäten und Forschungszentren könnten ihre Energiequelle dorthin bringen, wo sie jeweils gebraucht wurde.

Die Bergwerke hätten großen Nutzen von elektrisch betriebenen Baggern, und besonders in Bergwerken könnte man erheblich sparen, wenn man in den Schächten nicht mehr Kabel verlegen müsste, die leicht rissen. Die Fliesen- und Steinzeugindustrie, Webereien und Färbereien, die chemigrafische und die optische Industrie würden Großkunden von Aatami und Eeva. Und vergessen durfte man auch nicht all die Zink- und Kupferschmiede im Gewimmel der Basare, ebenso wenig die unzähligen Drehscheiben zum Formen von Ton, die sich fortan durch einen Akku bewegen würden.

Der Fischfang ließe sich mithilfe der neuen Erfindung ohne Probleme elektrifizieren, das betraf die großen Hochseetrawler genauso wie die kleinen Kutter in den Binnengewässern. Und schließlich könnte man akkubetriebene Inkubatoren für Frühchen von nun an in den entlegensten afrikanischen Lehmhüttendörfern aufstellen, und in den USA etwa könnte man Hinrichtungen auf einem elektrischen Stuhl durchführen, dessen tödlicher Strom aus dem von Aatami entwickelten Akku käme.

Die Weltraumindustrie könnte auf die teuren und störanfälligen Sonnenkollektoren verzichten. Aatami schätzte, dass es ihm gelingen könnte, mit einem der kommerziellen Weltraumprogramme einen Vertrag über die Nutzung von Akkus als Energiequelle für Satelliten abzuschließen. Gleichzeitig würde sich ihm die Möglichkeit eröffnen, einen seiner kühnsten Träume zu verwirklichen und sich mit einer Rakete in den Weltraum schießen zu lassen. Er würde in einer Kapsel auf die Erdumlaufbahn gelangen und von dort die heimische Erde betrachten, die nicht mehr so sorglos wie heute die Atmosphäre verunreinigen würde.

Aatami entschied, dass sämtliche Nervenkliniken weltweit die mit finnischer Lizenz hergestellten Akkus zu einem ermäßigten Preis bekommen sollten. Eeva fügte hinzu, dass ihrer Meinung nach auch allen Alkoholentzugskliniken dieser Welt dasselbe Vorrecht gewährt werden müsste.

Siebenundzwanzig

Das sommerliche Schärenmeer badete im hellen Sonnenschein, die Möwen kreischten, der Wind ließ auf den Wellen vor dem Fischereihafen Röölä in Rymättylä muntere Schaumköpfe tanzen.

Die finnische Versuchsfabrik des Hirokazu-Konzerns war vor zwei Wochen in Betrieb genommen worden, und der Tag der Einweihung war gekommen. Die ersten zehntausend ultraleichten Akkus hatten die Produktionslinie verlassen.

Das Fabrikgebäude war innerhalb kürzester Zeit hochgezogen worden. Es stand in einer schönen felsigen Landschaft unmittelbar am Fischereihafen und dem Industriegebiet, nah am Meer, und es verfügte über einen eigenen Schiffskai. Das Gebäude hatte eine Außenhaut aus plastikbeschichtetem Stahlblech, das Fundament bestand aus Beton, die Maschinen waren neu, die Anzahl der Beschäftigten betrug knapp hundert. Produktionschef war Sami Rehunen, im Büro saß ein japanischer Betriebsleiter, die übrigen Angestellten waren Finnen. Die Akkus hatten die Größe von Zigarettenschachteln, sie waren mit Plastik überzogen und trugen an der Seite das blaue Firmenlogo von Hirokazu. An der Fahnenstange draußen vor dem Gebäude wehte die finnische Fahne. Eeva Kontupohja trug ein langes und dünnes weißes Kleid, das aufreizend im Sommerwind wehte.

Gäste auf der Einweihungsfeier waren: der Bürgermeister von Rymättylä, der Erzbischof Finnlands, der Ministerpräsident, der Chef der Armee, der Gouverneur des Bezirkes Turku und Pori, ein gutes Dutzend Pastorinnen sowie eine japanische Handelsdelegation, angeführt von unserem alten Bekannten Hajosiko Mono. Die Belegschaft von Aatamis und Eevas Akkufirma hatte sich natürlich ebenfalls in Schale geschmissen und war herbeigeeilt, auch Aatamis betagte Schwester, die in der Schärengemeinde wohnte, war gekommen. Die Ehrengäste waren mit Aatami I, dem Prototyp der Suppenzüge, nach Turku gereist, von dort wurden sie mit Elektroautos zur Fabrik chauffiert.

Die Gäste und die Angestellten bekamen Suppe vom Zitteraal mit Brot nach Schärenart, dazu Weißwein. Auf dem Hof vor dem Fabrikgebäude standen lange, weißgedeckte Tische, auf dem Porzellangeschirr und den Silberbestecks befand sich das Logo von Aatamis und Eevas Firma. Beides waren Geschenke zur Einweihung.

Aatami Rymättylä begrüßte die Gäste und die Angestellten der Fabrik. Er sagte, dass nach jahrelanger Entwicklungsarbeit nun endlich die erste Versuchsfabrik eingeweiht werden konnte, in der die leistungsfähigen und leichten Akkus produziert wurden, die sich die Menschheit so sehr gewünscht hatte.

Die Feuerwehrkapelle der Turkuer Pansio-Werft blies mit Sturmstärke den Marsch »Eine Kraft in der Tiefe unseres Herzens…«, den das Publikum mitsang. Der Erzbischof hielt eine Einweihungsrede, in der er die elektrisierende Kraft und den ewigen Bestand von Gottes Wort mit der Elektroenergie und ihrer Speicherung in den von Aatami Rymättylä entwickelten Akkus verglich.

Hajosiko Mono, der inzwischen zum Chef des Gesamtkonzerns ernannt worden war, sprach über die weltweite

Nutzung der Elektroenergie. Er erwähnte, dass die japanische Autoindustrie bereits frühzeitig dazu übergegangen war, neue Modelle von Elektroautos in die Produktion aufzunehmen: Toyota, Nissan, Fuji und viele andere der großen Hersteller hatten neue Typen entwickelt, und mit Toyota hatte Hirokazu einen Vertrag abgeschlossen, demzufolge die Fabrik bereits in diesem Jahr 1 200 000 Elektroautos herstellen würde, zum größten Teil allerdings kleine Stadtflitzer. Im kommenden Jahr würden auf einen Schlag mehr als die Hälfte der neuen Autos mit Elektromotoren ausgerüstet.
Nun bat der Oberbefehlshaber der finnischen Armee ums Wort. Sein Adjutant schleppte die glänzende Hülse eines sechszölligen Geschosses der Küstenartillerie herbei, die der Armeechef dem überraschten Aatami überreichte. In seiner Rede sagt er, dass die finnische Armee nachtragend sei: Wenn ihr Böses angetan werde, vergesse sie das nie, aber wenn jemand gut zu ihr sei, vergesse sie das ebenfalls nicht. Die Armee eines kleinen Landes bekomme selten eine gute Gabe, und in diesem Sinne seien die von Aatami Rymättylä bezahlten zwölf Schuss Ehrensalut einzigartig.
»Sie haben diese Hülse sowie ein Dutzend weiterer auf Isosaari leer geschossen und sie anschließend mit Geld gefüllt. So etwas wissen wir zu schätzen.«
Die Kapelle schmetterte darauf den »Pori-Marsch«.
Aatami lugte in die Geschosshülse hinein. Sie enthielt mindestens eine Wochenration des speziellen Armeeknäckebrotes.
Jetzt war der Generaldirektor des Patent- und Registeramtes an der Reihe. Er zog ein offizielles Schreiben aus der Brusttasche seines Jacketts, das er Aatami übergab.
»Ich habe die große Freude, Ihnen mitteilen zu können, dass das finnische Patentamt in dieser Woche einen bedeut-

samen Beschluss gefasst hat. Aatami Rymättyläs Patentantrag Nummer 114/92/7832, betreffend die chemische und technische Erfindung eines Gerätes zur Speicherung von Elektroenergie, eben jenes neuen ultraleichten Akkus, ist in unserem Haus behandelt worden, und wir sind zu dem Schluss gekommen, dass es keine Hinderungsgründe für die Erteilung eines Patents gibt. Mit anderen Worten, das finnische Patent- und Registeramt verkündet offiziell mit heutigem Datum die Erfindung und das dafür erteilte Patent.«

Aatamis Hände zitterten so stark, dass Eeva das amtliche Schreiben mit einer Pinzette öffnen musste, die sie ihrem Schminktäschchen entnahm. Der Umschlag enthielt die vom Generaldirektor angekündigte offizielle Bestätigung. Jetzt waren auch die letzten Hindernisse auf dem Weg zu einer weltweiten Nutzung der genialen Erfindung beseitigt. Eeva gab Aatami das Schreiben, und er las es mit pochenden Schläfen. Dann stand er auf, reichte dem Generaldirektor die Hand und bat Hajosiko Mono, das Schreiben entgegenzunehmen. Es erfolgte eine bewegende Übergabe, die mit bärenhaften Umarmungen und minutenlangem Applaus endete.

In der Praxis bedeutete dieser offizielle Bescheid, dass die Erfindung auch in allen anderen Ländern der Welt patentiert würde und dass sie von nun an nicht mehr geschützt zu werden brauchte, da sie amtlich bestätigt worden war.

Das Überraschungsprogramm ging weiter. Vierzehn weiß gewandete Pastorinnen nahmen nun auf dem Felsen zwischen dem Fabrikgebäude und den Tischen Aufstellung. Sie führten ein lustiges Stück über sieben dumme und sieben kluge Jungfrauen auf. Dazu gehörten auch einige Liedverse mit Bezügen zur heutigen Zeit und zur Elektrochemie. Die dummen Jungfrauen stellten ihren Akku unter den Scheffel, oder so ähnlich, die klugen schlossen ihn an elektrische Geräte an. Wären auf dem Felsen anstelle der Pastorinnen vierzehn übergewichtige Pfarrer herumgesprungen, wäre die künstlerische Wirkung bei weitem nicht so hübsch gewesen. Nicht umsonst hatte Aatami stets den Gedanken der weiblichen Priesterschaft unterstützt.

Im Verlaufe des Festes erkundigte sich Aatami bei Seppo Sorjonen, wie dessen medizinische Studien vorankamen. Sorjonen erzählte, dass er bereits an seiner Dissertation schreibe, beklagte aber den Umfang der Arbeit. Er wünschte sich, dass er private Beratung an einer angesehenen Universität, etwa in der Schweiz, bekäme, aber so etwas sei sehr teuer.

Aatami sagte ihm, dass er an den Kosten nicht zu sparen brauche. Er könne ohne weiteres die Anzahl von Professoren engagieren, die er zur Unterstützung bei seiner Dissertation brauche. Dem künftigen Betriebsarzt der Akkufirma musste schließlich jede erdenkliche Möglichkeit gegeben werden, sich in das Forschungsgebiet seiner Wahl zu vertiefen.

Für Huja und Kenzo war die Information über die Erteilung des Patents eine freudige Überraschung. Jetzt war ihre Arbeit in Finnland beendet, in dem Moment, da die Erfindung offiziell verkündet und bestätigt worden war, hatte der Hirokazu-Konzern kein Interesse mehr daran, Aatami Rymättylä, wie bisher, Tag und Nacht zu bewachen. Huja und Kenzo würden nach Hause reisen dürfen!

Ein japanischer Gorilla lächelt nur selten, aber jetzt leuchteten die Gesichter der beiden Männer rund und rot wie die japanische Staatsflagge.

Inmitten all des fröhlichen Geplauders wandte sich Hajosiko Mono an Aatami und empfahl ihm, zum Schutz seiner

Person ein paar Leibwächter zu engagieren, zumal jetzt, da Kenzo und Huja nach Hause fahren würden. Aatami zeigte auf Hannes Heikura, der am Nachbartisch saß und Suppe löffelte, und sagte, dass er auf die Kompetenz des Burschen aus Inari vertraue.
»Bei uns in Japan werden für die Generaldirektoren der größten Konzerne zwei, drei Doppelgänger engagiert, die an ihrer Stelle in der Öffentlichkeit auftreten, für den Fall, dass ihnen eine Entführung oder sogar Ermordung droht. Über diese Dinge wird nie öffentlich gesprochen, aber es ist eine ziemlich verbreitete Praxis. Ihr solltet es ebenso machen. Auch für mich ist bereits jemand engagiert worden, er wird derzeit darin geschult, mich darzustellen.«
Hajosiko Mono erzählte, dass Stalin in dieser Sache ganz besonderen Eifer gezeigt hatte, nach dem Zweiten Weltkrieg hatte er in seinen besten Zeiten zehn Schatten-Stalins um sich. Wenn der Diktator selbst beispielsweise durch Sibirien reiste, hielt sein Doppelgänger eine Rede in Leningrad oder Jalta oder sonst wo.
»Soviel ich weiß, kamen drei dieser Doppelgänger bei Attentaten in verschiedenen Teilen der damaligen Sowjetunion ums Leben, aber der echte Stalin überlebte bis 1952, dann brachten ihn seine engsten Vertrauten um«, erzählte Mono.

Achtundzwanzig

Die ersten Elektroautos kamen im Juli auf den europäischen Markt. Im August waren bereits 600 000 Exemplare verkauft, im September zwei Millionen. Überall in der Welt entbrannte ein nie da gewesener Wettbewerb um den Elektroautomarkt. Aatamis und Eevas Firma verkaufte Akkulizenzen nach China, Südkorea und Taiwan, insgesamt elf Prozent vom Gesamtvolumen der Akkuproduktion für Elektroautos. Den Rest der dreißig Prozent an Lizenzrechten verkauften sie an die USA (12 %), nach Deutschland (5 %) und nach Schweden und Finnland (2 %). Hier ging es jedoch nur um die Akkus, die von der Autoindustrie verwendet wurden. Von allen anderen weltweit hergestellten Akkus flossen die Einnahmen aus den Linzenzen direkt an die Firma, ohne die Lizenzkäufer als Zwischenhändler.
In Keimola in Vantaa wurde ein Beschleunigungswettkampf veranstaltet, dabei standen sich die herkömmlichen benzinbetriebenen Autos und die neuen, mit Elektromotor ausgestatteten gegenüber. Die Elektroautos sausten mit qualmenden Reifen, aber ansonsten geräuschlos wie Speere davon, und den Verbrennungsmotoren half auch das wildeste Beschleunigen nicht. Der Wettkampf zeigte, dass die Elektroautos jenen mit Verbrennungsmotor weit überlegen waren. Sie waren geräuschlos, stießen keine Abgase aus, waren leichter und brauchten weder Auspuff noch Schalldämpfer, geschweige denn Katalysatoren.

Zu diesem Zeitpunkt belegten neueste Zahlen, dass Aatami Rymättyläs Akku als Marke in kürzester Zeit Platz eins unter den teuersten der Welt erobert hatte. Davor hatte die amerikanische Wirtschaftszeitung Financial Week die zu Philip Morris gehörende Marlboro zur teuersten Marke der Welt gekürt, ihr Verkaufswert betrug, in Mark gerechnet, hundertzwanzig Milliarden. Auf der Welt wurden viele Zigaretten geraucht, doch es wurde noch mehr Strom verbraucht (sogar von der Zigarettenindustrie selbst). Jetzt war also Aatamis Akku die führende Marke, gefolgt von Marlboro, auf dem dritten Platz lag Coca-Cola und auf dem vierten Budweiser Bier. Pepsi-Cola, Barbie-Puppen, Kellog's Cornflakes, Pampers-Windeln und andere Produkte waren billiger Ramsch im Vergleich mit Aatamis Akku.
Kein Wunder, dass Aatami im Herbst ein Glückwunschschreiben des Sultans von Brunei erhielt, dem ein wertvoller, für Eeva bestimmter Diamant beigefügt war. Der reichste Monarch der Welt begrüßte Aatami im Kreis der Superreichen.
»Gleich und Gleich gesellt sich gern«, sagte Aatami und lachte düster. Er bat Leena Rimpinen, ein Dankschreiben aufzusetzen und per Luftpost fünf Kilo luftgetrocknetes Rentierfleisch an den Sultan zu schicken, zur Bereicherung seiner Tafel und als Kostprobe für die Haremsdamen.
Obwohl die Elektroautos und -mopeds, die auf den Markt drängten, in jeder Weise besser waren als die alten Modelle mit Verbrennungsmotor, entstanden doch Probleme, verursacht durch die Lautlosigkeit der neuen Fahrzeuge. Vor allem in Großstädten gerieten die Fußgänger in Gefahr, denn das von hinten herannahende Elektroauto machte so gut wie keine Geräusche, sodass die Menschen nicht aufpassten. Es kam zu zahlreichen Unfällen.
Der Hirokazu-Konzern gründete schleunigst ein For-

schungszentrum, in dem verschiedene Warnsysteme erprobt wurden. In den Elektroautos wurden radarähnliche Impulsgeber installiert, die auf Hindernisse reagierten. Wenn es sich dabei um einen Menschen oder ein Tier handelte, gab das Auto ein lautes Signal. Auch ein Leuchtzeichen und noch viele andere Varianten wurden erprobt. Schließlich entschied man sich für die Variante, bei der das Elektroauto in bewohnten Gegenden einen sanften, für das menschliche Ohr bestimmten Summerton abgab, dessen Frequenz so eingestellt wurde, dass er die Umgebung nicht störte. Auch in die Mopeds wurden solche Summer eingebaut. Jetzt gab es keine Unfälle mehr. Wieder einmal konnte festgestellt werden, dass es leichter ist, einen Ton zu erzeugen, als ihn zu dämpfen.

Im Herbst, gerade passend zur Ruska-Zeit, erklärte Eeva, dass sie Lust auf einen kleinen Urlaub hatte. Sie hatte die Geschichte ihrer Familie zurückverfolgen lassen, und deren Spuren führten nach Ostkarelien, nach Kontupohja, das am nördlichen Ende des Äänisjärvi-Sees lag.

»Ich habe mir gedacht, da du in Rymättylä eine Akkufabrik hast bauen lassen, könnte ich vielleicht auch etwas für Kontupohja tun. Immerhin gehören mir zehn Prozent unserer Firma.«

Aatami fand den Gedanken nicht übel, und so folgte Eeva den Spuren ihrer Familie nach Kontupohja Sie reiste nicht mit leeren Händen, sondern ließ zwei große Laster mit dem Baumaterial für eine Balkenkirche beladen und schickte sie auf den Weg nach Ostkarelien. Am Ziel angekommen, suchte Eeva nach einem geeigneten felsigen Hügel. Früh am Morgen wurde mit der Arbeit an der Kirche begonnen, abends konnte bereits das Dach montiert werden, und das Gebäude war bereit für die Nachtmesse. Das sei ein wirklich göttlicher Bauakt gewesen, sagten die karelischen

Gläubigen dankbar. Eeva engagierte einen Priester, der die Weihe-Vigilie hielt.
In der Ortschaft selbst gab es nicht viel zu entdecken, dennoch war die Reise für Eeva ein Erlebnis. Sie schlenderte durch die Straßen und Gassen, stand im Wind auf dem Schiffsanlegesteg, besuchte den alten Friedhof. Lebende Verwandte konnte sie im Ort jedoch nicht finden.
Im Kasino von Kontupohja trank Eeva große Mengen Wodka und wurde traurig, sie sang mit den einheimischen Männern karelische und russische Romanzen. Schließlich aber geriet sie in Stimmung und tanzte so ausgelassen Kosakentänze, dass sich die Absätze ihrer Schuhe lösten und an den Wänden des Kasinos landeten.
Inzwischen hatte Aatami mit Leena Rimpinen, Tellervo Javanainen-Heteka und Heikki Juutilainen eine ausgedehnte Reise durch die Welt gemacht. Er hatte ein privates Düsenflugzeug gechartert, und als Erstes hatten sie die arabische Halbinsel besucht. Die Sicherheitsmaßnahmen waren enorm gewesen. Der Außenminister der Arabischen Emirate hatte sich dem Chef der Akkufirma und seiner Begleitung gegenüber ablehnend verhalten. In den Gesprächen hatte er beklagt, dass die Akkulizenzen hemmungslos in die ganze Welt verkauft worden waren, und das bedeutete, dass der Ölpreis einbrechen und die arabische Welt verarmen würde. Erst als Aatami drauf hingewiesen hatte, dass die Menschheit auch in Zukunft Öl brauchte, als Rohstoff für Plastikprodukte und auf jeden Fall als Energiequelle für die Akkukraftwerke, war der Minister ein wenig aufgetaut.
In Saudi-Arabien hatte Aatami mehrere Verträge zum Bau von Akkufabriken abgeschlossen. Von Riad waren die Reisenden nach Kairo geflogen und von dort über Malta in die Küstenstaaten der Sahara. Schließlich hatten sie die Re-

genwaldzone überquert, und jetzt befanden sie sich in der Kalahari.
Die Wüstengebiete der Sahara und Kalahari waren so riesig, dass es Stunden dauerte, sie mit der Düsenmaschine zu überfliegen. Aatami grübelte, wie man die Wüstengebiete für ganz Afrika nutzbar machen könnte. Da dort an jedem Tag im Jahr glühend heiß die Sonne schien, wäre es klug, die Wüsten mit Sonnenkollektoren zu bedecken und den so erzeugten Strom in Akkus zu speichern.
Die Sonnenenergie gab es ja umsonst, für den Sonnenschein brauchte man vorerst nichts zu bezahlen, aber der Bau von Sonnenkollektoren war immer noch sehr teuer. Außerdem würde man entweder eine Bahnstrecke oder zumindest einen Flugplatz brauchen, um die Akkus mit der gespeicherten Sonnenenergie dorthin transportieren zu können, wo Strom gebraucht wurde. Auf jeden Fall war die Energiequelle unerschöpflich, und ihre Nutzung könnte Afrika alsbald aus dem Elend heraushelfen.
Die Gewinnung von Trinkwasser ließe sich ebenfalls gewährleisten, Bohranlagen, die mit Akkus betrieben würden, könnte man problemlos an jeden Standort bringen, und auch den Pumpstrom für Dorfbrunnen könnte man äußerst praktisch mit Akkus erzeugen. An den Küsten der Wüstengebiete müssten große Osmoseanlagen errichtet werden, so ließe sich aus Meerwasser Trinkwasser gewinnen, und mit Rohren und Kanälen könnte man außerdem ein Bewässerungssystem zumindest für die Wüsten der Küstenstaaten schaffen. Mit diesen Gedanken im Hinterkopf hatte Aatami, außer der arabischen Halbinsel und Ägypten, auch Tunesien, Algerien, Marokko und Mauretanien besucht.
Die Gesellschaft übernachtete in Pretoria und empfing sowohl Vertreter des ANC als auch der weißen Regierung,

und dann ging die Reise weiter nach Madagaskar und schließlich über den Indischen Ozean nach Australien. Das war eine weite Reise und am äußersten Limit des Aktionsradius der kleinen Düsenmaschine. In Australien stattete Aatami seinem Cousin Henrik Rymättylä einen Überraschungsbesuch ab. Henrik war in den 60er Jahren als Bergmann nach Queensland gegangen, in die Kupfermine von Mount Isa. Heute besaß er eine Baufirma in Perth. Er war ein überaus tüchtiger Mann, auch ein bisschen eingebildet wegen seines Erfolgs, empfing seinen finnischen Cousin jedoch mit allen Ehren. Die beiden tauschten Neuigkeiten aus, saunierten und tranken Bier. Aatami versprach seinem Cousin Aufträge beim Bau von Akkufabriken in Australien. Dann kehrte er mit seiner Begleitung über Indien nach Hause zurück.

In Finnland hatte sich wieder viel Arbeit angesammelt. Neben vielen anderen dringenden Pflichten galt es, die Werkmeister auszubilden, die in den künftigen Akkufabriken und Kraftwerken in Nordwest-Sibirien arbeiten sollten. Inzwischen waren zweitausend russische Offiziere eingereist, man hatte sie aus den früher in Mitteleuropa stationierten Besatzungstruppen ausgewählt, aber es befanden sich auch Hunderte roher Veteranen aus dem Afghanistan-Krieg darunter. Sie waren aufs ganze Land verteilt und in Volkshochschulen und Hauswirtschaftsschulen untergebracht worden, die seit den 80er Jahren als Folge des Zusammenbruchs der Wirtschaft leer standen.

Die Ausbildung sollte ein Jahr dauern, ergänzt durch ein dreimonatiges Praktikum entweder in der Versuchsfabrik in Rymättylä oder in entsprechenden Einrichtungen in Japan. Das Ausbildungsprogramm war vom finnischen Unterrichtsministerium erstellt und von der Öl- und Erdgasbehörde des Oblast Tjumen bestätigt worden.

Unmittelbar nachdem der Kurs im Oktober begonnnen hatte, erhielt Aatami einen überraschenden Anruf von seiner Exfrau Laura.

Laura schlug vor, die früheren Streitigkeiten zu vergessen. Sie brauchte Hilfe, denn ihrem neuen Ehemann war sein Job als Sportlehrer aufgrund von Sparmaßnahmen im Schulwesen gekündigt worden. Neue Arbeit, die seiner Qualifikation entsprach, fand er nicht, das konnte sich Aatami sicher vorstellen. Laura bat ihn nun, dass er ihrem Mann Esko Loittoperä einen Posten bei der Ausbildung der russischen Werkmeister besorgte. Sie wusste, dass zur Ausbildung der ehemaligen Offiziere auch Sportunterricht gehörte.

Nichts leichter als das. Esko Loittoperä wurde Verantwortlicher für den Sportunterricht an allen Schulen, an denen russische Werkmeister ausgebildet wurden.

Es war ein teuflischer Job. Loittoperä musste feindselige und raue Offiziere anleiten, deren Motivation für Leibesübungen äußerst gering war. Er war gezwungen, die bärbeißigen Kerle fürs Laufen oder zum Baseballspiel zu gewinnen, musste ihnen unter Einsatz seines Lebens befehlen, zu turnen und Gewichte zu heben. Sie drohten ihm offen, und oftmals zählte er nachts, wenn er von den Kursen heimkam, deprimiert die blauen Flecken, die die schwergewichtigen Russen beim American Football seinem vorher so unberührten Körper beigebracht hatten. Aber Arbeit ist Arbeit, mit irgendetwas muss der Mensch ja sein Brot verdienen, das ist Gesetz auf dieser Welt.

Dem Gerichtsvollzieher Heikki Juutilainen hingegen besorgte Aatami in seinem Ausbildungsprojekt einen wirklich fabelhaften Job. Der Stadtvogt bekam die Aufgabe, als Inventarkontrolleur all jene Immobilien zu überwachen, in denen russische Offiziere untergebracht waren. Juuti-

lainens langjähriger Erfahrung auf diesem Gebiet war es zu verdanken, dass in keiner einzigen Volkshochschule oder Hauswirtschaftsschule auch nur ein Möbelstück, ein Radio oder eine Tafel verschwand und der Russenmafia in die Hände fiel. Inspektor Juutilainen bezog ein recht hohes Gehalt, er verfügte über einen Dienstwagen und eine Sekretärin, und die Arbeit war keine Belastung für ihn.
Außerdem versprach Aatami ihm, dass er, wenn das Ausbildungsprogramm abgeschlossen wäre, den Posten des Immobilienverwalters der Akkufirma bekäme, gegebenenfalls mit noch besseren Konditionen.

Neunundzwanzig

Den ganzen Frühling und Sommer hindurch hatte sich Chauffeur Seppo Sorjonen in seine medizinischen Studien vertieft. Er war eifrig mit Aatami und Eeva, aber auch auf eigene Faust in der Welt herumgereist, im Gepäck Fachbücher und diverse Messgeräte. Bei jeder passenden Gelegenheit hatte er Besuche in Tierparks oder im Zirkus vorgeschlagen. Dabei begeisterte er sich weniger für die wilden Tiere oder die Zirkuskunst als vielmehr für männliche Affen, deren elektrische Gehirnfunktionen ihn aus medizinischer Sicht interessierten. Von jedem männlichen Affen, den er sah, machte er mit einem ultraleichten EEG-Gerät eine entsprechende Aufnahme, um sie als Material für seine Dissertation zu verwenden. Im Allgemeinen begleitete ihn auf seinen Reisen ein Schweizer Professor, oder auch mehrere, von der medizinischen Fakultät der Universität Zürich. Sorjonen sammelte die Hirnaufnahmen von männlichen Affen aus Tierparks und Zirkusunternehmen in der ganzen Welt.

Außer den männlichen Affen interessierten ihn auch weiße Frauen. Von ihren Gehirnfunktionen ließ sich sehr viel einfacher Material beschaffen. Wenn Sorjonen mit dem steinreichen Aatami Rymättylä unterwegs war, erboten sich Scharen weiblicher Probanden, sich in den Dienst der Wissenschaft zu stellen. Es war ganz normal, dass Sorjonen am Vormittag beispielsweise den Tierpark von

Pretoria besuchte, um die Gehirnströme eines Gibbonaffen zu messen, und dass er seine Forschungen abends im Kasino der Stadt fortsetzte, wo sich jede Menge schöner weißer Frauen aufhielt. Nach dem Dinner dann lud Sorjonen seine Dame ein, gemeinsam mit ihm draußen auf der Terrasse unter dem Sternenhimmel ein wenig Luft zu schnappen. Dort pflegte er, neben anderen Aktivitäten, ein EEG-Messgerät zu zücken und die Elektroden auf die Locken der Schönen zu setzen, um ihre elektrischen Gehirnfunktionen zu messen. Es muss erwähnt werden, dass Sorjonen nicht etwa für Affen und Frauen dieselben Elektroden benutzte. Da passte er auf, denn er wollte ja nicht, dass durch die Messgeräte die Flöhe und Milben von den Affen auf die Frauen übersprangen. In der Medizin ist es wichtig, streng auf die Asepsis zu achten.

Der Titel seiner Dissertation lautete »Vergleichende Untersuchung über die Bedeutung der elektrischen Gehirnfunktionen der männlichen Affen und der weiblichen Menschen«.

Seppo Sorjonen hatte sich im Frühjahr sowohl an der Universität Helsinki als auch an der Universität von Zürich eingeschrieben und damit begonnen, Prüfungen in Teilbereichen der Medizin abzulegen. Er engagierte mehrere Professoren, mit deren Hilfe er sich auf die Lizenziatprüfung vorbereitete und seine Doktorarbeit schrieb. Für die Kosten kam Aatamis und Eevas Akkufirma auf.

Zum Doktor der Medizin zu promovieren erwies sich als anspruchsvolles Vorhaben. Sorjonen musste den ganzen Sommer für seine Studien opfern. Er legte bei den Professoren Prüfungen in Teildisziplinen ab, zum Beispiel in Physiologie, Biochemie, Histologie, Pathologie, Anatomie, danach konnte er sich dann auf die Innere Medizin, die Neurologie, die Chirurgie, die Pädiatrie, die Gynäkologie und die Geburtshilfe sowie auf viele andere Spezialgebiete der Medizin konzentrieren. Er vertiefte sich in die entsprechende Fachliteratur: Bereits auf der Bahnfahrt nach Sibirien hatte er die »Angewandte und topografische Anatomie« von G. Töndury studiert, längst bekannt war ihm W. F. Ganongs »Medizinische Physiologie«, und seit seinen Zeiten als praktischer Arzt blätterte er immer wieder mit Spannung in einem bestimmten Lehrbuch für Chirurgie, nämlich Max Saegessers »Spezielle chirurgische Therapien«. Es gab wirklich einen Haufen Bücher auf diesem Gebiet, sagte sich Sorjonen mit rauchendem Schädel. Orthopädie studierte er zum Beispiel anhand von Campbells »Operative Orthopaedic«, und Innere Medizin anhand der Werke von Robert Hegglin. Außerdem las er sorgfältig die finnische Zeitschrift »Orthopädie und Traumatologie«, die ausgezeichnete Beiträge zum Thema brachte.

Während der besonders heißen Phasen des Studiums zog sich Sorjonen mit seinen Professoren manchmal nach Lappland, manchmal aber auch bis nach Tahiti zurück. Auf diesen Reisen hatten die Lehrer die Gelegenheit, sich auszuruhen und zu erholen. Konrad Kägi, Professor für Haut- und Geschlechtskrankheiten, führte die Prüfung auf Tahiti durch, in einem Fischrestaurant, das am Ufer der Insel Moorea über dem Wasser errichtet worden war. Die neurologische Theorie nahm Sorjonen mit Professor Alfred Angst in einer Reisighütte am Oberlauf des Flusses Ounasjoki durch, nachdem sie eine furchterregende Wildwasserfahrt gemacht hatten.

Das Studium der Anatomie bedingte detaillierte Untersuchungen an menschlichen Körpern überall in der Welt. Besonders Walter Wurmli, Professor für Radiologie, neigte dazu, seine anatomischen Lehrsätze plastisch deutlich zu machen, wenn gerade geeignetes weibliches Anschauungsmaterial zur Stelle war. Großen Eifer legten diesbezüglich auch der Kieferchirurg Jirka Pollak, der Psychiater Ernst Hui sowie Peter Gordon, Professor für Pädiatrie, an den Tag. In ihren Methoden, sich die Patienten aus Nachtklubs und Massagesalons zu angeln, waren die Professoren sehr erfinderisch.

Als Unterrichtssprache wurde Deutsch verwendet, sodass Seppo Sorjonen diese Sprache am Ende gut beherrschte. Sie half ihm auf seinen Reisen, nicht nur nach Deutschland und in die Schweiz, sondern auch nach Tschechien, Ungarn, Polen und Südafrika.

Im September schließlich hatte Sorjonen seine Prüfungen abgelegt und die Forschungsarbeit abgeschlossen, die Dissertation war gedruckt. Die Verteidigung sollte im kleinen Festsaal der Universität Helsinki stattfinden. Als Kustos, also Überwacher der Veranstaltung, fungierte Professor Reijo Korpeinen. Sorjonen war ein wenig nervös, kein Wunder, denn er war nicht an die akademischen Bräuche gewöhnt. Dass seine Kenntnisse ausreichten, daran zweifelte er nicht, schließlich hatte er mehrere Monate für die Studien aufgewendet. Ursprünglich hatte er geglaubt, in drei oder vier Wochen mit allem fertig zu sein, aber das Fachgebiet war dann doch umfangreicher als gedacht, sodass es erst jetzt im Herbst zur feierlichen Verteidigung kam.

Seppo Sorjonen trug einen schwarzen Frack und eine weiße Weste. Der Opponent, Professor Nils-Olle Nordenswan, war ebenfalls feierlich gewandet, ebenso das Publikum. Eeva Kontupohja trug ein schwarzes Vormittagskleid ohne Hut. Der Kustos und der Opponent hielten ihre Doktorhüte in den Händen, als sie hinter Sorjonen den Festsaal betraten. Etwa fünfzig Zuhörer waren erschienen, die Stimmung war erwartungsvoll und akademisch aufmerksam.

Als alle ihre Plätze eingenommen hatten, verkündete der Kustos Professor Korpeinen:

»In der Eigenschaft des von der Medizinischen Fakultät der Universität bestellten Kustos erkläre ich die Verteidigung der Doktorarbeit von Lizenziat Seppo Kalevi Sorjonen für eröffnet.«

Sorjonen hielt im Stehen seine lectio praecursoria, sprach klar und deutlich, und anschließend sagte er, um einen feierlichen Ton bemüht:

»Ich bitte Sie, verehrter Herr Professor Nordenswan, als der von der Medizinischen Fakultät bestimmte Opponent nun die Bemerkungen zu äußern, zu denen meine Dissertation Ihrer Meinung nach Anlass gibt.«

Der Opponent würdigte in seiner Abhandlung zunächst die bahnbrechende Bedeutung, die die Dissertation für die vergleichende Untersuchung der elektrischen Gehirnfunktionen von männlichen Affen und weiblichen Menschen besaß. Er hob, völlig zu Recht, hervor, dass sich erregte Gorillas ganz anders verhielten als weiße Frauen in der gleichen klinischen Situation.

In der eigentlichen Debatte ging der Opponent zunächst auf einige allgemeine methodische Fragen ein, wobei er die tragbaren Messgeräte als Ausdruck des technischen Fortschritts und die Routine des Doktoranden im Umgang mit ihnen lobend hervorhob. Bei der detaillierten Betrachtung dann erwähnte er einen Fall, bei dem ein Pavian die Elektroden von seinen Schläfen gerissen und sie anschließend aufgefressen hatte. Eine solche Reaktion hatte keine einzige der untersuchten Frauen gezeigt.

Nach dreistündiger wissenschaftlicher Diskussion erhob sich der Opponent Professor Nordenswan und gab sein endgültiges Urteil ab. Seppo Sorjonen lauschte, ebenfalls stehend, diesen entscheidenden Worten, dann antwortete er kurz und sprach dem Opponenten seinen Dank aus. Anschließend wandte er sich ans Publikum und sagte:

»Ich fordere die Anwesenden, die gegen meine Dissertation Einwände erheben möchten, hiermit auf, beim verehrten Kustos ums Wort zu bitten.«

Niemand hatte gegen Seppo Sorjonens verdienstvolle Dissertation etwas einzuwenden. Also stand der Kustos seinerseits auf und beendete die Veranstaltung.

Seppo Sorjonen war nun Doktor der Medizin. Es war hart gewesen, und es hatte gedauert, aber Fakt ist, dass ein fauler und dummer Mensch keinen akademischen Grad erlangt. Sorjonens Doktorhut hatte Aatamis und Eevas Firma 12,8 Millionen Mark gekostet, das ist eine enorme Summe, doch andererseits auch eine angemessene, wenn man an die Bedeutung der Medizin für das Wohlergehen der ganzen Menschheit denkt.

Das Mittagsmahl mit anschließender Feier fand in Hvitträsk statt, wohin sich der frischgebackene Doktor, der Opponent, der Kustos und die übrigen Teilnehmer begaben. Auch viele der an der Untersuchung beteiligten Frauen aus der ganzen Welt waren eingeladen worden, sie alle bekamen zur Erinnerung die soeben erfolgreich verteidigte Dissertation geschenkt. Die Affen glänzten durch Abwesenheit.

Aatami Rymättylä erhielt mitten in der Feier ein Telegramm von General Motors, in dem der Vorstand dieses riesigen Autokonzerns den Wunsch äußerte, Verhandlungen über den Kauf einer Akkulizenz zu führen. Aatami erinnerte sich jedoch an das schäbige Verhalten eben dieses Konzerns in Uusikaupunki, als nämlich GM die Produktion des Opel Calibra aus Finnland abgezogen hatte. Mitten im

Feiertrubel entschied er, dass GM keine Lizenz bekäme. In Detroit in den USA bewirkte diese Entscheidung Landestrauer, der Vorstand von GM erklärte seinen Rücktritt und der Vorsitzende beging Selbstmord.

Aber die Fete in Hvitträsk ging weiter, und je später es wurde, desto mehr erinnerten die Doktoren und Professoren an die Affen, die Sorjonen untersucht hatte.

Dreißig

Eeva Kontupohja kaufte Ende Oktober von der Gemeinde Kirkkonummi die Villa Hvitträsk, um sie als Landsitz zu nutzen. Das Objekt war zum Verkauf ausgeschrieben worden, da die Stiftung, die das Villenmuseum unterhielt, in finanzielle Schwierigkeiten geraten war. Mit zum Geschäft gehörten, neben dem stolzen Landschloss im Jugendstil und all den dazugehörigen Gebäuden, auch ein Restaurant der gehobenen Kategorie einschließlich Personal. Eeva ließ das Restaurant schließen und engagierte die Leute als private Bedienstete. Der Portier wurde Sicherheitsmann, die Serviererinnen wurden Zimmermädchen. Koch und Köchinnen behielten ihre Funktionen, die Oberkellnerin sorgte als Hausdame für Ordnung in der Repräsentationswohnung.

Und Repräsentationspflichten gab es wahrlich genug. Es verging kaum eine Woche, in der nicht ausländische Delegationen, die Akkulizenzen erwerben wollten, zu Aatami und Eeva kamen. Es wurde verhandelt, und es wurden Verträge abgeschlossen. Hvitträsk eignete sich für all das ausgezeichnet: Es lag nahe genug bei Helsinki, war sehr repräsentativ und ließ sich leicht bewachen, denn es stand erhöht auf einer Landzunge mitten im See. Die Villen, die sich Architekt Eliel Saarinen und seine Freunde seinerzeit als Waldateliers hatten bauen lassen, sahen außerdem so wunderbar finnisch aus, waren so prachtvoll und schön,

dass man dort eigentlich jeden empfangen konnte, sogar den norwegischen König. Harald besuchte Aatami und Eeva Ende Oktober. Ein sympathischer und äußerst bescheiden wirkender Mann. Es war sein Verdienst, dass Aatami einwilligte, von den Norwegern Aktien des Öl- und Erdgasfeldes Ekofisk in der Nordsee zu kaufen.
Aatami wurde natürlich auch zu Versammlungen der finnischen Industriellen und Arbeitgeber eingeladen. Diese Kreise konnten ihn nicht ignorieren, denn er war mit seinen dreißig Milliarden Jahreseinkommen immerhin einer der reichsten Männer der Welt. Das alte finnische und finnlandschwedische Industriegeld konnte das Geschehene allerdings nur schwer verdauen, und manchmal gelangte Aatami zu Ohren, dass man ihn, den ehemaligen Besitzer einer Blechhalle in Tattarisuo, für einen Emporkömmling hielt. Einmal im *Palace* sagte Aatami dann auch, verärgert über diese Vorwürfe, dass er, wenn er es nur wollte, alle Schraubenwindungen linksgängig machen lassen könnte, weltweit, bei jeder Mutter und jedem Bolzen. So groß sei heute sein Einfluss in der industriellen Welt. Diese unerhörte Drohung fand natürlich die verdiente Beachtung. Aatami legte noch nach und verkündete, dass er aus Spaß die ABB Strömberg-Werke gekauft habe, neben vielen anderen großen Geschäften, die er abgeschlossen habe. Er sei so vermögend, dass so eine alte finnische Fabrik seinem Bankkonto kaum etwas anhaben könne, es sei nicht anders gewesen, als hätte er eine Tüte Bonbons gekauft. Er habe so ungeheuer viel Geld, dass die Leute auf der Bank es in einer Woche kaum zählen konnten. Bei einem Essen im »Ritterhaus« erzählte Eeva ihm über den Tisch hinweg, dass sie am Vormittag die neue Emission der Unitas gezeichnet habe und dass sie somit jetzt eines der größten Finanzhäuser der nordischen Länder besaßen, zu-

sätzlich auch noch die Finnische Vereinsbank, die mit zum Geschäft gehörte.

Aatami tadelte seine Braut für solche spontanen Käufe und sagte verächtlich, was sie mit dieser verschuldeten Bank anfangen sollten, aber alle, die in der Nähe saßen, merkten, dass die Kritik nicht sehr ernst gemeint war. Aatami erwähnte, dass er selbst ebenfalls recht verschwenderisch gewesen sei und dass er außerdem die Absicht habe, Petsamo wieder zurückzukaufen, für Finnland, vielmehr für sich selbst, mitsamt der Nickelgruben und Häfen und allem Drum und Dran.

»Was die finnische Armee verloren hat, könnte man eigentlich mit ein paar knisternden Scheinen wieder einlösen«, sinnierte Aatami halblaut und spießte Brustfleisch vom Schneehuhn mit seiner silbernen Gabel auf.

»Jetzt haben wir ja sogar unsere eigene Bank, die das übernehmen kann«, flötete Eeva Kontupohja.

Nach dem Essen führte Aatami den Gedanken fort und äußerte, dass er, wenn es sich so ergab, die Murmansker Bahn und sämtliche Brücken und Dämme von Donau und Themse kaufen könnte, und, wenn er gerade Lust dazu habe, für den Sommerurlaub ein paar Inseln im Stillen Ozean ... fürs Erste wenigstens Tahiti und Moorea.

Die anderen Anwesenden konnten diese Bemerkungen nicht wirklich mit Humor nehmen, denn sie wussten nur allzu gut, dass für Aatami Rymättylä, wenn er es ernst meinte, nichts unmöglich war.

»Aber vielleicht kaufe ich doch lieber sämtliche finnischen Apotheken und Pfarrhäuser auf, und den Russen knöpfe ich den Ural und den Baikalsee ab, alle Leute, die schon mal dort waren, schwärmen von dem See und sagen, dass er so schön ist und so klares Wasser hat.«

Später daheim in Hvitträsk meldete das Stubenmädchen,

dass draußen eine fünfköpfige Abordnung Arbeitsloser wartete, die einen Termin vereinbart hatte. Sie waren mit ihrem eigenen Suppenzug bis zum Haltepunkt Luoma gefahren und baten jetzt um eine Audienz.

»Ich bin bereit«, sagte Aatami. Aus dem Schneeregen und der Dunkelheit heraus traten fünf stämmige Männer ins Haus, sie begrüßten den leicht beschwipsten Hausherrn mit Handschlag und setzten sich dann nebeneinander auf die lange Bank im Atelierzimmer. Sie bekamen Tee und belegte Brote, und als Aatami mit ihnen allein war, fragte er, wie er ihnen helfen könnte.

Diese fünf durchnässten Männer vertraten eine nationale Arbeitslosenorganisation, hinter der fünfhunderttausend Mitglieder standen. Sie hatten vergebens versucht, vom Staat Unterstützung zu bekommen, sie waren von Pontius zu Pilatus, vom Reichstag bis zur Regierung gelaufen, aber das Ergebnis waren nur bloße Versprechungen und Bekundungen des Mitgefühls gewesen. Die wenigen Leistungen für die Arbeitslosen waren sogar noch gekürzt worden. Nun hatten sie sich gedacht, dass vielleicht Aatami Rymättylä ihnen helfen und ihr Los erleichtern könnte, indem er finnische Arbeitslose in seinen Fabriken einstellte, die dem Vernehmen nach überall auf der Welt entstanden. Auch direkte finanzielle Unterstützung wäre nicht übel.

Aatami versprach, Baufacharbeiter auf den Standorten in Tjumen einzustellen, die Turkuer Werften wiederum könnten ein paar Tausend Schiffbauer aufnehmen, wenn die Tanker zu Akkutransportschiffen umgerüstet würden. Arbeit fände sich gewiss, es müsste nur erst Sommer werden. Als Sofortmaßnahme könnte er jedem finnischen Arbeitslosen ein angemessenes Weihnachtsgeld spendieren.

»Daran hatten wir auch schon gedacht. Wir haben bereits

mit der Sozialversicherung abgesprochen, dass sie Ihnen die Adressen der Arbeitslosen liefert. Das macht die Auszahlung der Spende einfacher.«

»An wie viel hatten Sie denn per Arbeitslosen gedacht?«

»Nun, einen Hunderter vielleicht... aber wir wollen durchaus nicht nur betteln, wir beabsichtigen, Sie für Ihre Hilfe irgendwie zu entschädigen. Sie müssen uns nur eine Arbeit nennen, die wir dann für Sie machen.«

Aatami sagte, dass mit einem Hunderter niemandem gedient sei, diese kleine Summe würde den Empfänger nur demütigen, er wolle tausend Mark für jeden der fünfhunderttausend Arbeitslosen spenden. Damit ließe sich auch in einem armen Haushalt ein anständiges Weihnachtsfest ausrichten, glaubte er.

Zusammen rechneten sie aus, auf wie viel sich die Unterstützung beliefe, wenn man den Tausender mit fünfhunderttausend multiplizierte.

»Läppische fünfhundert Millionen Mark«, konstatierte Aatami.

Erleichtert schlug der Anführer der Gruppe vor, dass die Arbeitslosen Aatami Rymättylä für seine Freigiebigkeit damit entschädigen könnten, dass sie ihm fünfhunderttausend Schneemänner bauten.

Über den Scherz wurde herzlich gelacht, aber Aatami war in der Stimmung, dass er beschloss, das Angebot anzunehmen. Er erhob sich und streckte die Hand aus:

»Abgemacht. Ich zahle Ihnen über die Sozialversicherung fünfhundert Millionen Mark, und Sie bauen zu Weihnachten eine halbe Million Schneemänner. Sie können sie ja als Karikaturen von Wirtschaftsbetrügern, Bankdirektoren und anderen Schwindlern gestalten, was immer Sie möchten. Und stecken Sie am Heiligabend noch jedem der Schneemänner eine Kerze in die Hand.«

»Alles klar. Sie bekommen rechtzeitig die Adressenlisten, und ich garantiere Ihnen, dass es zu Weihnachten keinen Mangel an Schneemännern geben wird«, versprach der Leiter der Abordnung. Dann gingen die Männer wieder hinaus in den Oktoberabend mit seinem Schneeregen.

Aatami legte sich zufrieden zur Ruhe. Er hatte schon lange nach einer geeigneten Methode gesucht, die finnischen Arbeitslosen zu unterstützen. Nun war auch das endlich erledigt.

In der Nacht hatte es geschneit. Feine Herrenschuhe hinterließen am Morgen ihre Spuren im Schnee vor dem Haupteingang von Hvitträsk, als eine dreiköpfige inoffizielle Abordnung der schwedischen Akademie bei Aatami vorsprach. Ihr Anliegen war, ihm mitzuteilen, dass ihm der diesjährige Nobelpreis für Chemie nicht mehr überreicht werden könnte, dafür aber im nächsten Jahr. Die schwedischen Akademiker bedauerten außerordentlich, ja es war ihnen fast peinlich, dass der Preis für Chemie zunächst an einen anderen gehen würde. Grund war der langwierige Prozess, der diesen Entscheidungen vorausging. Sie sprachen den Wunsch aus, dass Aatami Rymättylä nicht beleidigt sein möge, wenn sich seine Ehrung verschob und ihm der Preis erst nächstes Jahr zuerkannt werden könnte.

Aatami sagte sich, dass es schlimmere Nachrichten gäbe, die man nach dem Aufstehen zu hören bekommen kann. Er bedankte sich bei den Herren und bat sie, bis zum Mittagessen zu bleiben. Er schlug ihnen einen Spaziergang in der freien Natur, im frisch gefallenen Schnee, vor. Würde den Herren Akademikern zum Mittagessen ein Hasenbraten munden? An dem Essen werde auch ein französischer Gast teilnehmen, einer der Chefs eines dortigen Raumfahrtprogramms.

Einunddreißig

Es war Heiligabend, Aatamis und Eevas Namenstag. Die verschneiten Fichten von Hvitträsk standen in der blauen Dämmerung feierlich da, wie es sich vor dem größten Fest des Jahres gehört. Drinnen in der schönen Villa war es warm, im Kamin loderte ein Feuer, die Hausangestellten waren mit den letzten Vorbereitungen beschäftigt, Koch und Köchinnen schnupperten an dampfendem Wildbraten und ergötzten sich an den leckeren Düften. Der Schinken wurde aus dem Ofen genommen, der Kohlrübenauflauf in die Stube getragen. Die Kinder liefen aufgeregt herum, alle waren feingemacht: Aatamis Drillinge Anneli, Annikki und Aulikki, jetzt bereits sechs Jahre alt, die Kinder Liisa, 14, Tauno, 12, und Leena, 9, aus der Ehe mit Laura. Der bärenhafte Grenzleutnant Pekka, der äußerlich an seinen Vater erinnerte, stand draußen auf der großen verschneiten Terrasse und spähte besorgt mit einem Fernrohr in den Himmel. Es herrschte klares Frostwetter, die Milchstraße war deutlich am Himmelszelt zu sehen, die hellen Sterne funkelten, alles war märchenhaft schön, so wie stets zu Weihnachten.

»Wo ist Vater, wo ist Vater?«, wollten die kleinen Mädchen von Eeva wissen, die die zahlreichen Geschenkpakete unter dem Weihnachtsbaum ordnete.

»Vater ist auf Reisen, liebe Kinder... er ist sehr weit weg, aber er sieht uns, Vater ist ganz hoch oben und sieht uns.«

Ihr brach fast die Stimme, als sie an Aatami dachte, ihren Bräutigam, ihren Mann, den Vater all dieser und womöglich noch vieler anderer Kinder. Auch Eeva selbst war schwanger, als alternde Frau, zu jedermanns Verwunderung. Mit gutem Glück würde sie im Frühjahr Zwillinge zur Welt bringen. Sie las das Weihnachtstelegramm, das Aatami an all seine Kinder gerichtet hatte.

Aatami war bereits vor gut einem Monat aufgebrochen. Er hatte den Atlantik überquert und war nach Französisch-Guayana geflogen, einen ehemaligen Verbannungsort für Verbrecher an der Nordostküste des südamerikanischen Kontinents, wo sich ein französischer Raumfahrtstützpunkt befand, der für kommerzielle Zwecke bestimmt war. Er hatte mit einem französischen Weltraumforschungsunternehmen einen Vertrag über die Nutzung von Akkus in Satelliten abgeschlossen und dafür das Recht erhalten, in einer Kapsel die Erde zu umrunden.

Man hatte Aatami vor dem Aufbruch ins All mehrfach getestet: hatte ihn rasend schnell in einer Zentrifuge gedreht, ihn in einer Druckkammer eingeschlossen, ihn psychologischen Tests unterzogen. All das hatte er ohne Beanstandungen hinter sich gebracht. Seine physische und psychische Konstitution war bei den Explosionen in Tattarisuo so häufig auf die Probe gestellt worden, dass ihm die Tests vor dem Weltraumflug keine Probleme bereiteten.

Endlich war er in den steifen Weltraumanzug gesteckt und zum Lift geleitet worden. Tropische Hitze hatte über den Regenwäldern gelegen, es war Abend gewesen, die silberglänzende Rakete hatte flüssigen Sauerstoff in den Dschungel geatmet. Es war ein großartiges Gefühl gewesen, endlich eine richtige Reise anzutreten, weg von der Welt und in den Kosmos zu gelangen, ganz auf sich allein gestellt zu sein.

Als Aatami in der Kapsel lag und die französischen Startkommandos hörte, sagte er sich, dass er darauf sein Leben lang gewartet hatte, auf diesen göttlichen Moment, da er sich von den Fesseln der Erde befreit und in Höhen saust, in denen es kein sonstiges Leben gibt. Als sich die Rakete von der Startrampe löste und mit zunehmender Geschwindigkeit in die Höhe raste, als sich der ganze Körper gegen die Lederriemen des Sitzes presste und sich das Gehirn zusammenzuziehen schien, da fühlte sich Aatami als glücklicher Mann. Er verspürte keine Angst, dafür war die Geschwindigkeit der Trägerrakete zu groß, auch eine Gewehrkugel fürchtet sich ja nicht. Aatami wusste, dass sich nie jemand würde vorstellen können, wie sich dieses abrupte Lösen von der Menschheit, der Erde, der ganzen Welt, wirklich anfühlte.

Es war geplant, dass Aatami nach zwei Wochen auf die Erde zurückkehren und eine Austauschmannschaft die Kapsel übernehmen sollte. In der Kapsel befand sich Nahrung und die entsprechende Menge Flüssigkeit, beides notfalls für ein ganzes Jahr, in dieser Hinsicht bestand keine Not, aber die Austauschmannschaft war nicht gekommen, um den Akkufabrikanten abzuholen. Es waren ernste technische Probleme aufgetreten, die Kapsel war auf die falsche Umlaufbahn geraten, ihr Andockgerät streikte. Es war zu befürchten, dass Aatami Rymättylä nie mehr in seine eigene Welt zurückkehren könnte.

Er saß allein in der Weltraumkapsel und blickte durch das runde Pressglasfenster auf die Erde hinab. Das Fahrzeug, in dem er sich befand, war eng, nur für zwei, drei Männer gedacht. Aatami starrte wohl schon zum tausendsten Mal auf die Erdkugel, immer wieder hatte sich das gnadenreiche Muttergesicht Finnlands ihm zugewandt. In Abständen von mehreren Stunden hatte sich die Dunkelheit wie

ein Vorhang über Land und Meer gelegt, wieder und wieder, und jetzt war Weihnachten.
Aatami betrachtete die nördliche Halbkugel, die gerade in die blaue Dämmerung des Heiligabends eintauchte. Dort lag das große Finnland in seinem Mantel aus Schnee, und die Kerzen, die in den plumpen Händen Hunderttausender Schneemänner steckten, flammten auf und beleuchteten das Land von Nord nach Süd. Es war bis in den Weltraum hinauf zu sehen: Die Schneemänner, von den Arbeitslosen gebaut, schickten ihren Gruß zu Aatami hinauf, der in seiner lautlosen Kapsel als Gefangener des Kosmos durch die unendliche Dunkelheit des Sternenhimmels sauste.
Der Satellit flog an den kleinen Inseln Japans vorbei, in Tokios Bankgewölben lagerten Aatamis Milliarden aus den Lizenzen, aber er selbst flog hier herum, ins All geschleudert, der vielleicht reichste Mann der Welt, dessen Geld für ihn selbst keine Bedeutung mehr hatte.
Andererseits: lieber steinreich im Weltraum als bettelarm in Tattarisuo.
In einer kleinen Tokioter Hochhauswohnung schaute die ehemalige Milchkönigin Tellervo Javanainen-Heteka wehmütig zum Himmel, schwanger auch sie, auf Sibirisch. Ihr Mann wunderte sich, warum seine finnische Frau nicht hereinkam, immerhin feierte man Weihnachten, das größte Fest der Bewohner des Westens.
Und es geschah, dass sich der sizilianische Profikiller Luigi Rapaleore mit seiner Familie zum Besuch der Weihnachtsmesse anschickte. Seine Frau, die bereits ein wenig mollig gewordene Maria, schob durch die Gassen des kleinen Dorfes einen Rollstuhl, in dem Luigi mit ausdrucksloser Miene saß. Er hielt die Hand der kleinen Maria, die erst fünf Jahre alt war, und als die drei in die Kapelle kamen, schob die Mutter den Rollstuhl ihres Mannes nach katho-

lischem Brauch an den geschmückten Altar. Dort war eine Darstellung der heiligen Familie aufgebaut, das kleine Jesuskind lag in den Armen seiner Mutter, daneben standen der ernst blickende Joseph und ein paar Esel, im Hintergrund die drei Weisen aus dem Morgenland. Luigi entzündete eine Kerze und steckte sie in den Halter. Dann reichte er seiner kleinen Tochter einen Metallgegenstand, der in prächtiges Bonbonpapier eingewickelt war und den sie in die Krippe zwischen das Stroh stecken sollte. Es handelte sich um ein feinmechanisches Gerät, das an der Seite den Aufdruck »Made in France« trug und das ein wichtiges Teil des Steuermechanismus von Aatami Rymättyläs Rakete war. Mit unbewegter Miene nahm die Jungfrau Maria das Geschenk ihres Sohnes an.

Bald drehte sich die Erdkugel, Finnland kam wieder einmal zum Vorschein, die fünfhunderttausend Kerzen in den Händen der Schneemänner, von den Arbeitslosen gebaut, erhellten jetzt das ganze dunkle Land. Aatami spürte, wie freundliche Gedanken zu ihm aufstiegen, auch Gebete, dass er aus seinen himmlischen Höhen wieder herabkommen möge.

Aatami hatte sich für diesen Augenblick ein ganzes finnisches Roggenbrot aufgespart. Er brach das Brot, goss dunklen französischen Rotwein in einen Plastikbecher, aß und trank und sang mit lauter Stimme:

Nacht und Tod,
ein Kerl isst
sein letztes Brot.

»Dieses Buch ist Finnlands Antwort auf Woody Allen.«

LE MONDE

Arto Paasilinna
ZEHN ZÄRTLICHE
KRATZBÜRSTEN
Roman
Aus dem Finnischen von
Regine Pirschel
BLT
272 Seiten
ISBN 978-3-404-92286-4

Geschäftsführer Rauno Rämekorpi feiert seinen sechzigsten Geburtstag. Gratulanten gibt es viele, und so häufen sich Blumensträuße und Geschenke. Schade nur, dass seine Frau auf Blumen allergisch ist. Die Blütenpracht muss also weg, jedoch keinesfalls auf den Müll. So beginnt Rauno eine Fahrt durch Helsinki, und mit einem Strauß in der Hand stattet er seinen verflossenen Liebschaften einen Besuch ab …

»Ein Festmahl für alle Freunde des skurrilen Humors.«
LÄNSTIDNINGEN ÖSTERSUND

Unglaublich, was ein finnischer Elefant dank Arto Paasilinna alles erleben darf. Herrlich skurril!

Arto Paasilinna
EIN ELEFANT
IM MÜCKENLAND
Roman
Aus dem Finnischen von
Regine Pirschel
BLT
256 Seiten
ISBN 978-3-404-92276-5

Was tun, wenn eine reizende Elefantendame namens Emilia in Finnland das Licht der Welt erblickt und kein Zuhause hat? Glücklicherweise nimmt sich Lucia Lucanda des Dickhäuters an, und beide begeben sich auf eine ereignisreiche Reise, auf der sie mit vielen Widrigkeiten kämpfen müssen. Über allem lässt der Autor jedoch die barmherzige Sonne des Humors scheinen und erzählt so von einer urkomischen Odyssee …

»Der pechschwarze Humor des Autors ist einfach großartig.«
KÖLNER STADTANZEIGER

BLT

»Sehr intensiv, sehr traurig, sehr eisig.«

NORDIS

Arnaldur Indriðason
FROSTNACHT
Island-Krimi
400 Seiten
ISBN 978-3-404-15980-2

In Reykjavík wird an einem frostigen Wintertag die Leiche eines Kindes entdeckt. Die Kriminalbeamten sind schockiert: Der dunkelhäutige Junge liegt im eigenen Blut festgefroren, offenbar brutal niedergestochen. Wie konnte es zu so einer grausamen Tat kommen? Erlendur, Sigurður Óli und Elinborg nehmen die Ermittlungen auf und konzentrieren sich zunächst auf das direkte Umfeld des Kindes: die Lehrer, die Mitschüler, die Angehörigen. Je mehr die Beamten in Erfahrung bringen, desto tragischer erscheint der Tod des kleinen Jungen …

Kommissar Erlendur ermittelt in seinem siebten Fall.

Bastei Lübbe Taschenbuch

WWW.LESEJURY.DE

WERDEN SIE LESEJURYMITGLIED!

Lesen Sie unter www.lesejury.de die exklusiven Leseproben ausgewählter Taschenbücher

Bewerten Sie die Bücher anhand der Leseproben

Gewinnen Sie tolle Überraschungen